W0252774

HEYNE BÜCHER

Fantasy

Herausgegeben von Friedel Wahren

Ein Verzeichnis weiterer Bände dieser Serie finden Sie am Schluß des Bandes.

LYON SPRAGUE DE CAMP
LIN CARTER

CONAN DER FREIBEUTER

Zwölfter Roman der Conan-Saga

Neuausgabe

WILHELM HEYNE VERLAG
MÜNCHEN

HEYNE SCIENCE FICTION & FANTASY
Band 06/3972

Titel der Originalausgabe
CONAN THE BUCCANEER
Aus dem amerikanischen Englisch übersetzt von Lore Strassl
Das Umschlagbild malte Thomas Thiemeyer
Die Karten zeichnete Erhard Ringer
Die Innenillustrationen zeichnete Klaus D. Schiemann

Umwelthinweis:
Dieses Buch wurde auf
chlor- und säurefreiem Papier gedruckt.

Redaktion: Friedel Wahren

http://www.heyne.de
Printed in Germany 1999
Umschlaggestaltung: Atelier Ingrid Schütz, München
Technische Betreuung: M. Spinola
Satz: Schaber Satz- und Datentechnik, Wels
Druck und Bindung: Presse-Druck, Augsburg

ISBN 3-453-30911-1

LYON SPRAGUE DE CAMP
LIN CARTER

CONAN
DER FREIBEUTER

Zwölfter Roman der Conan-Saga

Neuausgabe

WILHELM HEYNE VERLAG
MÜNCHEN

HEYNE SCIENCE FICTION & FANTASY
Band 06/3972

Titel der Originalausgabe
CONAN THE BUCCANEER
Aus dem amerikanischen Englisch übersetzt von Lore Strassl
Das Umschlagbild malte Thomas Thiemeyer
Die Karten zeichnete Erhard Ringer
Die Innenillustrationen zeichnete Klaus D. Schiemann

Umwelthinweis:
Dieses Buch wurde auf
chlor- und säurefreiem Papier gedruckt.

Redaktion: Friedel Wahren

http://www.heyne.de
Printed in Germany 1999
Umschlaggestaltung: Atelier Ingrid Schütz, München
Technische Betreuung: M. Spinola
Satz: Schaber Satz- und Datentechnik, Wels
Druck und Bindung: Presse-Druck, Augsburg

ISBN 3-453-30911-1

Die Hyborische Welt Conans

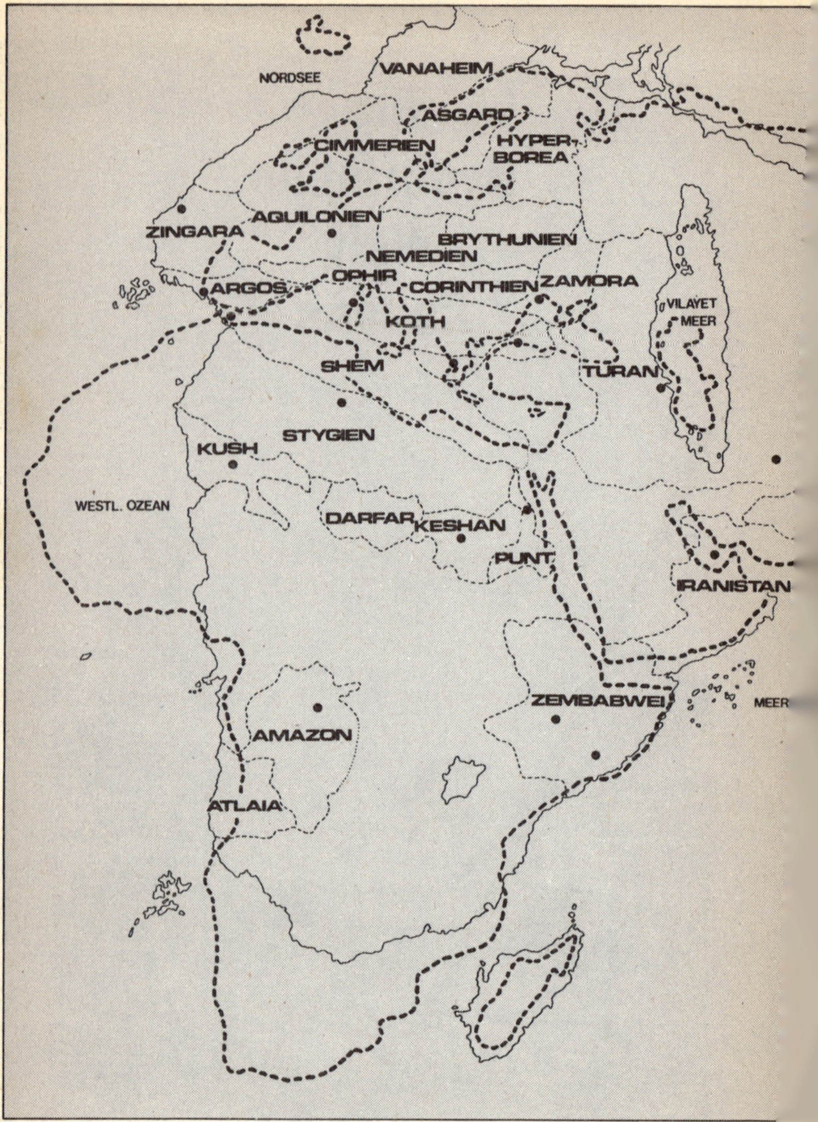
NORDSEE
VANAHEIM
ASGARD
CIMMERIEN
HYPER-
BOREA
AQUILONIEN
ZINGARA
BRYTHUNIEN
NEMEDIEN
OPHIR
ARGOS
CORINTHIEN
ZAMORA
VILAYET
MEER
KOTH
SHEM
TURAN
STYGIEN
KUSH
WESTL. OZEAN
DARFAR
KESHAN
PUNT
IRANISTAN
ZEMBABWEI
MEER
AMAZON
ATLAIA

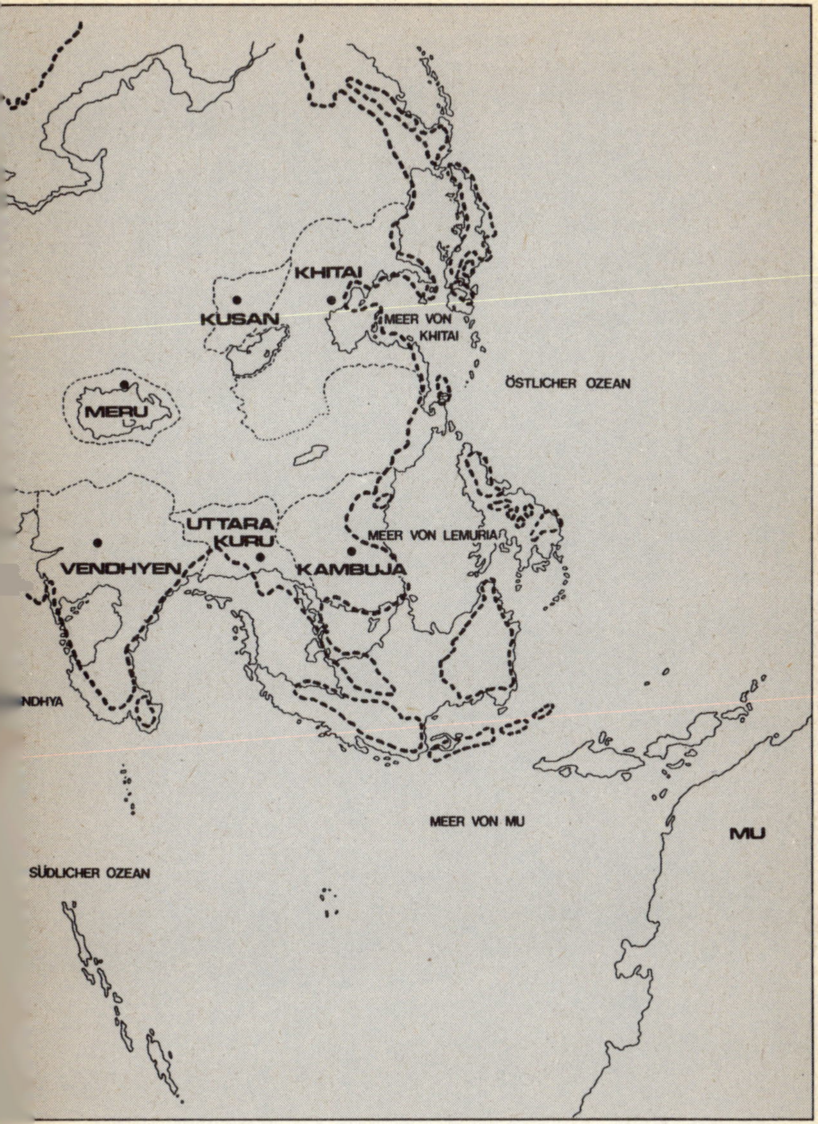
KHITAI
KUSAN
MEER VON
KHITAI
ÖSTLICHER OZEAN
MERU
UTTARA
KURU
VENDHYEN
KAMBUJA
MEER VON LEMURIA
NDHYA
MEER VON MU
MU
SÜDLICHER OZEAN

Inhalt

Piraten und Schwarze Magie

Einleitung von Lin Carter

Dieser Roman spielt in einer Welt, in der es keine Talk-Shows im Fernsehen gibt, keine Einkommensteuer, keine überfüllten U-Bahnen, keine Luftverschmutzung, keine Neutronenbombe, keine Hausbesetzungen.

Es ist eine Welt, die sich glücklich preisen kann, ohne Werbefernsehen auszukommen, ohne teure Fahrpreise, gefriergetrockneten löslichen Kaffee, elektrische Zahnbürsten, Pornofilme, Frauenbewegungen und Verkehrsstaus.

Es ist eine Welt, die es nie gab, die es jedoch hätte geben sollen – eine herrliche, unwahrscheinliche, romantische Welt, in der alle Männer gutgewachsen und heldenhaft und alle Mädchen unglaublich schön und jederzeit bereit sind, einen Mann für seine Heldentaten gebührend zu belohnen.

Es ist eine Welt mit unwegsamen Dschungeln, schroffen Bergen, schimmernden Meeren und Städten voll barbarischen Prunks, in dem ruhmvolle Wagnisse genauso alltäglich sind wie gefährliche Abenteuer. Auf dieser Welt wimmelt es von Ungeheuern, bösen Zauberern und grimmigen Kriegern. Magie ist hier wirklich, und Götter gibt es tatsächlich, nicht nur in der Vorstellung ihrer Anbeter.

Das ist die Welt der so beliebten Unterhaltungsliteratur *Schwert und Magie.* Herzlich willkommen in dieser Welt!

Sollten Sie zu den bedauernswerten, glücklicherweise wenigen Menschen gehören, die noch nie einen *Schwert-und-Magie*-Roman gelesen haben, dann machen Sie sich jetzt auf einen besonderen Genuß gefaßt – einen echten Genuß, wenn Sie den Unannehmlichkeiten unserer Zeit für ein paar Stunden den Rücken kehren wollen und bereit sind, sich in eine herrliche unmögliche Welt zu begeben, denn *Schwert und Magie* ist reine Fluchtliteratur, nichts anderes. Man braucht nicht zwischen den Zeilen nach Verstecktem zu suchen. Es werden keine praktischen wohlvorbereiteten Lösungen für die Probleme unserer Welt angeboten, sondern etwas in unserer Zeit sehr Seltenes:

Wirkliche Unterhaltung!

Viele – darunter (leider) eine große Zahl meiner Kollegen – SF-Autoren bilden sich offenbar ein, daß es irgendwie unsolide ist, nur zum Vergnügen zu lesen. Eine Story, meinen diese klugen Leute, müßte sich mit etwas Problematischem und Wichtigem befassen, wie z. B. mit der Luftverseuchung oder dem Aussterben bestimmter Tierarten. Zumindest aber, das ist die Ansicht dieser Leute, sollte der Held ein Farbiger sein, der seinen Rassegenossen zur Freiheit verhilft; oder ein Homosexueller, der fröhlich um gesellschaftliche Anerkennung kämpft; oder ein amerikanischer Indianer, der die Strafgefangenen von Alcatraz zum Aufstand aufwiegelt und die Kontrolle über die Strafanstalt an sich reißt, um sich an den Weißen zu rächen.

In der modernen Literatur findet man kaum weniger soziale Probleme als auf den Titelseiten unserer Tagblätter. Und ein Schriftsteller, meinen die Verfasser, sollte aus seinem Elfenbeinturm herauskommen und auf die Barrikaden steigen.

Ich kann da nicht mit ihnen übereinstimmen.

Die Welt ist voller Unannehmlichkeiten, seit der

Mensch vom Baum kletterte und sich die Zivilisation entwickelte. Soziales Unrecht gibt es seit der letzten Eiszeit, wenn nicht schon früher. Es ist unwahrscheinlich, daß meine Generation oder die nächste viele der zeitbedingten Probleme lösen wird. Was natürlich nicht heißt, daß wir sie ignorieren und so tun sollen, als gäbe es sie nicht; aber wir sollten einsehen, daß sie Teil der menschlichen Entwicklung sind.

Nehmen wir den Krieg. Kriege hat es immer gegeben, und die wenigsten wurden edler Motive wegen ausgetragen. Und Kriminalität! Raubüberfälle auf der Straße sind ein ziemliches Problem unserer Zeit, aber es gibt sie, seit jemand Straßen erfunden hat, genau wie es Korruption in den Ämtern gibt, seit diese existieren (wenn nicht schon zuvor).

Ich sehe wirklich nicht ein, weshalb wir jede wache Stunde über alle Schlechtigkeit der Welt grübeln sollten. Sie werden doch bestimmt zugeben, daß es schön ist, es sich an einem kalten Regentag im warmen Zimmer in einem weichen Sessel bequem zu machen, irgend etwas zu knabbern und zu trinken neben sich, und sich dann in ein unterhaltendes Buch zu vertiefen.

Die Neigung dazu geht zumindest bis zur Zeit zurück, da der alte blinde Homer von tapferen Kriegern, erbeuteten Schönen und Inseln fremdartigen Zaubers in unbekannten Gewässern sang.

Wir, die wir uns damit beschäftigen, bezeichnen eine Geschichte als *Schwert und Magie,* wenn es eine mitreißende farbenprächtige Abenteuerstory ist, die in einer Welt vor der Industrialisierung spielt, wo es Zauberei gibt und wo die Götter Wirklichkeit sind – eine Geschichte, in der ein heldenhafter Krieger direkt gegen das übernatürliche Böse kämpft.

Offenbar ist diese Art von Erzählung wenigstens so alt wie Homer. Gewiß kann man die Handlung –

Held gegen schlimmes Ungeheuer – bis zum angelsächsischen Epos BEOWULF zurückführen, wo der Gautenfürst gegen das Moorgespenst Grendel und dessen Mutter kämpft, oder zum deutschen NIBELUNGENLIED, wo der Siegfried den Drachen Fafnir tötet.

Ja, es stimmt: Die wesentlichen Elemente von *Schwert und Magie* sind so alt wie die Literatur selbst.

Zwar schreibt niemand heutzutage noch bücherfüllende Epen. Aber es ist noch gar nicht lange her, da wurden diese alten Literaturelemente wieder zu dem zusammengefügt, was wir nun *Schwert und Magie* nennen.

Der Mann, dem wir das verdanken, schrieb für die Abenteuermagazine der dreißiger Jahre. Sein Name ist Robert E. (für Ervin) Howard. Er wurde 1906 in Peaster, Texas geboren und verbrachte den größten Teil seines bedauerlich kurzen Lebens in Cross Plains, tief im Herzen von Texas, zwischen Brownwood und Abilene. Er starb dort 1936, als ich noch ein kleiner Junge war. Ich kannte ihn also nicht persönlich.

Howard war ein Abenteuergeschichten-Schreiber der alten Schule, der viel von Talbot Mundy, Harold Lamb, Edgar Rice Burroughs und anderen Abenteuer-Autoren jener Zeit hielt. Tatsächlich wollte er eigentlich Geschichten über Piraten in der Karibik oder Erzählungen über Zauberei und Geheimnisse im unbekannten Tibet schreiben. Doch da er sich in Farnsworth Wrights WEIRD TALES abgedruckt sehen wollte, für das seine Freunde H. P. Lovecraft und Clark Ashton Smith bereits schrieben, mußte Howard seine natürliche Neigung zu explosiver Action abwandeln, um Elemente der Magie und des Grauens einzufügen. Sein Kollege und Brieffreund Clark Ashton Smith kam in WEIRD TALES mit seinen Story-Zyklen gut an, die einen exotischen Hintergrund hatten, nämlich die verlorenen ururalten Zivilisationen Hyperboreas und Atlantis'. In diesen romantischen und fabelhaften Reichen wimmelte es von phantastischen Fabelwesen, Zauberern, launenhaften Göttern und Dämonen. Etwa zur gleichen Zeit verkaufte sein Freund Lovecraft Geschichten des Übernatürlichen, in denen die Menschen unserer Zeit sich dem kosmischen Grauen von jenseits der Sterne gegenübersahen und dagegen kämpften. Es waren gute, unterhaltende Geschichten, die den Leser mitrissen und ihm kalte Schauer über den Rücken jagten.

Offenbar verschmolz Howard diese Vorbilder mit seiner eigenen Art von Abenteuergeschichten. Das Ergebnis war die außerordentlich erfolgreiche Serie großartiger Erzählungen über Conan den Cimmerier, einen mächtigen Barbarenkrieger, der sich furchtlos und verwegen durch eine vorgeschichtliche Phantasiewelt kämpft und als Dieb, Bandit, Pirat und Söldner zum General aufsteigt und sich schließlich sogar einen Thron erobert.

Indem er die verschiedenen Elemente übernatürlichen Grauens, alter Magie und erfundener prähistorischer Zivilisation aktionsreichen Abenteuergeschichten hinzufügte, trug Howard zu einem neuen Genre der Unterhaltungsliteratur bei: zur *Schwert-und-Magie-Story.*

Howard gründete sein eigenes literarisches Reich im Jahr 1932. Im Dezember desselben Jahres veröffentlichte WEIRD TALES die Story ›The Phoenix on the Sword‹ (›Im Zeichen des Phönix‹, erscheint in Band 8: CONAN DER USURPATOR) unter seinem Namen. Es war die erste Conan-Geschichte – und eine Sensation. Die Leser waren begeistert und verlangten nach weiterem Lesestoff. Howard war glücklich und machte sich daran, seine Welt des ›hyborischen Zeitalters‹ zu kreieren und die Abenteuer ihres erfolgreichsten Bürgers in chronologische Reihenfolge zu bringen. Er ahnte damals noch nicht, daß er nur noch vier Jahre zu leben hatte.

In diesen vier Jahren schuf Howard eine lebendige Legende. Die Leser verschlangen jede Conan-Story und konnten die nächste kaum erwarten. Heute, fast fünfzig Jahre später, können sie – und inzwischen auch ihre erwachsenen Kinder – immer noch nicht genug davon bekommen. Deshalb schrieben Lyon Sprague de Camp und ich diesen Conan-Roman.

Wenigen Schriftstellern wird das Glück zuteil, eine legendäre Figur zu erschaffen. Conan Doyle gelang es mit seinem Sherlock Holmes, Edgar Rice Burroughs mit Tarzan und Ian Fleming vielleicht mit James Bond. Robert Ervin Howard aus Cross Plains Texas glückte es in nur vier Jahren, eine bleibende Legende zum Leben zu erwecken, die nicht nur ihren Schöpfer überlebte, sondern auch das Magazin, in dem die Erzählungen zuerst erschienen, und den Verlag, der sie in Buchform publizierte.

So wie bei Sherlock Holmes, Tarzan und selbst dem Neuling Commander James Bond vom Geheimdienst Ihrer Majestät konnten es sich auch bei Conan andere Autoren nicht verkneifen, ein paar Geschichten hinzuzufügen.

Die ersten ›Nachhowardianer‹ gaben sich damit zufrieden, Howards Helden lediglich nachzuahmen, wie beispielsweise Henry Kuttner mit Elak von Atlantis, wie Kuttners Frau C. L. Moore mit Jirel von Joiry und wie Norvell W. Page mit Wan Tengri. Andere Autoren wurden davon inspiriert, ihre eigene, ungewöhnliche Magie in Welten zu wirken, die Howards Welt des Hyborischen Zeitalters sehr ähnelte, jedoch ihre eigenen originellen Helden hatten (wie Fritz Leiber mit seiner großartigen Saga von Fafhrd und dem grauen Mausling; Michael Moorcock mit seinen Stories über Elric von Melniboné, dem finsteren verdammten Albinoprinzen; oder mein Kollege Lyon Sprague de Camp mit seinen humorvollen Erzählungen, die im pusadianischen Zeitalter spielen, unmittelbar nach dem Untergang von Atlantis).

Sprague lernte die Conan-Stories erst sehr spät kennen, während ich sie zum erstenmal schon als Halbwüchsiger las. Unser Altersunterschied ist beträchtlich (Sprague ist dreiundzwanzig Jahre älter als ich); deshalb fand ich es erstaunlich, daß ich Howards Werk schon Jahrzehnte früher kannte und bewunderte, bevor Sprague auch nur ein Wort davon gelesen hatte. Aber obgleich Sprague schon immer Anhänger phantastischer Literatur war, hatte er stets bei einem flüchtigen Blick am Kiosk auf die Titelbilder von WEIRD TALES den Eindruck gewonnen, daß in diesem Magazin Gruselgeschichten veröffentlicht wurden – und dafür hat er sich noch nie begeistern können. Erst ein Rezensionsexemplar der Buchausgabe von CONAN THE CONQUEROR (CONAN DER EROBERER, Band 8), das ihm sein Kollege Fletcher Pratt gab, machte Sprague mit *Schwert und Magie* bekannt. Kaum hatte er das Buch gelesen, war er nicht mehr zu halten. Er wurde ein begeisterter Anhänger, und als er hörte, daß es in Howards weitverstreutem Nachlaß noch unveröffentlichte und auch unvollendete Manuskripte mit Conan-Stories gab, machte er sich auf die Suche nach ihnen. Er vollendete oder überarbeitete sie und veröffentlichte sie mit Hilfe von Glenn Lord, Howards literarischem Nachlaßverwalter.

Inzwischen war ich erwachsen, hatte meine Wehrpflicht in einer Infanterieeinheit in Korea hinter mich gebracht, war nach New York gezogen und belegte ein paar Kurse in kreativem Schreiben an der Columbia-Universität. 1965 erschienen meine ersten eigenen Produkte in Taschenbuchform, angefangen mit THE WIZARD OF LEMURIA (1969 überarbeitet und als THONGOR AND THE WIZARD OF LEMURIA erschienen – deutsch: THONGOR UND DER ZAUBERER VON LEMURIA), der von den Kritikern nachsichtig als ›Ergebnis eines Frontalzusammenstoßes zwischen Howard und Burroughs‹ bezeichnet wurde.

Mein erster Lemuria-Roman wurde der Anfang einer Reihe von sechs Romanen mit Thongor dem Mächtigen als Helden. Außerdem schrieb ich inzwischen viele weitere *Schwert-und-Magie*-Geschichten. (Die ins Deutsche übertragenen Fantasy-Romane und -Stories Lin Carters sind im FANTASY INDEX aufgeführt, der über den EDFC e.V., Postfach 1371, D-8390 Passau 1, zu beziehen ist.)

Unsere Begeisterung für Fantasy im allgemeinen und heroische Fantasy im besonderen führten Sprague und mich bei vielen SF-Cons (Treffen von Science-Fiction-Fans) und durch Briefwechsel zusammen. 1967 bearbeitete und vervollständigte ich ein Buch mit Howard-Geschichten, mit dem Titel KING KULL (deutsch: KULL VON ATLANTIS und HERR VON VALUSIEN): eine nicht so erfolgreiche Vor-Conan-Serie mit *Schwert-und-Magie*-Geschichten über einen atlantischen Wilden namens Kull.

Dieser Band erschien bei Lancer Books. Auf Spragues Drängen hatte Lancer angefangen, die Geschichte machende Conan-Serie herauszugeben – bearbeitet, zusammengestellt und vollendet von Lyon Sprague de Camp. Im gleichen Jahr lud Sprague mich ein, mit ihm an ein paar neuen Conan-Stories zu arbeiten, »um die größeren Lücken zwischen den vorhandenen Geschichten zu füllen«, wie er sagte. Und das haben wir seither auch getan.

Die Zusammenarbeit mit Lyon Sprague de Camp

war und ist faszinierend und macht Spaß (schon als Jugendlicher hatte ich Lyon Sprague de Camps Bücher gelesen). Es ist wirklich interessant, aus erster Hand mitzuerleben, wie sein Verstand arbeitet und wie er eine Geschichte konzipiert und durchdenkt. Ich glaube, ich habe viel von ihm gelernt, indem ich ihn bei der Arbeit beobachtete, denn er gehört zu den größten lebenden Meistern, und die Ausbildung, die ich durch diese Zusammenarbeit genoß, war einmalig.

Dieser Roman von Piraten und Schwarzer Magie ist nach der internen Reihenfolge der Conan-Saga der sechste Band nach unserer Aufstellung von Conans Leben und Aufstieg. Die Handlung füllt eine ansonsten ungenügend aufgezeichnete Zeitspanne in Conans Biographie: die zwei Jahre, als er Pirat von Zingara war. Wir nutzten diesen Roman, um den Zusammenhang der Saga zu festigen. In diesem Band taucht beispielsweise der rauhe, aber herzliche Vanir Sigurd zum erstenmal auf, dem wir im zwölften Band, CONAN OF THE ISLES (CONAN VON DEN INSELN), wieder begegnen werden. Hier treffen wir auch Conans alten Kameraden Juma wieder, den tapferen riesenhaften Schwarzen aus Kush, den wir in der Story ›The City of Skulls‹ (›Die Stadt der Schädel‹) in CONAN, dem ersten Band der Saga, kennenlernten (Heyne-Buch 06/3202). Wir haben die interne Logik der Saga als Ganzes auch dadurch gefestigt, daß wir Zarono hier mitwirken lassen. Er kommt dann in der Geschichte ›The Treasure of Tranicos‹ (›Der Schatz des Tranicos‹) im achten Band, CONAN THE USURPER (CONAN DER USURPATOR), wieder vor. Und dann wählten wir als Hauptbösewicht den mächtigen Fürsten der Zauberer, Toth-Amon von Stygien, der die ganze Saga hindurch immer wieder einmal eine Rolle spielt. Conan ist übrigens zur Zeit der Handlung dieses Romans sieben- oder achtunddreißig.

Achtzehn Conan-Stories erschienen zu Howards Lebzeit. Acht weitere, in allen Stadien der Vollendung – von bloßen Exposés bis zu fertigen Manuskripten –, wurden in seinem Nachlaß entdeckt. Wiederum acht, davon zwei Romane, hat das Team de Camp/Carter verfaßt, nicht eingerechnet solche posthumen Teamarbeiten wie ›The Hand of Nergal‹ (›Nergals Hand‹) von Howard und Carter und ›The Snout in the Dark‹ (›Dämon aus der Nacht‹) von Howard, de Camp und Carter. Alles in allem läßt sich sagen, daß Sprague de Camp in Zusammenarbeit mit Howard Nyberg und mir wohl am meisten zur Conan-Saga beigesteuert hat – mehr als Howard selbst.

ANMERKUNG DER ÜBERSETZERIN

Eine Verlags- und Vertragsmisere in den Vereinigten Staaten verhinderte eine Neuauflage und Weiterführung der Conan-Serie bis in die zweite Hälfte der siebziger Jahre. So konnte auch der letzte geplante Band CONAN OF AQUILONIA (CONAN VON AQUILONIEN, Heyne-Buch in Vorb.) erst 1977 erscheinen. Inzwischen ist Conan, vom übrigen Werk Howards getrennt, durch eine eigene Firma vertreten, und die Serie hat großen Aufschwung genommen. Neun weitere Bände liegen gegenwärtig vor (von Andrew Offut, Karl Edward Wagner, Lyon Sprague de Camp, Lin Carter, Poul Anderson), die alle in der deutschen Gesamtausgabe enthalten sein werden. Das amerikanische Comic-Heft CONAN THE BARBARIAN hat inzwischen weit über hundert Ausgaben erreicht und ist im Taschenbuchformat teilweise bereits auch in deutscher Sprache erschienen. In Amerika erscheint zudem ein großformatiges, in Schwarz-weiß gehaltenes Comic-Magazin, THE SAVAGE SWORD OF CONAN, das ebenfalls bereits über siebzig Ausgaben aufweist.

Und im Herbst 1982 lief der erste Conan-Film mit Arnold Schwarzenegger in der Titelrolle an.

Conan der Freibeuter

NORDSEE
VANAH
Lireigh Dorf
PIKTENLAND
Mt Crom
Korvela Bay
EIGLOPHIANISCHES GEB.
CIMMERIEN
Geistersumpf
Venarium
Torh
Galparan
Tanasul
Amilius
Alkarion
Kordava
Tal von Zingg
AQUILONIEN
Castria
Kova
Tor
ZINGARA
Lor
Burg Korzetta
Guarralid
Tarantia
NEMED
TRALUBES
Schomar
Yorkin
Terida
Helvenus
Ianthe
Pergona
Schamu Ebene
Carnolla
OPHIR
Venzia
Tortage
Messantia
ARGOS
Khorschemisch
BARACHAN INSELN
Asgalun
KOTH
Ghaza
Khemi
Kyros
Anakia
KELKA
Pyramiden
Akkharia
Eruk
Akhbet
FLAMMENDE BERG
Siptahs Insel
SHEM
Harakht
Furt v Bubastes
Wüste
Khajar Oase
Luxur
Nebthu
Styx
STYGIEN
Zabhela
Kheschollo
KUSH
Gazal
Meroe
Grasebenen
Sukhmet
Xuthal
Stadt der Geflugellen
Zuad See
Sudliche Wuste
Schwarze Zitadelle
Jeluba
Tombalku
DARFAR
Zarkheba
Bakalah
Jihji

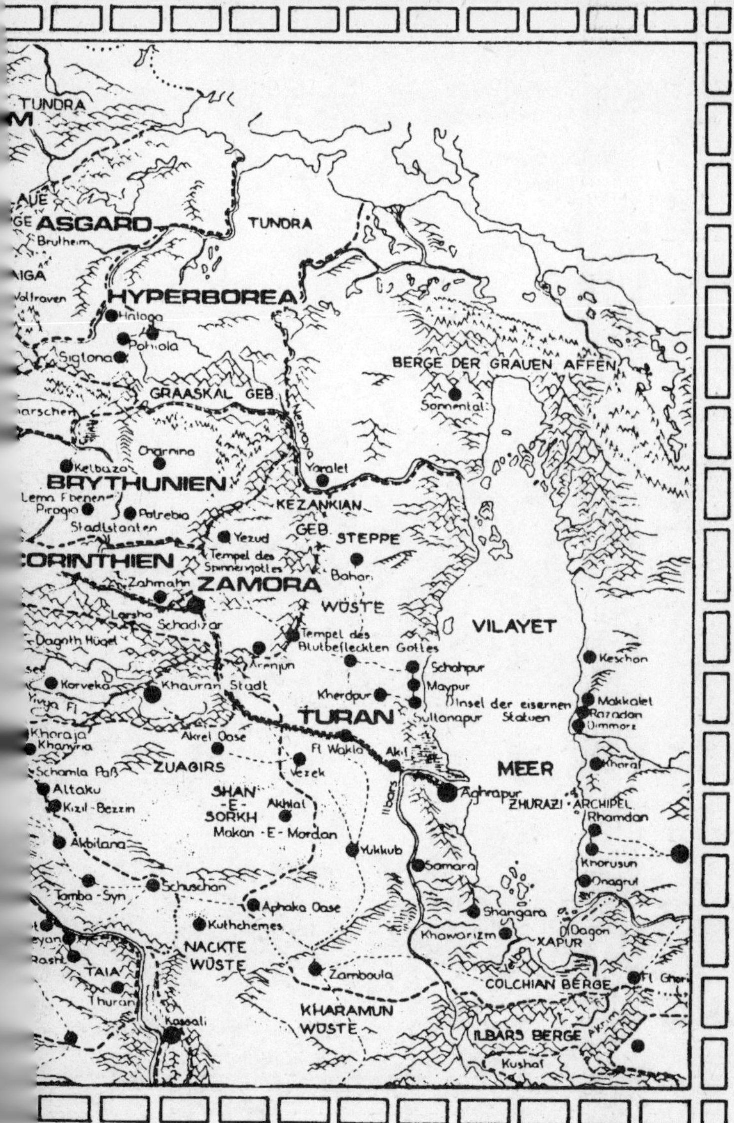

TUNDRA
ASGARD
Brutheim
TUNDRA
HYPERBOREA
Haloga
Pohiola
Sigtona
GRAASKAL GEB
BERGE DER GRAUEN AFFEN
Somental
Charnina
Kelbazo
Yaralet
BRYTHUNIEN
Pirogia
Patrebia
Stadtstaaten
KEZANKIAN
GEB
STEPPE
Yezud
Tempel des Spinnengottes
CORINTHIEN
Bahari
Zahmahn
ZAMORA
WÜSTE
Larsha
Schadizar
VILAYET
Tempel des Blutbefleckten Gottes
Dagoth Hügel
Arenjun
Schahpur
Keschan
Korveka
Khauran Stadt
Maypur
Kherdpur
Insel der eisernen Statuen
Makkalet
Razadan
Dimmorz
TURAN
Sultanapur
Akrel Oase
Kharaja
Khanyria
Fl Wakla
Akif
Schamla Paß
ZUAGIRS
Vezek
MEER
Kharal
Altaku
SHAN
-E-
SORKH
Akhlat
Aghrapur
ZHURAZI ARCHIPEL
Kizil-Bezzin
Rhamdan
Makan-E-Mordan
Ilbars
Akbitana
Yukkub
Khorusun
Samara
Onagrul
Tamba-Syn
Schuschan
Aphaka Oase
Shangara
Kuthchemes
Khawarizm
Dagon
XAPUR
NACKTE
WÜSTE
TAIA
Zamboula
COLCHIAN BERGE
Thuran
KHARAMUN
WÜSTE
Kassali
ILBARS BERGE
Kushaf

PROLOG:

BLUTTRAUM

Zwei Stunden vor Mitternacht erwachte Prinzessin Chabela. Die üppige Tochter König Ferdrugos von Zingara zog die dünne Seidendecke über ihre Blöße und blieb, am ganzen Leib zitternd, liegen. Mit aufgerissenen Augen starrte sie in die Dunkelheit. Eine schlimme Vorahnung schickte eisige Schauer über ihren Rücken, und ihr Herz klopfte fast lauter als der Regen, der auf das Palastdach trommelte.

Welch schrecklicher Traum war das nur gewesen, aus dessen schattenhaften Klauen sich ihre Seele gerade noch gerettet hatte?

Nun, da sie wach war, vermochte sie sich an die Einzelheiten kaum noch zu erinnern. Dunkelheit war um sie gewesen, durch die böse Augen gefunkelt hatten. Sie hatte das Glitzern von Klingen gesehen – und Blut! Blut, überall Blut: auf den Bettdecken, dem Marmorboden, unter der Tür, rotes, klebriges, träge fließendes Blut!

Schaudernd schüttelte Chabela die grauenvolle Erinnerung ab. Das schwache Glimmen eines Nachtlichts lenkte ihre Aufmerksamkeit auf sich. Es kam von einer Wachskerze auf einem niedrigen, reichverzierten Betpult an der Wand, dem Bett gegenüber. Auf dem Pult stand unter anderem eine kleine Statue Mitras, des Lichtgottes und der Hauptgottheit der Kordavanier. Chabela empfand plötzlich das Bedürfnis, den Gott um Hilfe anzuflehen. Sie wickelte die seidene Spitzendecke um ihren Körper und schritt fröstelnd über die Marmorfliesen zu dem Betpult, wo sie vor dem Idol niederkniete. Wie ein mitternachtschwarzer Wasserfall hing ihr dichtes Haar über den Rücken.

Neben der Statuette stand ein Silbergefäß mit Weihrauch. Sie ließ ein wenig Pulver auf die Kerzenflamme rieseln. Der würzige Duft von Narde und Myrrhe breitete sich aus.

Chabela legte die Hände zusammen und senkte den Kopf zum Gebet, doch sie brachte kein Wort über die Lippen. Ihre Gedanken überschlugen sich, sie konnte die innere Ruhe nicht finden, die zur Verehrung des großen Gottes nötig war.

Jetzt erst wurde ihr bewußt, daß sie schon seit vielen Tagen ein unbestimmbares Grauen im Palast gespürt hatte. Der alte König wirkte irgendwie geistesabwesend, innerlich erregt, so als beschäftigte er sich mit Problemen, über die er mit niemandem sprechen konnte. Er war in letzter Zeit auch unvorstellbar gealtert, so daß man meinen konnte, etwas entzöge ihm die Lebenskraft. Einige seiner kürzlichen Erlasse hatten ganz und gar nicht zu seiner bisherigen Einstellung gepaßt und widersprachen seiner früheren Politik. Hin und wieder hatte Chabela gar das Gefühl beschlichen, ein anderer blicke aus seinen alten schwachen Augen, spreche mit seiner bedächtigen heiseren Stimme oder unterzeichne mit zittriger Hand Dokumente, die er diktiert hatte. Der Gedanke war natürlich absurd, aber er wollte sich nicht verdrängen lassen.

Und dann diese gräßlichen Träume von Klingen und Blut und funkelnden Augen – und sich verdichtenden Schatten, die beobachteten und wisperten!

Plötzlich wurde ihr Kopf klar, als hätte eine frische Brise vom Meer die Schleier vertrieben, aber das machte das Ganze nur schlimmer, denn die lastende Beklemmung verstärkte sich, und ihr war, als versuchte etwas Schreckliches von ihr Besitz zu ergreifen.

Unbeschreibliches Grauen erfüllte sie, sie schüttelte sich vor Ekel. Die prallen jungen Brüste, so stolz unter der feinen Spitzendecke, hoben und senkten sich heftig. Sie warf sich vor dem Betpult mit der Mitra-Statuette auf den Marmorboden, bis das lange schwarze Haar die Fliesen berührte, und betete:

»Gütiger Mitra, Beschützer des Hauses Ramiro, o Herr voll Gnade und Gerechtigkeit, der du die Bösen und Grausamen bestrafst, ich flehe dich an in meiner Not: Sag mir, was ich tun soll, o mächtiger Herr des Lichtes.«

Sie erhob sich, öffnete die goldene Schatulle neben dem Weihrauchgefäß und entnahm ihr zwölf dünne geschnitzte Sandelholzstäbchen. Diese Orakelstäbchen waren von unterschiedlicher Länge und Form: manche gespalten, andere krumm und wieder andere gerade.

Sie warf sie vor dem Betpult auf den Boden. Das klappernde Geräusch wirkte ungemein laut in der nächtlichen Stille.

Sie bückte sich und betrachtete die Stäbchen. Das schwarze Haar fiel ihr ins Gesicht. Ihre Augen weiteten sich staunend.

Die Stäbchen bildeten das Wort T-O-V-A-R-R-O.

»Tovarro«, murmelte Chabela. »Geh zu Tovarro ...« Ihre dunklen Augen blitzten entschlossen auf. »Das werde ich tun!« schwor sie. »Heute nacht noch! Ich werde Kapitän Kapellez sofort Bescheid geben ...!«

Immer wieder erhellten die Blitze des tobenden Gewitters das nur von Kerzenschein beleuchtete Gemach. Chabela riß Kleidungsstücke aus einer Truhe, zog sich an und schnallte sich einen Waffengürtel, von dem ein Degen in seiner Scheide hing, um die schmale Taille, ehe sie sich einen warmen Umhang überwarf. Ihre Bewegungen waren geschmeidig und zielstrebig.

Mit glasigen Augen sah Mitra vom Betpult zu. Sprach nicht eine Spur Leben und Intelligenz aus ihnen? Und verrieten die strengen Lippen nicht einen Hauch von Mitleid? War das ferne Donnergrollen seine Stimme? Wer vermochte das zu sagen?

Kurz darauf verließ Ferdrugos Tochter den Palast – und dadurch kam eine Lawine phantastischer Ereignisse ins Rollen, die einen mächtigen Krieger, einen gefürchteten Zauberer, eine stolze Prinzessin und alte Götter am Rand der bekannten Welt zu einer gespenstischen Gegenüberstellung führten.

1

EIN ALTER ZINGARANISCHER BRAUCH

Starker Wind war aufgekommen, der Regen vor sich herpeitschte. Jetzt, kurz nach Mitternacht, heulte der klamme Seewind durch die Kopfsteinpflastergassen, die vom Hafen wegführten, und rüttelte an den hölzernen Aushängeschilden über den Tavernen- und Schenkentüren. Ausgehungerte Straßenköter suchten in den Torbogen Schutz vor Wind und Regen.

So spät in der Nacht war kaum noch jemand unterwegs, und nur wenige Lichter brannten in den Häusern Kordavas, der Hauptstadt von Zingara am Westlichen Ozean. Dichte Wolken verhüllten den Mond, und vereinzelte Nebelschwaden huschten wie Geister durch die Dunkelheit. Es war eine unheilschwangere Nacht, eine Nacht, wie geschaffen für Verschwörer, Räuber und Meuchelmörder, die sich mit vergifteten Dolchen in die Gemächer Schlafender stehlen.

Schwere Schritte und das Rasseln von Waffen waren durch Wind und peitschenden Regen zu hören. Eine Abteilung der Nachtwache – sechs Mann in hohen Stiefeln, Umhängen und Hüten, die Krempen zum Schutz vor dem Wetter tief ins Gesicht gezogen, mit Piken und Hellebarden bewaffnet – stapfte durch die dunklen Straßen. Hin und wieder warfen die Männer einander leise Bemerkungen in der raschen Sprache Zingaras zu. Rechts und links hielten sie

Ausschau nach eingebrochenen Türen oder Fenstern und hielten die Ohren nach nächtlicher Ruhestörung offen. Und während sie so dahinmarschierten, dachten sie an die Kannen Wein, die sie leeren wollten, sobald sie wieder im Trockenen wären.

Als die Wache an einem verlassenen Stall vorbeigekommen war, dessen Dach bereits halb eingebrochen war, machten sich dort zwei schattenhafte Gestalten zu schaffen. Die eine zog eine kleine dunkle Laterne unter ihrem Umhang hervor und zog deren Blende hoch. Der Schein der Kerze leuchtete auf eine bestimmte Stelle des Stallbodens.

Der Mann mit der Laterne bückte sich, wischte Staub und Schmutz zur Seite, bis eine steinerne Falltür zum Vorschein kam. An ihr war eine kurze Kette befestigt, die in einem Bronzering endete. Nun griffen beide Männer nach dem Ring und zogen. Die Falltür hob sich mit dem Knarren ungeölter Angeln. Die dunklen Gestalten verschwanden in der Öffnung, und die Falltür schloß sich mit dumpfem Schlag über ihnen.

Eine schmale steinerne Wendeltreppe führte in die Dunkelheit hinab, die der flackernde Kerzenschein der Laterne nur in geringem Umkreis und selbst da nur schwach durchdrang. Alt und abgetreten waren die Steine dieser klammen und mit Moos überwachsenen Treppe, die in Tiefen führte, aus denen der Moder von Jahrhunderten hochstieg.

Die Männer in ihren schwarzen Umhängen nahmen jede Stufe überaus vorsichtig. Seidenmasken verbargen die Züge der beiden. Eine feuchte Brise blies von unsichtbaren Tunneln hoch – Geheimgängen, die zur offenen See führten – und spielte mit den Umhängen, bis sie sich wie die Schwingen riesiger Fledermäuse bauschten.

Hoch über der schlafenden Stadt ragten die Türme der Burg Villagros des Herzogs von Kordava in den dunklen Himmel. Lediglich ein paar Lichter brannten hinter den hohen schmalen Fenstern, denn nur wenige Bewohner waren noch wach.

Tief unter dem alten Bauwerk saß ein Mann im Licht eines hohen Kandelabers, dessen goldene Arme zu gewundenen Schlangen geschmiedet waren, über Schriftrollen und Pergamente gebeugt.

Keine Kosten waren gescheut worden, diesem Gewölbe jeden möglichen Luxus zu verleihen. Die Wände aus klammem, unbehauenem Stein waren mit kostbaren dicken Teppichen behangen, und auch die Steinfliesen des Bodens waren mit einem dichten weichen Teppich im vielfarbigen Blumenmuster des fernen Vendhyas bedeckt: in Scharlachrot, Gold, Smaragdgrün, Himmelblau und Violett.

Auf einem Tischchen aus vergoldetem Holz, in das genau ausgearbeitete nackte Figuren eingeschnitzt waren, stand ein silbernes Tablett mit Erfrischungen: Wein aus Kyros in einer Kristallkaraffe, verschiedene Früchte und Gebäck in Silberschalen.

Der Schreibtisch, an dem der Lesende saß, war riesig und im Stil des aquilonischen Reiches geschnitzt. Zu dem Tintenfaß aus Gold und Kristall gehörte eine Pfauenfeder mit gespitztem Kiel zum Schreiben. Ein Degen lag quer über der Schreibtischplatte und diente – jedenfalls im Moment – als Pergamentbeschwerer.

Der Mann hinter dem Schreibtisch war mittleren Alters, fünfzig vielleicht, aber schlank und elegant. Er trug enge schwarze Beinkleider und feine Schuhe aus herrlich gearbeitetem Kordavaleder mit juwelenbesteckten Schnallen, die blitzten, als er ungeduldig die Zehenspitzen bewegte; ein türkisfarbenes Samtwams mit weiten Puffärmeln, deren geschickt gearbeitete Schlitze das pfirsichfarbige Satinfutter offenbarten;

feine Spitze kräuselte sich um die schmalen Handgelenke. An jedem Finger seiner gepflegten Hände funkelte ein fein gefaßter riesiger Edelstein.

Die schlaffe Haut der Wangen und die dunklen Ringe unter den kalten scharfen Augen verrieten das wahre Alter, das der Mann offenbar zu vertuschen suchte, denn sein glattes schulterlanges Haar war gefärbt, und eine Puderschicht bedeckte die Runzeln seines aristokratischen Gesichts. Doch diese Schönheitsmittel vermochten nicht die Straffheit der Haut zu ersetzen und den schlaffen Hals zu glätten.

Die mit Ringen überladene Hand spielte mit den Pergamenten – offiziellen Dokumenten mit goldenen und roten Siegeln, losen Bändern und bedeckt mit schräger schwungvoller Schrift. Die unruhigen Zehenspitzen und der häufige Blick auf die kunstvolle Wasseruhr auf einem kleinen Tischchen verrieten Ungeduld. Auch auf einen schweren Wandteppich in einer Ecke fiel immer wieder der Blick.

Ein kushitischer Sklave, die muskulösen Arme vor der nackten Brust gekreuzt, stand hinter dem Edlen. Goldene Ringe baumelten glitzernd von den langgezogenen Ohrläppchen. Kerzenlicht fiel schimmernd auf den kräftigen, wohlgebauten Körper. Ein blanker Krummsäbel stak in einer roten Schärpe.

Das winzige Getriebe der Wasseruhr klickte und kündete die zweite Stunde nach Mitternacht an.

Mit einer unterdrückten Verwünschung warf der Mann am Schreibtisch das knisternde Pergament, das er studiert hatte, auf die Platte. Im gleichen Augenblick wurde der schwere Wandteppich in der Ecke zur Seite geschoben, und ein Geheimgang war zu sehen. Zwei schwarzvermummte Männer standen am Eingang. Einer trug eine kleine Blendlaterne. Das Licht des Kandelabers glitzerte auf den nassen Umhängen der beiden Eindringlinge.

Der Mann am Schreibtisch legte eine Hand um den Griff des Degens auf der Platte, während der Kushit nach seinem Krummsäbel in der Schärpe faßte. Als die zwei Männer jedoch das Gewölbe betreten und ihre Masken abgenommen hatten, entspannte sich der Edle.

»Schon gut, Gomani«, wandte er sich an den Schwarzen. Der verschränkte erneut die Arme über der Brust und blickte gleichmütig drein wie zuvor.

Die Besucher ließen ihre Umhänge achtlos zu Boden fallen und wandten sich dem Mann am Schreibtisch zu. Der eine warf die Kapuze seines Gewandes zurück. Ein kahler, möglicherweise geschorener Schädel, Raubvogelzüge, wache schwarze Augen und dünne Lippen wurden sichtbar. Der Mann drückte die Hände an die Brust und verbeugte sich.

Der andere stellte seine Laterne ab, nahm seinen federbuschverzierten Hut in die Rechte und vollführte – mit einem gemurmelten: »Mein Herzog!« – einen Kratzfuß. Als er sich wieder aufrichtete und gleichmütig die Hand um den juwelenbesetzten Griff eines langen Schwertes legte, sah man, daß er ein hochgewachsener schlanker Mann mit schwarzem Haar, fahler Haut und scharfgeschnittenen Zügen war. Sein dünner Schnurrbart schien sorgfältig gepflegt. Er wirkte wie eine Mischung aus Edelmann, Komödiant und Seeräuber.

Villagro, Herzog von Kordava, bedachte den hochgewachsenen Zingarier mit einem eisigen Blick. »Meister Zarono, ich bin es nicht gewohnt, daß man mich warten läßt.«

Wieder die übertriebene Verbeugung. »Ich bitte tausendmal um Vergebung, Euer Gnaden. Nicht für den Segen aller Götter möchte ich mir Euren Unwillen zuziehen.«

»Warum kommt Ihr dann eine halbe Stunde zu spät?«

Der Zingarier machte eine höfliche Geste. »Etwas Unvorhergesehenes, nichts von Bedeutung ...«

Der Mann mit dem kahlgeschorenen Schädel eines Priesters warf ein: »Eine Rauferei in einer Schenke, mein Herzog.«

»Eine Rauferei in einer Schenke?« wiederholte der Herzog. »Habt Ihr den Verstand verloren, Bursche? Wie konnte das passieren?«

Zarono warf mit errötenden Wangen einen drohenden Blick auf den Priester, den dieser jedoch gleichmütig erwiderte. »Wie gesagt – nichts von Bedeutung, Euer Gnaden. Nichts, womit wir Eure Zeit stehlen wollen ...«

»Das beurteile ich, Zarono!« knurrte der Herzog. »Es könnte sein, daß unser Plan verraten wurde. Seid Ihr sicher, daß man diesen – äh – Zwischenfall nicht absichtlich herbeiführte?« Die Rechte des Herzogs legte sich um einen gefalteten Brief und verkrampfte sich, so daß die Knöchel sich weiß abhoben.

Zarono lachte leichthin. »Nichts dergleichen, mein Herr. Vielleicht habt Ihr von diesem tölpischen Barbaren namens Conan gehört, der es irgendwie geschafft hat, Kapitän eines zingaranischen Kaperschiffs zu werden, obgleich er nichts als die Brut irgendeiner cimmerischen Schlampe im eisigen Norden ist.«

»Nein, ich habe noch nie etwas von ihm gehört. Fahrt fort.«

»Wie ich schon erwähnte, es war wirklich nichts von Bedeutung. Als ich die Schenke zu den *Neun blanken Schwertern* betrat, wo ich mich mit dem heiligen Menkara treffen sollte, stieg vom Holzkohlenrost der Duft brutzelnden Fleisches in meine Nase. Nun, da ich seit morgens nichts mehr gegessen hatte, beschloß ich, sozusagen zwei Tauben mit einem Pfeil zu erlegen. Von einem Mann wie mir kann schließlich niemand verlangen, daß er seine Zeit mit Warten vergeudet. Also rief ich Sabral, den Wirt, und befahl ihm, mir den Braten vorzusetzen. Da wagt es doch dieser cimmerische Bastard, ihn mir zu verweigern, da er ihn bestellt habe. Aber ich kann nicht zulassen, daß fremde Emporkömmlinge einem Herrn vorgezogen werden ...«

»Was geschah? Kommt endlich zur Sache!« befahl der Herzog ungeduldig.

»Nun, es kam zu einer kleinen Auseinandersetzung. Von Worten gingen wir zu Schlägen über.« Zarono grinste, als er vorsichtig sein blaues Auge betupfte. »Der Bursche ist stark wie ein Stier, aber ich schmeichle mir, sein häßliches Gesicht ebenfalls gezeichnet zu haben. Ehe ich dem Bauernlümmel jedoch meine Klinge spüren lassen konnte, traten der Wirt und ein paar Gäste dazwischen und zwangen uns auseinander – doch nicht ohne größere Mühe. Es gehörten vier oder fünf dazu, jeden von uns zu halten. Inzwischen war der heilige Bruder Menkara eingetroffen und tat sein Bestes, uns zu beruhigen ...«

»Ich verstehe. Es war höchstwahrscheinlich tatsächlich ein Zufall, aber Ihr solltet gescheiter sein, als solche Schlägereien herauszufordern! Ich kann dergleichen nicht dulden! Doch nun zur Sache. Das, nehme ich an, ist ...«

Der Zingarier zwirbelte seinen Schnurrbart. »Verzeiht meine schlechten Manieren, Euer Gnaden. Darf ich Euch den heiligen Menkara vorstellen? Er ist ein Setpriester, den ich für unsere hehre Sache gewinnen konnte. Er arbeitet bereits eifrig für uns.«

Der Kahlgeschorene drückte erneut die Hände an die Brust und verbeugte sich. Villagro dankte mit einem Nicken.

»Weshalb habt Ihr auf einem persönlichen Treffen

bestanden, heiliger Bruder?« fragte er barsch. »Ich ziehe es vor, durch Agenten wie Zarono zu arbeiten. Ist etwas nicht in Ordnung? Genügt Euch die versprochene Belohnung nicht?«

Mit trügerisch gleichmütiger Miene antwortete der kahle Stygier: »Gold ist Tand. Aber die fleischliche Hülle muß auf dieser niedrigen Daseinsebene erhalten werden. Unser Kult weiß, daß die Welt nur Illusion ist: eine Maske über der höhnischen Fratze des Chaos ... Oh, verzeiht mir Niedrigem, mein Herzog! Theologische Gespräche sind in meinem Lande üblich, doch ich bin ja nun in Eurem Reich, das andere Bräuche hat, nicht wahr?« Der Stygier verzog die Lippen zu einem Lächeln, um anzudeuten, daß es humorvoll gemeint war.

Herzog Villagro hob eine Braue. Menkara fuhr fort: »Ich denke dabei an den Plan Euer Ehren, den leutseligen, aber senilen König Ferdrugo zu nötigen, Euch die Prinzessin Chabela zur Frau zu geben, ehe sein Dasein auf dieser Ebene sein zeitgemäßes Ende findet. Ich nahm Bezug auf den wohlbekannten Spruch: ›Verschwörung und Verrat sind ehrwürdige Bräuche in Zingara.‹«

Villagros Miene verriet, daß er diese Bemerkung nicht für so humorvoll hielt wie der Priester. »Ja, ja«, murmelte er. »Aber wie sieht es aus? Wie weit sind die Bemühungen fortgeschritten, die Kontrolle über den Geist der Betreffenden zu übernehmen?«

Der Stygier zuckte die Schultern. »Es gibt Schwierigkeiten, Herr. Ferdrugo läßt sich leicht lenken, denn er ist alt und krank. Ich stieß jedoch auf ein anderes Problem.«

»Das wäre?«

»Wenn ich dem König meinen Willen aufgezwungen habe, kann ich ihn nach Belieben lenken. Ich kann ihn dazu bringen, Euch die Hand seiner Tochter zu geben, aber die Prinzessin – was in Anbetracht des Altersunterschieds zwischen ihr und Euch zu verstehen ist – sträubt sich.«

»Dann zwingt auch ihr Euren Willen auf, kahlköpfiger Narr!« knurrte Villagro erbost über die Anspielung auf sein Alter.

Kaltes Feuer funkelte in den Augen des Stygiers, doch ward es schnell unterdrückt. »Das habe ich heute nacht versucht«, sagte er sanft. »Mein Geist suchte die Prinzessin im Schlaf heim und drang in ihre Träume. Sie ist jung, stark und lebensfroh. Nur mit allergrößter Anstrengung gelang es mir, die Kontrolle über ihren Geist zu übernehmen. Doch während mein Schatten ihrer schlafenden Seele zuflüsterte, spürte ich, wie mein Halt über des Königs Geist sich lockerte und schließlich löste. Ich mußte das Mädchen schnell wieder freigeben, um die Macht über ihren Vater zurückzugewinnen. Chabela erwachte, von Grauen geschüttelt. Obgleich sie sich an meine Einflüsterungen nicht erinnert, habe ich sie zweifellos erschreckt.

Ihr seht also, Herr: Das Problem besteht darin, nicht gleichzeitig König und Prinzessin unter Kontrolle halten zu können ...«

Er unterbrach sich, als er das wütende Funkeln in den Augen des Herzogs bemerkte.

»Ihr wart es also, ungeschickter Hund!« donnerte Villagro.

Bestürzt blickte der Stygier ihn an. »Was meint Ihr, mein Herr?«

Zarono schloß sich seiner Frage an.

Mit einem abgewürgten Fluch sprang der Herzog auf. »Ist es die Möglichkeit, daß mein mit allen Wassern gewaschener Spion und mein so kluger Zauberer nicht gehört haben, was bereits jeder in der Stadt weiß? Kann es tatsächlich sein, daß keiner von euch

Idioten eine Ahnung vom Verschwinden der Prinzessin hat? Und daß unsere Pläne dadurch vereitelt wurden?«

Herzog Villagro hatte seine Pläne mit größter Sorgfalt geschmiedet. König Ferdrugo war krank und altersschwach. Um eine friedvolle Thronfolge zu sichern, mußte Chabela bald heiraten. Wer hatte da mehr Recht, um ihre Hand anzuhalten und mit ihr zu herrschen, als Villagro, langjähriger Witwer und nach dem König der reichste und mächtigste Edelmann des Reiches?

In seinem Gewölbe unter dem uralten Palast hatte Villagro begonnen, seine Pläne in die Tat umzusetzen. Der Pirat Zarono, aus edlem Geschlecht, doch mit etwas anrüchiger Vergangenheit, half ihm dabei. Ihm hatte er den Auftrag erteilt, einen Zauberer ohne Skrupel für ihre Zwecke zu gewinnen, der dem alten Monarchen seinen Willen aufzwingen sollte. Des listigen Zaronos Wahl war auf Menkara gefallen, einen Zauberpriester des geächteten stygischen Set-Kults. Chabelas Flucht hatte nun Villagros Pläne über den Haufen geworfen. Was nutzte es, den Willen des Königs zu lenken, wenn die Prinzessin nicht mehr da war, um verheiratet zu werden?

Mit eiserner Selbstbeherrschung beruhigte Menkara schließlich den aufgebrachten Herzog. »Es dürfte Euer Gnaden ein Trost sein zu erfahren, daß meine bescheidenen okkulten Kräfte mir helfen werden, den Aufenthaltsort der Königstochter herauszufinden.«

»Dann macht Euch schnellstens daran!« brummte Villagro ungnädig.

Auf Anweisung des Priesters holte Gomani, der Kushit, einen bronzenen Dreifuß und Holzkohle aus der benachbarten Folterkammer. Der Teppich wurde zurückgerollt. Der Stygier kramte aus einer Tasche seines wallenden Gewandes einen Beutel mit mehreren Fächern hervor. Ihm entnahm er ein Stück leuchtender grüner Kreide. Damit malte er ein kreisrundes Zeichen auf den Steinboden, das einer Schlange glich, die das Schwanzende im Rachen hielt.

Inzwischen hatte der Kushit auf dem Dreifuß ein Feuerchen entfacht, und schon bald glühten die Holzkohlen.

Der Priester goß aus einem Kristallfläschchen eine duftende grüne Flüssigkeit in die Flammen. Zischend stieg Dampf auf, und der würzige Duft verteilte sich im Gewölbe. Nach einer Weile kräuselten sich dünn Rauchfähnchen durch die unbewegte Luft.

Nun setzte sich Menkara mit gekreuzten Beinen in den grünen Kreidekreis. Die Kerzen des Kandelabers wurden ausgeblasen. Gespenstische Düsternis herrschte jetzt, die von drei schwachen Lichtquellen unterbrochen wurde: dem roten Glühen der Kohlen, dem schimmernden Schlangenkreis und den gelben Augen des Zauberers, die wie bei einem Nachttier funkelten.

Monoton hob sich die Stimme des Stygiers: *»Iao, Setesh … Setesh, Iao! Abrathax kuriam mizraeth, Setesh!«*

Die zischenden Worte wurden zu einem Wispern und erstarben. Das einzige Geräusch war der gemessene rhythmische Atem des Priesters. Als er seinen Geist ausschickte, senkten sich die Lider über die gelben Augen.

»Mitra!« keuchte Zarono, doch die Hand des Herzogs, die sich wie eine Zwinge um seinen Arm legte, ließ ihn schnell verstummen.

Die Rauchfähnchen wanden sich und verschmolzen zu einer leuchtenden jadegrünen Wolke. Dunkle und helle Flecken wurden im Rauch sichtbar. Und dann erblickten die beiden Männer eine aus dem Leben gegriffene Szene in der Wolke. Eine Karavelle schnitt durch die nächtliche See. Auf dem Vorderdeck stand ein junges Mädchen. Der Wind peitschte den schweren Umhang gegen den üppigen jungen Körper.

»Chabela!« hauchte Villagro.

Als hätte seine Stimme den Zauber gebrochen, wirbelte die Wolke auf und zerriß. Die Kohlen erloschen zischend. Der Priester fiel vornüber, und seine Stirn schlug gegen den Steinboden.

»Wohin will sie?« fragte Villagro Menkara, nachdem ein Schluck Wein den Zauberer wiederbelebt hatte.

Der Stygier dachte nach. »Ich las den Namen *Asgalun* in ihrem Kopf. Habt Ihr eine Ahnung, mein Herr, was sie in Asgalun suchen könnte?«

»Tovarro, des Königs Bruder, lebt zur Zeit dort«, antwortete der Herzog nachdenklich. »Als Gesandter zieht er von einer shemitischen Stadt zur anderen, und im Augenblick hält er sich in Asgalun auf. Chabela will ihn vermutlich überreden, nach Kordava zurückzukehren. Ist dieser Bursche, der sich in alles einmischt, erst einmal hier – nicht auszudenken, was aus unseren Plänen würde! Also, was können wir tun, nachdem Eure Kräfte nicht genügen, König und Prinzessin gleichzeitig zu beherrschen?«

Zarono streckte die Hand nach dem Silbertablett aus. »Euer Gnaden gestatten?« Auf Villagros Nicken nahm er einen Apfel und biß hinein. »Wir sollten einen zweiten Zauberer hinzuziehen«, sagte er, bevor er erneut in den Apfel biß.

»Klingt vernünftig«, gestand der Herzog. »Wen würdet Ihr vorschlagen, Priester?«

Der Stygier dachte mit ausdruckslosem Gesicht nach. »Das Oberhaupt meines Ordens«, sagte er schließlich, »den großen Thoth-Amon, den mächtigsten Zauberer auf dieser Daseinsebene.«

»Und wo ist dieser Thoth-Amon zu finden?«

»Er lebt im heimatlichen Stygien, in der Oase von Khajar«, erwiderte Menkara. »Ich muß Euch jedoch darauf aufmerksam machen, Euer Gnaden, daß die gewaltigen Fähigkeiten Thoth-Amons nicht allein mit Gold zu erkaufen sind.« Ein bitteres Lächeln spielte um seine dünnen Lippen. »Mit Gold sind unbedeutende Männer wie ich zu gewinnen, doch Thoth-Amon ist ein Zauberfürst. Einer, der den Geistern der Erde befiehlt, verleiht seine Hilfe nicht für Gold.«

»Was könnte ihn dann verlocken?«

»Ein Traum bewegt Thoth-Amon schon seit langem«, antwortete der Priester mit weicher Stimme. »Vor vielen Jahrhunderten befehdeten der Kult des verfluchten Mitra und der meiner hohen Gottheit Set einander hier in den Reichen des Westens. So verworren sind die Fäden des Schicksals, daß mein Glaube unterlag und die Anbeter Mitras über uns triumphierten. Die Verehrung der Schlange wurde verboten, und alle Anhänger meines Ordens verbannte man.

Schwörtet Ihr nun, Euer Gnaden, die Tempel Mitras niederzureißen und an ihrer Stelle die Tempel Sets neu zu errichten und den großen Set über die jetzigen Götter des Westens zu stellen – ich bin sicher, Thoth-Amon würde seine ganze Macht einsetzen, Euch zu unterstützen.«

Der Herzog kaute an der Unterlippe. Götter, Tempel und Priester waren ihm gleichgültig, solange die Tempel und ihre Hierarchie ihre Abgaben leisteten. Er zuckte die Schulter.

»Einverstanden. Ich werde es bei allen Göttern schwören, die Euer Wunderwirker mir nennt. Und nun Eure Aufgaben:

Im Morgengrauen werdet Ihr in See stechen. Haltet Südostkurs und fangt das Schiff mit der Prinzessin ab. Nehmt sie gefangen und vernichtet das Schiff, es dürfen außer ihr keine Überlebenden bleiben. Euer

Albatros müßte die kleine *Seekönigin* leicht einholen können, Zarono.

Nachdem Ihr die Prinzessin in Eurer Gewalt habt, segelt nach Stygien weiter. Ihr, Menkara, begebt Euch zu Thoth-Amon. Betrachtet Euch als mein Gesandter. Wenn Ihr ihn für unsere Sache gewonnen habt, kehrt Ihr mit ihm und der Prinzessin nach Kordava zurück. Noch irgendwelche Fragen?«

2

EIN DOLCH IM DUNKELN

Der Morgen graute am östlichen Horizont. Der Sturm hatte sich gelegt, nun jagten schwarze Wolkenfetzen über den düsteren Himmel. Verblassende Sterne blitzten im Westen noch durch die zerrissene Wolkendecke und spiegelten sich in den Regenpfützen der Gassen und Straßen Kordavas.

Zarono, Kapitän des Kaperschiffs *Albatros* und Geheimagent des Herzogs von Kordava, stapfte grimmig durch die nassen Straßen. Seine Schlägerei mit dem riesenhaften cimmerischen Piraten hatte seine Laune nicht gebessert, ganz zu schweigen von der Tatsache, daß ihm dadurch sein Abendessen entgangen war. Die Verwünschungen, mit denen ihn sein Herr, der Herzog, bedacht hatte, hatten seine Stimmung weiter verschlechtert, und dazu kam nun, daß er die Augen kaum noch offenhalten konnte und sein Magen ohne Unterlaß knurrte. Der Geschmack in seinem Mund wurde immer saurer, während er den triefenden Dachrinnen auswich und ständig den Saum seines Umhangs aus den schlammigen Pfützen retten mußte. Es verlangte ihn nach einem hilflosen Opfer, an dem er seine aufgestaute Wut auslassen konnte. Menkara schritt stumm an seiner Seite.

Ein hagerer kleiner Mann, dessen nackte Beine unter dem zerfransten Saum seines geflickten Priestergewands zu sehen waren, bemühte sich, nicht auf dem glitschigen Kopfsteinpflaster auszurutschen, während er durch den Wind rannte. Seine Sandalen klapperten auf den nassen Steinen. Mit einer Hand hielt er den um seinen Hals geschlungenen Schal auf seiner schmalen Brust fest, in der anderen trug er ein angezündetes Stück geteerten Taus, um den Weg ein wenig zu erhellen.

Er murmelte ein Morgengebet zu Mitra vor sich hin, doch die Worte bedeuteten ihm nichts, er leierte sie gewohnheitsmäßig herunter, denn seine Gedanken waren anderswo. So eilte Ninus, ein kleiner Priester des Mitratempels, durch die nassen windigen Straßen seinem Schicksal entgegen.

Ninus war schon sehr früh aufgestanden und hatte sich, um dem Oberpriester nicht in die Arme zu laufen, aus dem Tempelbau in einer düsteren Gasse gestohlen und auf den Weg zum Hafen gemacht, wo er sich mit dem Korsaren Conan von Cimmerien treffen wollte.

Der unscheinbare kleine Mann hatte einen wabbeligen Bauch und dürre Schenkel. Wässerige Augen blickten über eine große Nase. Sein geflicktes Priestergewand war nicht gerade sauber, und die roten Flecken deuteten darauf hin, daß er dem verbotenen Wein nicht abgeneigt war. In früherer Zeit, ehe er sich dem Dienst Mitras zugewandt hatte, war Ninus einer der geschicktesten Juwelendiebe der hyborischen Lande gewesen. Damals hatte er auch Conan kennengelernt. Der muskulöse Freibeuter, der nie viel von Tempeln gehalten hatte, war damals ebenfalls Dieb gewesen, als er sich mit Ninus angefreundet hatte. Obgleich Ninus sich aufrichtig zum Priester berufen fühlte, war es ihm doch nie ganz gelungen, alle irdischen Gelüste zu unterdrücken, die er in seinem früheren Leben so hemmungslos gestillt hatte.

Der kleine Priester drückte das Pergament, das Conan ihm abzukaufen versprochen hatte, fest an seine dürre Brust. Der Pirat war an Schätzen interessiert, und Ninus brauchte Gold oder zumindest Silber. Die Karte war schon lange in Ninus' Besitz. Während seiner Tätigkeit als Dieb hatte er oft mit dem Gedanken gespielt, den mit Tinte eingezeichneten Pfaden zu folgen, um vielleicht den ungeheuren Schatz zu heben, zu dem die Linien führen sollten. Aber in seinem heiligen Beruf erschien es ihm nun unwahrscheinlich, daß er je auf Schatzsuche gehen würde. Warum die Karte also nicht verkaufen?

Ganz versunken in rosige Gedanken von süßem Wein, saftigem Braten, armfüllenden Mädchen und was Conans Gold ihm sonst noch ermöglichen würde, eilte Ninus um eine Ecke und prallte frontal gegen zwei Männer in dunklen Umhängen, die zur Seite sprangen, um ihm auszuweichen. Entschuldigungen murmelnd, betrachtete der kleine Priester mit kurzsichtigen Augen den hageren Mann, dessen Kapuze zurückgerutscht war. Verblüffung verdrängte seine übliche Zurückhaltung.

»Menkara, der Setide!« schrie er schrill. »Ihr hier? Abscheulicher Schlangenanbeter, wie könnt Ihr es wagen?« Er hob seine Stimme in rechtschaffenem Zorn und brüllte nach den Stadtwächtern.

Zarono quetschte einen Fluch hervor und griff nach dem Arm seines Begleiters, um ihn fortzuziehen, aber der Stygier riß sich los und funkelte ihn an. »Das kleine Schwein kennt mich!« zischte er. »Tötet ihn, schnell, sonst sind wir alle verloren!«

Zarono zauderte nur einen Herzschlag, dann zog er seinen Dolch und stach zu. Das Leben eines armseligen Priesters bedeutete ihm nichts. Hauptsache, sie mußten der Wache nicht Rede und Antwort stehen!

Das Glimmen des Stahls im zunehmenden Morgenlicht endete im Gewand des Mitraisten. Ninus taumelte mit einem würgenden Schrei zurück, röchelte und brach auf dem Kopfsteinpflaster zusammen. Ein paar Tropfen Blut sickerten aus seinem Mundwinkel.

Der Stygier spuckte vor ihm aus. »Mögen alle deinesgleichen so zugrunde gehen!«

Zarono blickte sich nervös um, während er seinen Dolch am Gewand des Toten abwischte. »Schnell, heben wir uns hinweg!« drängte er.

Aber der Stygier hatte eine schwache Wölbung unter Ninus' Gewand entdeckt. Er bückte sich und brachte eine dünne Pergamentrolle zum Vorschein. Sofort rollte er sie mit beiden Händen auf.

»Eine Karte«, murmelte er. »Wenn ich sie lange genug studiere, werde ich sie bestimmt entziffern können ...«

»Später! Später!« vertröstete ihn Zarono. »Wir dürfen uns nicht vor der Wache verdächtig machen!«

Menkara nickte und steckte die Rolle ein. Die beiden Männer ließen den toten Mitrapriester in seinem Blut liegen und eilten durch das Morgenrot.

Nach der unbefriedigenden Auseinandersetzung mit dem arroganten Zarono hatte Conan die ganze Nacht bei dem schlechten Wein gesessen, den die Schenke als einziges Getränk zu bieten hatte. Die lange Warterei bekam ihm nicht. Unruhig wie eine Raubkatze stapfte er in der Gaststube hin und her, deren Decke gerade hoch genug war, daß er nicht mit dem Kopf anstieß. Während die Schenke zu den *Neun blanken Schwertern* zuvor fast überfüllt gewesen war, saßen jetzt nur noch wenige Gäste herum, wie etwa drei betrunkene Seeleute in einer Ecke. Zwei von ihnen grölten Seemannslieder, deren Weise sie zeitweilig vergaßen, der dritte war eingeschlafen.

Die Stundenkerze verriet Conan, daß das Morgengrauen nahe war. Ninus sollte bereits hier sein. Dem kleinen Priester mußte etwas zugestoßen sein, denn es war nicht seine Art, sich zu verspäten. Schon gar nicht, wenn Gold im Spiel war.

Auf zingaranisch – mit einem barbarischen Akzent – wandte Conan sich an den Wirt: »Sabral, ich muß ein bißchen frische Luft schnappen. Wenn jemand nach mir fragt, sag ihm, ich bin bald zurück.«

Der Regen hatte nachgelassen, es nieselte nur noch ein wenig. Die schwarze Wolkendecke war aufgebrochen und hatte sich zurückgezogen. Der Silbermond spähte noch einmal hervor, um den Rest der Nacht zu erhellen, aber er begann bereits im ersten Grau des Morgens zu verblassen. Leichter Dunst stieg von den Pfützen auf.

Conan rülpste herzhaft und stiefelte über die feuchten Kopfsteine. Er beabsichtigte, einmal um das Häusergeviert zu gehen. Erbittert verfluchte er Ninus. Der kleine Halunke wäre schuld, wenn er die Morgenbrise verfehlte, die dem *Tagedieb* aus dem Hafen helfen sollte. Ohne den leichten Wind müßten sie das Beiboot aussetzen und das Schiff durch anstrengendes Rudern schleppen.

Plötzlich blieb Conan stehen und verhielt reglos. In der strudelnden Gosse lag ein schmutziges Bündel, aus dem nackte Beine ragten.

Der Cimmerier sah sich links und rechts um, blickte zu den Dächern hinauf und hielt in den Torbogen und der Gasseneinmündung Ausschau nach lauernden Meuchlern. Er öffnete den schweren schwarzen Regenumhang und lockerte den Säbel in der Scheide. In diesem Teil der Altstadt war eine Leiche auf der Straße nichts Ungewöhnliches. Die baufälligen Häuser beherbergten Diebe, Meuchler und dergleichen menschlichen Abschaum. Doch wo ein Opfer lag, trieb sich vielleicht auch der Schuldige noch herum.

Conan hatte jedenfalls in diesen Dingen längst Vorsicht gelernt.

Lautlos wie ein jagender Leopard glitt der riesenhafte Cimmerier durch die Schatten und kniete neben dem armseligen Bündel nieder, das einmal ein Mensch gewesen war. Behutsam drehte er den Mann auf den Rücken. Frisches Blut glitzerte im Rot des neuen Morgens. Die Kapuze verschob sich und offenbarte das Gesicht.

»Crom!« fluchte Conan. Der Mann war der ehemalige Dieb und Mitrapriester Ninus von Messantia, auf den Conan vergeblich gewartet hatte.

Mit geschickten Händen durchsuchte Conan den Erstochenen. Die Karte, die das Männlein ihm zu bringen versprochen hatte, war nicht da.

Conan kauerte sich auf die Fersen, während die Gedanken sich hinter seinem grimmigen, unbewegten Gesicht überschlugen. Wer konnte am Tod eines unbedeutenden kleinen Priesters interessiert sein, der kaum mehr als ein paar Kupferstücke sein eigen nannte? Die Karte war das einzig Wertvolle, das der Priester bei sich gehabt hatte. Da sie fehlte, sagte ihm die Logik, daß der harmlose Ninus ihretwegen erstochen worden war.

Der obere Rand der aufgehenden Sonne rötete Türme und Dächer des alten Kordava. In ihrem Schein funkelten Conans Augen in eisigem Blau. Er ballte die narbige Rechte und schwor, daß der Schuldige diese Untat mit seinem Blut bezahlen sollte.

Sanft hob der Cimmerier den Toten auf seine kräftigen Arme und kehrte mit schnellen Schritten zu den *Neun blanken Schwertern* zurück. Er stieß die Tür zur Schankstube auf und brüllte dem Wirt zu:

»Sabral! Ein ruhiges Gemach und einen Heiler! Schnell!«

Der Wirt wußte, wenn der Cimmerier in diesem Ton zu ihm sprach, mußte er springen. Er beeilte sich, Conan mit seiner Last die knarrende Treppe hinaufzuführen.

Neugierig folgten die Augen der letzten Gäste dem riesenhaften Mann. Sie sahen ein sonnengebräuntes, narbiges Gesicht, glatt geschabt und von einer gerade geschnittenen schwarzen Mähne unter einem zerbeulten Seemannshut eingerahmt. Die tiefliegenden Augen unter dichten schwarzen Brauen waren gletscherblau. Der Pirat trug den Priester ohne jegliche Anstrengung, so als habe er ein kleines Kind in den Armen.

Keiner von Conans Mannschaft hielt sich in der Schenke auf. Dafür hatte der Cimmerier gesorgt, ehe er die Verabredung mit Ninus traf. Er wollte vermeiden, daß die Besatzung etwas von der Schatzkarte erfuhr, ehe er es für richtig hielt, selbst davon zu sprechen.

Sabral brachte Conan in das Gemach, das er stets für hochstehende Gäste freihielt. Conan machte sich daran, Ninus auf das Bett zu legen, wartete jedoch, bis Sabral die Decke weggezogen hatte.

»Kein Blut auf meiner besten Decke!«

»Zum Teufel mit deiner Decke!« knurrte Conan und legte Ninus nieder. Während Sabral die Decke zusammenfaltete, untersuchte Conan den Kleinen. Der Priester atmete schwach, und sein Pulsschlag war unregelmäßig.

»Ja, er lebt wirklich noch«, murmelte Conan, dann fuhr er Sabral an. »Hol endlich einen Heiler, statt wie ein Idiot glotzend herumzustehen!«

Der Wirt verschwand schweigend. Conan entblößte Ninus' Oberkörper und verband behelfsmäßig die Wunde, die immer noch leicht blutete.

Sabral kam mit einem gähnenden Heiler im Schlafrock zurück. Strähnen grauen Haares kamen unter der Nachtmütze hervor. »Der ehrenwerte Doktor Cratos«, sagte der Wirt.

Der Heiler nahm den Verband wieder ab, reinigte die Wunde und bedeckte sie mit sauberem, weichem Stoff. »Glücklicherweise«, sagte Cratos, »hat die Klinge das Herz verfehlt und auch die größeren Blutgefäße und die Lunge nur angekratzt. Bei guter Pflege müßte er wieder gesund werden. Bezahlt Ihr für ihn, Kapitän?«

Conan nickte brummend. Ein paar Schluck Wein brachten Ninus einigermaßen zu sich. Mit einer Stimme, die nicht viel mehr als ein Flüstern war, erzählte der Kleine:

»Ich stieß auf – zwei Männer – auf der Straße. Einer war – Menkara, der Setpriester. Ich – schrie. Er forderte den anderen auf – mich zu töten.«

»Wer war der andere?« fragte Conan.

»Ganz vermummt – in Schlapphut und Umhang – aber ich glaube, es war – der Freibeuter Zarono ...«

Conan runzelte die Stirn. Zarono! Das war der eingebildete Bursche, mit dem er sich gestern abend in der Schenke geschlagen hatte. Hatte Zarono von seiner Verabredung mit Ninus gewußt und dem Priester aufgelauert, um ihm die Karte zu rauben? Alles deutete auf eine Verschwörung, um das Versteck des Schatzes zu erfahren.

Der Cimmerier erhob sich. Sein Gesicht war vor Grimm tief gerötet. »Hier!« polterte er und drückte Cratos eine Handvoll Münzen, die er aus seinem Beutel geholt hatte, in die Finger. Eine weitere Handvoll gab er Sabral.

»Kümmert euch beide darum, daß er gute Pflege erhält und sich erholt«, sagte er. »Falls das Geld nicht genügt, werde ich den Rest begleichen, wenn ich zurück bin. Und wenn ihr nicht euer Bestes für ihn tut, werdet ihr es bitter zu bereuen haben. Sollte er wider Erwarten sterben, dann begrabt ihn nach den feierlichsten Riten Mitras. Und jetzt, lebt wohl!«

Leise schloß er die Tür hinter sich, rannte die Treppe hinunter, hinaus auf die Straße und mit flatterndem Umhang zum Hafen.

Als die aufgehende Sonne Masten und Segel der Schiffe vergoldete, herrschte bereits reger Betrieb im Hafen. Die Seeleute kletterten die Takelung hinauf und wieder herunter, Schiffsoffiziere brüllten ihre Befehle durch Sprachrohre aus Pergament, und knarrende Holzkräne, die durch Muskelkraft bedient wurden, schwangen Ballen und Kisten vom Kai aufs Deck.

Conan erkundigte sich bei der Hafenwache nach Zaronos *Albatros* und erfuhr, daß sie bereits vor einer Stunde aufgebrochen und längst hinter der östlichen Spitze der Hafenbucht verschwunden war. Conan brummte einen kurzen Dank, drehte auf dem Absatz um und stieg die Laufplanke zu seiner Karracke, der *Tagedieb,* hinauf.

»Zeltran!« brüllte er.

»Ja?« meldete sich sein Erster Offizier, der sich um die Übernahme der Ladung kümmerte. Zeltran war ein kleiner rundlicher Zingarier mit langem, gezwirbeltem schwarzen Schnurrbart. Trotz seiner Korpulenz war er leichtfüßig wie eine Katze.

»Ruf die Männer zusammen und laß abzählen, ob alle an Bord sind!« befahl Conan. »Wir stechen sobald wie möglich in See.«

Schon kurz darauf sammelte sich die gesamte Besatzung auf dem Mitteldeck. Es waren hauptsächlich dunkle Zingarier, nur ein paar Männer anderer Rassenzugehörigkeit. Drei fehlten, also wurde der Schiffsjunge ausgeschickt, sie aus den Tavernen zu holen, in denen sie ihren Landurlaub überzogen. Der Rest beeilte sich, von Conans Stimme angespornt, mit der bisher gemächlichen Verstauung der Ladung.

Die fehlenden Männer kamen im Eilschritt herbeigerannt. Der letzte Ballen war untergebracht, die Leine wurde eingezogen. Acht Mann plagten sich an den Rudern des Beiboots, um die *Tagedieb* in die offene See zu schleppen. Als der erste Hauch des Meerwindes mit den Segeln zu spielen begann, kam das Beiboot längsseits und wurde an Bord gehoben.

Als die Segel sich schließlich aufblähten und die *Tagedieb* sich in den Wind legte, gischtete das Wasser vor ihr auf. Sanft und rhythmisch schaukelte sie in den Wogen der offenen See. Das Kreischen der über ihr flatternden Möwen vermischte sich mit dem Platschen des Kielwassers, dem Knarren des Holzes und der Takelung und dem Seufzen des Windes in den Masten.

Conan stand am vorderen Rand des Quarterdecks an die Reling gelehnt und blickte düster am Hauptsegel vorbei auf den fernen Horizont. Nachdem er den Kurs gesetzt und die Wachen eingeteilt hatte, kletterte Zeltran zum Heck herauf und stellte sich neben den Cimmerier.

»Wohin diesmal, Kapitän?« erkundigte er sich.

»Kennst du des schwarzen Zaronos *Albatros*?« fragte Conan.

»Der Kasten, der eine Stunde, ehe Ihr an Bord kamt, ausgelaufen ist? Ja, den kenne ich. Zarono soll ein fähiger Seemann, aber ein harter, kaltherziger Bursche sein. Entweder ist er selbst von hoher Geburt oder hatte zumindest gute Beziehungen zu den niedrigeren Schichten der Edlen. Jetzt wollen sie aber nichts mehr von ihm wissen, weil er irgendwas getan hat, was gegen ihren Ehrenkodex verstieß – oder so was

Ähnliches, wie ich gehört habe. Deshalb wurde er Seeräuber. Hat er sich mit Euch angelegt? Er ist kein Gegner, den man leichtnehmen sollte.«

»Wenn du ausnahmsweise mal den Mund hältst, alter Zungendrescher, erzähle ich es dir.« Conan weihte Zeltran ein, auch über die Karte. »Wenn ich Zarono auf dem offenen Meer erwische«, endete er, »wird er meine Klinge zu kosten bekommen. Zwar mag die *Albatros* größer sein, aber die *Tagedieb* ist wendiger.«

»Wir holen die *Albatros* ganz sicher ein«, sagte Zeltran überzeugt und zwirbelte seinen Schnurrbart. »Und es sollte mir nicht schwerfallen, höchstpersönlich mit sechs oder sieben von Zaronos Hunden aufzuräumen. Aber wäre es nicht klüger, ihm zu folgen, ohne uns sehen zu lassen? Dann würde er uns doch zum Schatz führen!«

Conan blickte seinen Ersten Offizier aus zusammengekniffenen Augen an, dann grinste er und klopfte ihm auf die Schulter.

»Bei Crom und Mannanan!« lobte er. »Du hast dir deine Heuer verdient!« Er schaute zu den Piraten hinauf, die in den Wanten des Marssegels standen, jeder einen Arm um die Rahe, und seines Befehls harrten, das Marssegel zu hissen. »Wartet!« brüllte er hinauf. »Kommt herunter!« Er wandte sich wieder an Zeltran. »Wir werden das Marssegel nicht setzen, weil Zarono es sähe. Wir kommen ohne das Segel genauso schnell voran wie er mit ihm. Wie heißt doch der Bursche mit den Adleraugen wieder?«

»Meint Ihr Riego von Jerida?«

»Genau! Schick ihn hinauf in den Mastkorb. Er soll uns ständig berichten, was er sieht.«

Der junge Zingarier kletterte in den Ausguck und spähte zum südwestlichen Horizont. »Karracke gerade vor uns, Käptn!« rief er. »Ich sehe das Marssegel, und wenn eine Welle das Schiff hebt, einen schwarzen Rumpf!«

»Das ist die *Albatros*«, erklärte Conan. »Vorsichtig Kurs halten, Steuermann!« Er drehte sich wieder zu Zeltran um, der an seinem Schnurrbart zupfte. »Wir werden uns tagsüber zurückhalten und uns nachts nur so weit nähern, daß wir die Lichter sehen. Wenn wir Glück haben, wird Zarono überhaupt nicht auf uns aufmerksam.«

Conan grinste vergnügt. Er atmete tief ein und wieder aus. Das war das Leben, das ihm behagte: ein festes Deck unter den Füßen, ein halbes Hundert hartgesottener Burschen unter seinem Befehl, das weite Meer, ein Gegner – und ein aufregendes Abenteuer, das seiner harrte.

Mit allen Segeln – außer dem verräterischen Marssegel – folgte die *Tagedieb* dem Kielwasser der *Albatros* südostwärts, während die blendende Sonne am blauen Himmel immer höherstieg und die Delphine neugierig durch die türkisfarbenen Wellen hüpften.

3

DAS ENDE DER *SEEKÖNIGIN*

Die Karavelle *Seekönigin,* die königliche Jacht, hatte die Strecke zwischen der zingaranischen Küste und den Barachan-Inseln glücklich passiert. Die Inselgruppe war ein berüchtigter Schlupfwinkel von Piraten – hauptsächlich Argossanern. Doch trieben sich offenbar gerade keine Seeräuber in diesem Teil des Westlichen Ozeans herum. Und dann hatte die Karavelle die Grenze zwischen Zingara und Argos hinter sich gebracht.

Die argossanische Küste blieb im Osten zurück. Kapitän Kapellez folgte Chabelas Befehl und schwenkte nach Backbord ab, doch nicht so jäh, wie die Küste verlief, bis diese vom Ausguck kaum noch zu sehen war.

Zwei Gründe gab es für diesen Kurs. Der eine war, die Küste von Shem nahe Asgulan so schnell wie möglich zu erreichen, der zweite, möglichst zu verhindern, daß argossanische Piraten (die ihren Stützpunkt auf dem Festland hatten) oder ein Kaperschiff der *Seekönigin* nachsetzten.

Doch nun war bereits seit dem Vormittag eine schwarze Karracke hinter der königlichen Jacht in Sichtweite, und am frühen Nachmittag war sie so nahe herangekommen, daß scharfe Augen ihren Namen ausmachen konnten.

»Wir haben nichts zu befürchten«, versicherte Kapitän Kapellez der Prinzessin. »Es ist eines der Kaperschiffe im Dienst Eures königlichen Vaters, Hoheit, nämlich die *Albatros* unter dem Kommando von Kapitän Zarono.«

Seine Worte beruhigten Chabela keinesfalls. Etwas Unheildrohendes ging von dem schwarzen Schiff aus, das stetig näherkam, obwohl es natürlich durchaus Zufall sein mochte, daß die Karracke den gleichen Kurs wie die *Seekönigin* verfolgte.

Auch der Name Zarono war keine Beruhigung für sie. Sie war dem Mann nur hin und wieder am Hof begegnet, wenn er dort etwas zu tun gehabt hatte. Aber es waren ihr häßliche Gerüchte über den Freibeuter zu Ohren gekommen. Eine ihrer Freundinnen, Lady Estrallada, hatte der Prinzessin auch zugetragen, daß Zarono sehr von Chabelas Reizen angetan sei. Chabela hatte nicht weiter darauf geachtet, denn es gab immer ungebundene Männer an einem Hof, die sich für Königstöchter interessierten, schon deshalb, weil sie hofften, Prinzgemahl zu werden.

Inzwischen war Chabelas Argwohn gewachsen. Drei Tage waren seit dem Aufbruch der *Seekönigin* vergangen, und die Kunde vom Verschwinden der Prinzessin mußte Tagesgespräch sein. Zweifellos befand sich der ganze Palast in Aufruhr.

Vielleicht ist die Aufregung über mein Verschwinden groß genug, selbst meinen Vater aus seiner Erstarrung zu reißen, dachte sie. Und möglicherweise hat er mir Zarono nachgeschickt, um mich zurückzubringen.

Chabela sprach noch ein paar höfliche, aber geistesabwesende Worte zu dem Kapitän, bevor sie sich von ihm abwandte. Nachdem sie eine Weile ruhelos auf Deck hin und her gegangen war, lehnte sie sich gegen die reichgeschnitzte Reling mit ihren hüpfenden Delphinen und dreizackschwingenden Wassermännern. Wie gebannt beobachtete sie die schwarze Karracke.

Die *Albatros* kam immer näher. Ihr stumpfer Bug brach durch die Wellen. Bei dieser Geschwindigkeit, dachte Chabela, wird sie sich schon in einer halben Stunde luvwärts legen und dadurch der *Seekönigin* den Wind aus den Segeln nehmen und sie zum Anhalten zwingen können.

Chabela verstand viel von der Seefahrt, ganz im Gegensatz zu ihrem Vater, der das Meer nicht mochte. Schon als kleines Mädchen war sie mit der *Seekönigin* ausgefahren und hatte sich für alles interessiert, was mit Seefahrt zu tun hatte. Erst vor ein paar Jahren, nachdem sie eine junge Frau geworden war, hatte ihr Vater verboten, daß sie sich wie ein Seemann kleidete und die Wanten hochkletterte.

Der Prinzessin schauderte, aber sie zwang sich zur Entspannung. Bis jetzt hatte die schwarze Karracke noch keine feindselige Absicht zu erkennen gegeben. Ein zingaranisches Kaperschiff wäre wohl nicht so dumm, die Privatjacht des Königs von Zingara anzugreifen.

Plötzlich fiel ein Schatten über das sonnenhelle Deck. Merkwürdigerweise war er von dunklem Grün – und unheimlich.

Die Prinzessin blickte auf, doch nichts war zu sehen, das den gespenstischen Schatten erklärte, der die *Seekönigin* nun völlig einhüllte. Keine Wolke hatte sich vor die Sonne geschoben, kein riesiges Ungeheuer flatterte über dem Schiff. Und nun wirkte der Schatten mehr wie dichter grüner Dunst oder Nebel. Die Gesichter der Besatzung waren fahl, die Augen furchtgeweitet.

Und dann schlug das Grauen zu. Tentakel grünen Nebels griffen nach dem nächsten Seemann, der seine Angst hinausschrie. Wie die Fangarme eines Riesenkraken legten sich die schattenhaften Tentakel um den Mann. Das Mädchen sah das Entsetzen und die Verzweiflung des Bedauernswerten; dann schienen die grünen Tentakel in den Körper zu dringen und waren verschwunden. Der kräftige Seemann erstarrte zu statuenhafter Reglosigkeit, während seine Haut, ja selbst seine Kleidung eine unverkennbare grüne Färbung annahmen, bis er wie eine Jadefigur wirkte.

Chabela rief verzweifelt Mitra an. Überall auf dem Schiff brüllten die Männer und kämpften mit wilder Verzweiflung gegen die unfaßbaren grünen Dunstschwaden, die in ihre Leiber drangen und sie dabei in grüne Statuen verwandelten.

Und dann wand sich auch um die Prinzessin ein grüner Fangarm. Ekel und Grauen schüttelten sie, als sie die Berührung der Dunstglieder spürte. Gleich darauf fühlte sie, wie Eiseskälte ihren Körper durchzog und ihre Glieder erstarrten. Als die Nebelschwaden in sie eindrangen, umhüllte sie Finsternis, und sie verlor die Sinne.

Auf der *Albatros* beobachtete Zarono mit heimlichem Grauen, wie der stygische Zauberer seine Magie wirkte. Reglos kauerte er vor einem merkwürdigen Gerät, das er selbst zusammengesetzt hatte, als die Karracke sich der *Seekönigin* näherte. Es bestand aus einem kleinen Kegel aus trübem grauen Kristall auf einem niedrigen schwarzen Holzaltar. Der Altar schien uralt zu sein. Seine einstmals zweifellos kunstvollen Schnitzereien waren nur noch teilweise zu erkennen, und man konnte gerade noch sehen, daß es sich um winzige nackte Menschen handelte, die vor einer gewaltigen Schlange flohen. Die Augen der Schlange waren früher zwei kostbare Opale gewesen, von denen einer jedoch längst verlorengegangen war.

Im Verlauf von Menkaras geflüsterter Beschwörung

hatte der Kristallkegel zu leuchten begonnen. Pulsierendes smaragdgrünes Licht strahlte von ihm aus und machte das Gesicht des Zauberers einem Totenschädel noch ähnlicher als sonst.

Nun hielt sich der Stygier einen Spiegel vors Gesicht. Er war aus schwarzem Metall mit einem Eisenrahmen in Form verschlungener Ungeheuer gefertigt.

Zaronos heimliches Grauen wuchs, als er sah, wie das grüne Leuchten vom Spiegel angezogen und auf das ferne Deck der *Seekönigin* geworfen wurde. Trotz des hellen Sonnenscheins sah man deutlich, wie der Leuchtstrahl das Meer zwischen den Schiffen überbrückte. Irgend etwas geschah auf der Karavelle, nur konnte Zarono es nicht erkennen, weil die Entfernung zu groß war.

Als niemand mehr ihr Steuerruder bediente, verlor die *Seekönigin* Fahrt und schaukelte mit flatternden Segeln. Zarono brachte seine Karracke längsseits. Der Stygier beendete seine Beschwörung und lehnte sich erschöpft gegen die Reling. Seine dunklen Züge waren von kaltem Schweiß überzogen.

»Es ist vollbracht«, murmelte er. »Solche Beschwörungen zehren mich aus, dabei war diese nicht einmal sonderlich mächtig – wer etwas davon versteht, könnte den Zauber leicht abwehren. Aber die dummen Kerle dort drüben beschäftigen sich nicht mit magischen Künsten. Ihr könnt das Schiff ungehindert betreten, eine Stunde lang wird niemand an Bord sich rühren.«

»Sind sie tot?«

»Nein, nur unfähig sich zu bewegen. Helft mir in meine Kajüte!«

Zarono stützte den geschwächten Priester und brachte ihn zu seinem Raum. Der Bootsmann folgte ihm mit Altar und Kegel.

Als sie die Tür hinter dem völlig erschöpften Stygier geschlossen hatten, wischte Zarono sich mit einem Spitzentuch den Schweiß von der Stirn. Zauberei war ja recht nützlich, aber eine furchterregende Waffe! Er zog das Klirren von Säbeln, das Sirren von Pfeilen, das Zischen von Armbrustbolzen, den krachenden Einschlag von ballistegeschleuderten Kugeln und das Schmettern von Rammen gegen feindliche Schiffe vor. Er hatte im Lauf seines Lebens nicht wenige Schandtaten begangen. Aber sie waren von verständlicher Art und nicht wie diese unheimlichen Manipulationen finsterer, ja möglicherweise unbeherrschbarer Kräfte aus überirdischen Regionen.

»Ernando!« brüllte er dem Smutje zu. »Her mit einer Riesenkanne vom stärksten Wein an Bord!«

So wurde die *Seekönigin* eingenommen und ihrem Ende geweiht. Ein Enterkommando von der *Albatros* holte die erstarrte Prinzessin und trug sie auf Zaronos Quarterdeck. Andere Seeleute häuften brennbares Material um die Masten und begossen es mit Öl. Dann kehrten alle auf die *Albatros* zurück und stießen die Seekönigin mit Stangen und Enterhaken von ihrem Schiff ab.

Als der Abstand zwischen den beiden Schiffen so groß war, daß die *Albatros* nicht mehr gefährdet wurde, schossen Bogenschützen brennende Pfeile auf die königliche Jacht. Das vorbereitete Material fing Feuer, und ein Segel nach dem anderen ging in Flammen auf. Der Brand breitete sich über das Deck aus und verschlang die lebenden, doch durch Zauber erstarrten Besatzungsmitglieder.

Das Kaperschiff setzte erneut die Segel und nahm Kurs auf die Küste von Shem. Die brennende Jacht blieb zurück.

Vom Mastkorb seiner Karracke beobachtete Conan den pilzförmig aufsteigenden Rauch, der das Ende der *Seekönigin* ankündete, und er stieß einen wilden Fluch aus. Die *Tagedieb* lag im Nordwesten, so weit entfernt, daß sie vom Deck der *Albatros* aus nicht gesehen werden konnte. Wäre es allerdings Zarono oder einem seiner Leute eingefallen, vom Mastkorb aus in diese Richtung zu spähen, hätte er zumindest die Mastspitzen erspäht, wenn die Wellen die *Tagedieb* hoben.

Conan verstand nicht, weshalb Zarono ein Schiff seines eigenen Landes zerstört hatte. Hinter der Tat steckte mehr als der Raub der Karte und der Versuch, den legendären Schatz zu bergen. Aber der riesenhafte Cimmerier hatte schon lange gelernt, unbeantwortbare Fragen zur Seite zu schieben, bis irgendwann neues Licht in die Sache kam, statt endlos zu grübeln und kostbare Zeit zu vergeuden.

Wer immer die unbekannten Opfer auf der Karavelle waren, er würde sie rächen, wenn er mit Zarono abrechnete! Und vermutlich ergab sich die Gelegenheit dazu schon bald.

4

DIE NAMENLOSE INSEL

Der Sonnenuntergang verwandelte das wolkenbehangene Himmelsgewölbe in einen Baldachin feuriger Pracht. Der stumpfe Bug der *Albatros* zog seinen gischtenden Weg, als der Westwind die Karracke durch die rotglitzernden Wellen trieb. Weit hinter ihr, doch der Besatzung nicht bewußt, folgte Conan mit seiner *Tagedieb*, gerade weit genug entfernt, um im brennenden Sonnenuntergang und später unter den funkelnden Sternen nicht entdeckt zu werden.

Zarono lag in seiner Kajüte in einem weichen Sessel und hing seinen Gedanken nach, in der Hand einen mit ungeschliffenen Smaragden besetzten Kelch. Die angenehme Blume des starken shemitischen Weines erfüllte den kleinen getäfelten Raum. Eine an Ketten von der Decke schwingende Lampe warf ihren flackernden Schein auf knittriges Pergament, das an die Wand geheftet war, und auch auf Degen und Dolche, die ebenfalls an den Wänden hingen und deren Griffe vor Juwelen blitzten.

Zaronos fahle Züge wirkten düster, und seine kalten schwarzen Augen schienen nach innen zu blicken. Er trug ein loses Hemd mit Puffärmeln aus nicht mehr ganz sauberer weißer Seide, mit Spitzenbesatz am Hals und an den Handgelenken. Sein dichtes schwarzes Haar war zerzaust, und er war offenbar schon tief berauscht.

Als leicht an die Tür geklopft wurde, stieß er eine Verwünschung aus, ehe er unwillig »Herein!« rief.

Menkara trat mit der zusammengerollten Karte in die Kabine.

Mißbilligend betrachtete der hagere Stygier den lässig in seinem Sessel ausgestreckten Freibeuter.

»Noch mehr Zauberei?« höhnte Zarono und bemühte sich, seines Schluckaufs Herr zu werden. »Könnt Ihr einem normalen Sterblichen nicht das Vergnügen gönnen, sich am Wein zu erfreuen, ohne daß Ihr Euer häßliches Gesicht zwischen seine Gedanken drängt? Also sagt schon, was Ihr glaubt, sagen zu müssen!«

Ohne auf den Gefühlsausbruch des Angetrunkenen zu achten, rollte Menkara die Karte auf dem Tisch aus und deutete mit knochigem Finger auf Reihen fremder Schriftzeichen.

»Seit wir dem Mitrapriester die Karte abgenommen haben, zerbreche ich mir den Kopf darüber«, erklärte der Stygier, und seine sonst so tonlose Stimme klang erregt. »Die eingetragene Küste ist zweifellos die von Südstygien. Obgleich mir die Sprache fremd ist, erweckten doch einige der Bezeichnungen ein quälendes Gefühl der Vertrautheit. Ich habe mich aufs äußerste bemüht, sie zu entziffern, während Ihr Euch vollaufen ließet.«

Zaronos Gesicht rötete sich. Eine Hand legte sich um den Schwertgriff. Aber Menkara hielt ihn mit erhobener Hand zurück. »Beherrscht Euch, vergeßt Eure persönlichen Gefühle – es geht hier um etwas ungemein Wichtiges! Hört mir zu! Während meiner Zauberausbildung studierte ich vergleichbare Schriften, und so weiß ich, daß die Sprache des alten Valusiens genau wie die des alten Stygiens und Acherons mit Buchstaben geschrieben wurde, von denen jeder einen Laut darstellte. Da auf dieser Karte die

Länder eingezeichnet sind, die wir als Shem und Stygien kennen, mit Städten wie Asgalun und Khemi, vermochte ich bei den Bezeichnungen dieser Orte die Buchstaben zu deuten. Andere Überschriften sind offenbar die Namen untergegangener Städte wie Kamula und Python.«

Die Erwähnung dieser verruchten Namen rüttelte Zarono aus seiner trunkenen Gleichgültigkeit auf. Stirnrunzelnd beugte er sich vor, um Menkara besser zu verstehen.

Der Priester fuhr fort: »Indem ich die Buchstaben der bekannten Namen deutete und so ein wenig vertrauter mit dieser uralten Schrift wurde, gelang es mir schließlich nach anstrengendem Studium, den Namen dieser einen Insel zu entziffern, die ich noch nie zuvor auf einer Karte sah.«

Zarono blickte mit zusammengezogenen Brauen auf den Punkt auf der Karte, neben dem Menkaras Zeigefinger ruhte. »Auch mir ist sie nicht bekannt, Zauberer. Bitte fahrt fort!«

»Wenn ich die Buchstaben richtig deute, liest der Name sich als *Siojina-kisua.* Das dürfte dem alten stygischen Wort *siojina* gleich oder zumindest verwandt sein, und das wiederum heißt auf zingaranisch: *namenlos.*«

Die schwarzen Augen des Freibeuters, der nun völlig nüchtern war, brannten in den fahlen maskengleichen Zügen. »Die namenlose Insel«, raunte er.

»Ja«, zischte Menkara mit kalter Befriedigung. »Wir dürfen mit Sicherheit annehmen, daß *kisua* ›Insel‹ bedeutet, denn dieses Wort findet sich mehrmals in Zusammenfügung mit anderen Worten neben oder über weiteren Inseln auf der Karte.« Er fuhr mit dem Zeigefinger von einem Punkt zum anderen. »Und ich nehme an, daß Euch als Freibeuter die Legende über jene Insel bekannt ist, auf der Geister hausen sollen.

Sie soll ein Überrest des alten Valusiens sein, auf dem eine zerfallene Ruine von der Größe der vorgeschichtlichen Schlangenmenschen zeugt.«

»Ich kenne nur die Geschichte, von der die Seeleute sich erzählen – über eine Insel ohne Namen, auf der der größte Schatz liegt, der je zusammengetragen wurde«, antwortete Zarono.

»Stimmt«, sagte Menkara. »Aber dort gibt es noch etwas, von dem Ihr offenbar nichts wißt. Gewiß, es sind dort mehr als genug der üblichen Reichtümer zu finden, aber abgesehen von Gold und Edelsteinen soll dort auch etwas von ungeheurem magischen Wert liegen, eine unverfälschte Abschrift des *Buches von Skelos*.«

»Ich bin nicht an verfluchter Magie interessiert, nur an ehrlichem Gold!«

Menkara lächelte dünn. »Ja, aber überlegt doch! Wir wollen den mächtigsten Zauberer der Erde dazu überreden, unserem Herrn Villagro zum Thron von Zingara zu verhelfen. Er wird sich natürlich freuen zu erfahren, daß der Set-Kult neu auferstehen und der Mitra-Kult aufhören soll. Aber noch viel leichter können wir seine Gunst gewinnen und uns seiner Unterstützung versichern, wenn wir ihm einen so gewaltigen magischen Schatz wie das *Buch von Skelos* verehren könnten. Es ist wahrhaftig ein Verbrechen gegen die heilige Wissenschaft der Magie, daß ein so mächtiges Werk alten Wissens unbenutzt vermodert. Es soll nur noch zwei Abschriften und das Original dieses Buches geben, und welches das Original ist, ist nicht einmal bekannt. Eines der drei Bücher liegt gut verwahrt in einem Gewölbe unter der königlichen Bibliothek von Aquilonien, in der Stadt Tarantia. Das zweite befindet sich in einem geheimen Tempel in Vendhya und das dritte hier.« Der Stygier deutete mit dem Zeigefinger auf die Karte.

»Wenn dieses verdammte Buch so wertvoll ist, warum hat es dann noch niemand von dieser namenlosen Insel geholt?«

»Weil weder ich noch sonst ein Sucher der höheren Wahrheit genau wußte, wo die namenlose Insel liegt. Nach der Karte befindet sie sich fernab der schwarzen Reiche und aller Inseln, die wir kennen. Kein Land gibt es in einem Umkreis von hundert Seemeilen, noch liegt sie nahe von Wasserstraßen, die Schiffe von einem Hafen zivilisierter Länder zum anderen benutzen. Ein Seefahrer, der sie auf gut Glück in dieser Meeresöde suchte, könnte sein ganzes Leben damit zubringen, ohne sie zu finden – wobei es sich als kurzes Leben erweisen könnte, wenn er irgendwo ohne Proviant und Süßwasser schließlich kläglich zugrunde ginge.

Außerdem ist Euch ja wohlbekannt, wie abergläubisch Seeleute sind. Sie nehmen an, daß es in der südlichen See nur so von gefährlichen Riffen und menschenfressenden Ungeheuern wimmelt. Aus gutem Grund blieb die namenlose Insel so lange verborgen.«

»Selbst bei günstigem Wind brauchten wir von hier aus mehrere Tage, sie zu erreichen«, überlegte Zarono, eine Hand unter das lange Kinn gestützt.

»Und wenn schon! Wir haben das Mädchen sicher in der Hand. Ein paar Tage mehr oder weniger spielen keine Rolle. Mit dem *Buch von Skelos* als Anreiz und dadurch in der Gewißheit, daß Thoth-Amon uns helfen wird, können wir uns die Verzögerung leisten. Außerdem glaube ich, daß Ihr durchaus an dem Gold interessiert seid.« Fanatisches Feuer flackerte in Menkaras sonst so ausdruckslosen Augen.

Zarono rieb sich das Kinn. Obwohl er für Magie nichts übrig hatte, mußte anscheinend alles getan werden, um den mächtigen Fürsten der Zauberer für Villagros Sache zu gewinnen. Und gehörte Zarono erst einmal der Schatz der namenlosen Insel, wäre er nicht nur über alle Maßen reich, sondern käme auch zu hohem Ansehen.

Schnell entschied er sich. Er sprang auf, riß die Kabinentür auf und brüllte. »Vancho!«

»Ja, Käptn?« rief der Steuermann.

»Kurs Süd, bis der Nordstern nur noch einen Strich über dem Horizont steht.«

»Aufs offene Meer, Käptn?« erkundigte sich Vancho ungläubig.

»Du hast mich gehört, verdammt! Kurs Süd!«

Rollen ratterten, und die Takelung knallte, als die Rahen der *Albatros* sich drehten und der stumpfe Bug der Karracke auf den neuen Kurs durch das sternenfunkelnde Meer schwang.

Menkara zog sich in seine Kabine zurück, um weiter die Karte zu studieren. Er glühte vor Verlangen nach dem finsteren Wissen. Mit dem *Buch von Skelos* konnte Thoth-Amon allmächtig werden! Villagro auf den Thron zu helfen, wäre eine Kleinigkeit; der mächtige stygische Zauberer könnte sogar die ganze Welt beherrschen. Und wenn den Söhnen Sets erst alles untertan war, war Menkaras Glück gewiß gemacht, denn schließlich hatte er das alles ermöglicht!

Conan starrte nachdenklich auf das Positionslicht der *Albatros*, als die größere Karracke ihren Kurs von Südost genau nach Süden wechselte. Er wußte nichts von Chabelas Anwesenheit an Bord der *Albatros* und weder etwas von Villagros Komplott noch von Menkaras Ambitionen. Er wußte nur – oder glaubte es zumindest –, daß Zarono Ninus die Karte geraubt hatte und sich nun unterwegs zur namenlosen Insel und ihrem Schatz befand. Er hatte keine Ahnung, weshalb die schwarze Karracke plötzlich den Kurs änderte.

Der riesenhafte Cimmerier kletterte die Wanten

vom Mastkorb mit der Behendigkeit eines Affen hinunter. »Zeltran!« brüllte er.

»Ja, Käptn?«

»Sechs Strich nach Steuerbord! Folge dem Positionslicht der *Albatros*!«

»Jawohl, Käptn.«

Conan lehnte sich an die Quarterdeckreling, als die *Tagedieb* ihren neuen Kurs in unbekanntes Gewässer einschlug. Wenn sie erst die Küste des Kontinents verlassen hatten, blieb ihnen nur der Nordstern, nach dem sie sich richten konnten und der ihnen in klaren Nächten sagen würde, wie weit sie in Nordsüdrichtung gekommen waren. Hoffentlich wußte Zarono, wohin er wollte, denn wenn er sich in dieser Wasseröde verirrte, würde es der *Tagedieb* nicht besser ergehen.

Soweit Conan wußte, erstreckte sich die sternenglitzernde Unendlichkeit des Meeres bis zum Rand der Welt. Was jenseits davon liegen mochte, konnte er sich nicht einmal vorstellen. Alte Legenden raunten von fabelhaften Inseln, fremden Kontinenten, unbekannten Menschen und schrecklichen Ungeheuern.

Vielleicht stimmten die Legenden sogar. Es war noch kein Jahr vergangen, seit er mit der *Tagedieb* (doch damals unter dem Kommando des finsteren Zaporavo) zu einer unbekannten Insel im Westen gesegelt war, auf der Zaporavo und mehrere der zingaranischen Besatzungsmitglieder ihr furchtbares Ende gefunden hätten. Wenige von Conans zahllosen Abenteuern waren so unheimlich gewesen wie jenes Erlebnis am Teich der Riesen, wo die unmenschlichen Giganten gehaust hatten. Doch wer mochte es schon wissen – vielleicht begab er sich jetzt in noch viel furchtbarere Gefahr?

Er holte tief Luft und lachte herzhaft. Crom! Man

kann nur einmal sterben, warum also die Zeit damit vergeuden, sich irgendwelche Schrecken auszumalen? Es genügte, wenn man sie bekämpfte, sobald einem nichts übrigblieb als sich ihnen zu stellen. Die Kampfeslust kam dann von selbst, und mit einer guten Klinge in der Hand fürchtete er nichts. Also: auf zur namenlosen Insel am Rand der Welt!

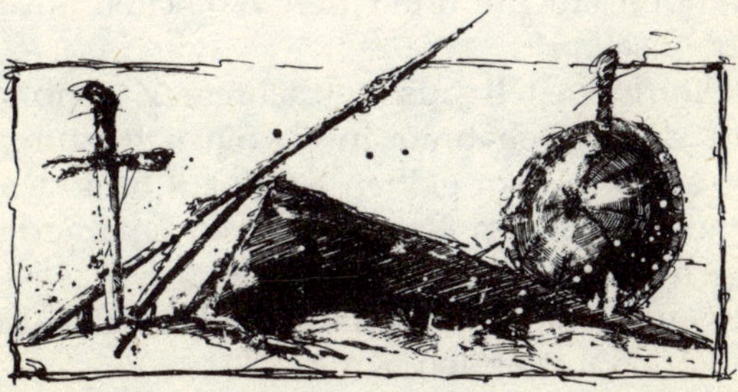

5

AM RAND DER WELT

Die ganze Nacht schifften die beiden Karracken durch die warmen Wogen des Südmeers. Im Morgengrauen reffte die *Tagedieb* die Segel, um zurückzufallen und im zunehmenden Tageslicht nicht von der *Albatros* aus gesehen zu werden. Des Nachts – wenn sie bis dahin die namenlose Insel noch nicht erreicht hatten – konnten sie den Zeitverlust wieder wettmachen, denn der schlankere Rumpf und spitzere Bug der *Tagedieb* machte sie schneller als die plumpe *Albatros.*

Inzwischen schnitt Conans *Tagedieb* durch die leicht bewegten blaugrünen Wellen. Fliegende Fische sprangen hoch, hielten sich eine Weile in der Luft und tauchten wieder ins Meer zurück. Weder die eine noch die andere Karracke hatte, seit sie auf Südkurs war, ein anderes Schiff gesichtet.

Plötzlich bildete sich am ansonsten strahlend blauen Himmel eine kleine Wolkengruppe. Die *Albatros* änderte ihren Kurs nach Steuerbord, und nach ein paar Stunden tauchte unter den Wölkchen am Horizont eine Insel auf.

Vom Vorderkastell aus betrachtete Zarono nachdenklich die unbekannte Insel. Sie sah zumindest harmlos aus mit dem gelben Sand des Strandes und den hohen schlanken Palmen, deren smaragdgrüne Wedel sich sanft im Wind wiegten. Doch was jenseits der Palmen zu finden sein mochte, konnte natürlich niemand auch nur ahnen.

Menkara, der sich einen schwarzen Umhang um die schmalen Schultern geworfen hatte, schloß sich Zarono an. »Das ist die Insel«, murmelte er tonlos.

Ein schwaches Lächeln zeigte Zaronos weiße Zähne. »Ja, Priester, sie ist es wohl. Doch nun zu diesem Schatz: Wie wird er bewacht? Durch Geister, Dämonen oder lediglich ein paar Drachen? Ich rechne damit, daß Eure übernatürlichen Kräfte uns beschützen, während wir die Grabkammern, Gewölbe oder was immer plündern. Vancho! Lauf in die Bucht dort ein, sofern sie tief genug ist …«

Eine Viertelstunde später befahl der Freibeuter: »Werft die Anker! Bergt die Segel! Vancho, setz das erste Beiboot aus und wähl für den Landungstrupp die kräftigsten Männer, und alle bis auf die Zähne bewaffnet.«

Geräuschvoll wurde das Boot zu Wasser gelassen, und ein Dutzend schwerbewaffnete Zingarier kletterte an Tauen hinunter, um ihre Plätze auf den Duchten einzunehmen und zum Strand zu rudern. Als der Sand unter ihren Stiefeln knirschte, sprangen sie heraus und zogen das Boot aus dem Wasser. Auf Befehl des Bootsmanns verteilten sie sich mit blanken Säbeln und schußbereiten Armbrüsten am Strand. Ein paar Männer verschwanden zwischen den Palmen. Als sie nach einer Weile wieder auftauchten, signalisierten sie der *Albatros:* »Alles klar!«

Zarono befahl, das zweite Boot hinunterzulassen. Zusammen mit Menkara und acht Freibeutern nahm Zarono darin Platz. Vancho blieb an Bord der *Albatros.*

Auch das zweite Boot erreichte den Strand ohne Zwischenfall. Zarono sammelte seine Männer um sich, und kurz darauf waren er, Menkara und der Hauptteil des Landungstrupps zwischen den Palmen verschwunden. Drei Freibeuter blieben zur Bewachung der Beiboote zurück: ein dunkler hakennasiger

Shemit, ein riesenhafter schwarzer Kushit und ein kahlköpfiger rotgesichtiger Zingarier.

All das beobachtete Conan vom Mastkorb der *Tagedieb* aus voll Interesse. Sein Schiff schaukelte am Horizont in den mächtigen Wellen.

Eine Weile hieb Zaronos Trupp sich mit Entermessern einen Pfad durch das dichte tropische Unterholz. Außer dem Keuchen der Männer, dem Hacken der Klingen, wenn sie in Schößlinge drangen und Rankenpflanzen durchschnitten, und dem Rascheln von Palmwedeln und Blättern war nichts zu hören, als die Freibeuter sich ihren Weg durch den Dschungel bahnten.

Die Luft war feuchtheiß. Schweiß glitzerte auf muskulösen Armen, entblößten haarigen Brustkörben und narbigen Stirnen. Der Gestank verwesender Pflanzen vermischte sich mit dem Duft exotischer gelber, roter und weißer Blumen und Blüten, die sich gegen das dunkle Grün des Dschungels abhoben.

Zarono bemerkte allmählich noch einen anderen Geruch, aber er brauchte eine Weile, bis er ihn erkannte. Er schüttelte sich vor Ekel, denn es konnte nur bedeuten, daß Schlangen in der Nähe waren. Mit einer unterdrückten Verwünschung preßte er eine vergoldete Duftkugel an die Nase, die er mit Zitronenschalen und Zimtstücken gefüllt hatte. Doch selbst sie vermochte den Schlangengeruch nicht zu vertreiben. Es erstaunte ihn, als er darüber nachdachte, denn er hatte als Freibeuter viele kleine Inseln besucht und war noch nirgends auf Schlangen gestoßen.

Es war drückend heiß. Die dichtstehenden Palmenstämme, um die sich blühende Lianen gewickelt hatten und von denen auch Ranken anderer Art herabhingen, hielten die frische Meeresbrise ab. Schweißgebadet versuchte Zarono durch das beengende Grün zu spähen. Er wandte sich an Menkara:

»Außer diesem verdammten Schlangengestank bemerke ich eigentlich nichts Gefahrdrohendes auf Eurer namenlosen Insel, Stygier.«

Der Priester lächelte dünn: »Und sonst fällt Euch wahrhaftig nichts auf?«

Zarono zuckte die Schultern. »Nichts außer der Hitze und dem Gestank. Ich hatte übernatürliche Schrecken erwartet, jetzt bin ich geradezu enttäuscht. Keine Ghuls oder Geister, nicht mal ein wandelndes brabbelndes Skelett aus einer Gruft scheint sie aufzuweisen zu haben. Ha!«

Menkara blickte ihn mit kalten Augen nachdenklich an. »Wie stumpf doch die Sinne von euch Menschen aus dem Norden sind. Spürt Ihr nicht einmal die Stille?«

»Hm«, brummte Zarono. »Nun, da Ihr sie erwähnt ...«

Ein eisiger Schauder rann Zarono plötzlich über den Rücken. Es stimmte: der Dschungel war unheimlich still. Natürlich waren auf einer kleinen Insel keine größeren Tiere zu erwarten, aber zumindest das Zwitschern oder Kreischen von Vögeln sollte zu hören sein, das Summen von Insekten, das Huschen von Skorpionen und Eidechsen, das Rascheln der Palmwedel und Blätter. Doch nicht der geringste Laut außer den Geräuschen, die sie selbst verursachten – war zu hören. Es schien, als hielte der Dschungel den Atem an und beobachtete sie mit unsichtbaren Augen.

Zarono murmelte einen Fluch, versuchte jedoch sein Unbehagen zu unterdrücken und schwieg. Seinen Männern, die damit beschäftigt waren, einen Weg zu bahnen, war noch nichts aufgefallen. Zarono bedeutete Menkara, nichts zu erwähnen, und stapfte seinen Leuten ins Inselinnere nach. Aber das Gefühl, beobachtet zu werden, verließ ihn nicht.

Gegen Mittag erreichten die Freibeuter ihr Ziel. Es war merkwürdig: Der Dschungel machte übergangslos einer Lichtung Platz. So plötzlich endete der dichte Bewuchs, daß Zarono unwillkürlich der Gedanke kam, die Pflanzen wagten nicht, eine unsichtbare Grenze zu übertreten. Jenseits dieser scheinbaren kreisrunden Barriere erstreckte sich ebener sandiger Boden, unterbrochen von ein paar armseligen Flecken welken kraftlosen Grases. Menkara und Zarono tauschten einen bedeutungsvollen Blick.

Inmitten dieses kahlen Gebietes erhob sich das geheimnisvolle Bauwerk, zu dessen Plünderung sie gekommen waren. Zarono vermochte nicht zu sagen, zu welchem Zweck es ursprünglich errichtet worden war. Es konnte genausogut eine Gruft sein wie ein Tempel oder ein Lagerhaus. Es war ein gedrungenes Gebäude aus stumpfschwarzem Stein, der das Licht aufzusaugen schien, so daß es schwerfiel, seine Umrisse genau zu erkennen.

Im großen und ganzen war es von Würfelform, aber seine Oberflächen bildeten nicht einfache Quadrate, sondern eine Vielzahl verschiedenartig zusammengesetzter gerader und gekrümmter unregelmäßiger Flächen. Nichts war eben an diesem Bauwerk. Es erweckte den Anschein, als hätten verschiedene Baumeister an den einzelnen Teilen gearbeitet oder als wäre es aus Teilen unterschiedlichster Gebäude aus aller Welt und vielen Epochen aufs Geratewohl zusammengefügt.

Der schwarze Tempel – wenn es ein Tempel war – lag vor ihnen in verschwommenem Licht. Zarono spürte die Berührung einer lähmenden Angst, wie er sie noch nie kennengelernt hatte. Und diese Aura, die von dem gedrungenen schwarzen Koloß ausging, jagte sogar den rauhen, furchtlosen Freibeutern Schrecken ein. Blinzelnd studierte Zarono das Bauwerk und bemühte sich zu ergründen, was das drückende Angstgefühl verursachte.

Der Tempel wirkte irgendwie … verkehrt. Nie hatte Zarono auf seinen weiten Reisen einen ähnlichen Baustil gesehen. Selbst die Grabkammern Stygiens, in denen Geister hausten, waren nicht so fremdartig wie dieser unregelmäßige schwarze Steinwürfel. Es schien, als wären die Erbauer einer eigenen unmenschlichen Geometrie gefolgt – einer unirdischen Richtschnur.

Schweiß perlte über Menkaras jetzt graues Gesicht. Er murmelte, halb zu sich selbst: »Es ist genau, wie ich vermutete. Der Z'thoum-Ritus wurde hier durchgeführt.« Er schauderte. »Ich hatte nicht geglaubt, daß diesem finsteren Ritual in den vergangenen dreitausend Jahren Wort gegeben wurde …«

»Was ist los, gelber Hund?« zischte Zarono, den die Furcht beleidigend machte.

Der Stygier drehte sich mit aufgerissenen Augen um. »Ein Schutzzauber«, flüsterte er, »einer von ungeheurer Macht. Wäre jemand so töricht, den Tempelboden ohne Gegenzauber zu betreten, würde allein seine Anwesenheit das wecken, was im Tempel schläft.«

»Und? Kennt Ihr diesen Gegenzauber?«

»Vater Set sei gedankt – ja! Wenig ist über die vorgeschichtlichen Schlangenmenschen von Valusien bekannt. Das bißchen, was ich weiß, hilft mir den Gegenzauber wirken – nur hält sein Schutz nicht lange an.«

»Hoffentlich wenigstens so lange, daß wir das schwarze Bauwerk ausrauben können«, knurrte Zarono. »Macht Euch daran, Mann!«

»Dann geht mit Euren Männern zurück in den Dschungel und dreht mir den Rücken zu!« forderte Menkara ihn auf.

Zarono rief seine Männer zu sich. Sie traten zwischen die Palmen und drängten sich dicht aneinander, die Rücken dem schrecklichen Tempel zugekehrt. Mit zusammengepreßten Lippen lauschten sie Menkaras Worten in einer unbekannten Sprache. Was er dabei tat, wußten sie nicht. Aber das Licht, das schwach durchs Laubwerk drang, schien zu flackern, als zögen immer wieder Schatten hindurch. Und dann hörte es sich an, als wiederholten unmenschliche Stimmen des Stygiers Worte – Stimmen, die trocken und raspelnd klangen, wie aus Kehlen, die nicht geschaffen waren, menschliche Laute zu äußern. Die Erde erzitterte leicht, und dann verdunkelte sich das Licht, so daß man meinen konnte, eine Wolke habe sich vor die Sonne geschoben ...

Endlich rief Menkara schwach: »Kommt her!«

Der Stygier stand gekrümmt und wirkte gealtert. »Wir müssen uns beeilen«, murmelte er. »Die Wirkung des Gegenzaubers hält nicht lange an.«

Bleich und schwitzend betraten Zarono und Menkara den Tempel. Im Innern war es düster, denn der größte Teil des Lichtes, das durchs offene Portal drang, wurde vom stumpfschwarzen Stein verschluckt.

Nahe der Rückwand des regellosen Raumes stand ein riesiger schwarzer Altar, und darauf kauerte ein Götzenbild aus grauem Stein. Es stellte ein Wesen dar, halb Mensch, halb Kröte. Die Attribute der Männlichkeit waren auf obszönste Weise übertrieben. Obwohl sich der Stein im fortgeschrittenen Stadium des Zerfalls befand, war zu erkennen, daß die Figur einen feisten Körper und warzige Haut hatte.

Der zahnlose Mund des Idols war zu einem freudlosen Grinsen geöffnet. Über ihm gähnten zwei Löcher – eine Nase als solche besaß das Wesen nicht –, und darüber steckte eine Reihe von sieben kugelförmigen Edelsteinen, die offenbar die Augen darstellten. Die Edelsteine spiegelten ein wenig das Licht wider, das durchs Portal fiel.

Zarono erschauerte unter der Aura des kosmischen Bösen, das von diesem Idol ausging. Hastig wandte er die Augen ab.

Vor dem Altar lagen zwei kleine alte Ledersäcke. Einer war an der Naht geplatzt, glitzernde Steine waren ihm entquollen und bildeten ein funkelndes Häufchen, das in der Düsternis schimmerte wie Sterne durch eine Lücke in der Wolkendecke.

Die Juwelensäcke standen auf einem riesigen Buch mit Reptilledereinband und Beschlägen und Verschluß aus altersgrüner Bronze. Die Schuppen des Einbandleders waren von einer Größe, wie kein jetzt noch lebendes Reptil sie aufwies.

Die beiden Männer wechselten einen stummen, triumphierenden Blick. Zarono griff nach dem geplatzten Sack und hob ihn vorsichtig, damit nicht noch weitere Steine herausfielen, auf einen Arm, dann nahm er auch den anderen Sack an sich. Sofort stürzte Menkara sich auf das Buch und drückte es an die Brust. Das hagere Gesicht war tief gerötet, und aus den feuchten Augen leuchtete unnatürliche Begeisterung. Stumm und ohne zurückzublicken, verließen die beiden Männer auf Zehenspitzen den Tempel. Kaum hatten sie ihn hinter sich, rannten sie wie gehetzt über die Lichtung zu ihren Kameraden, die sie besorgt am Rand des Dschungels erwarteten.

»Schnell zurück zum Schiff!« drängte Zarono.

Sie hasteten den Pfad zurück, den sie geschlagen hatten. Jeder war froh, die Stätte uralten Unheils zurückzulassen, wo noch immer grauenvolle Mächte wachten, und jeder hatte nur den einen Wunsch: die saubere Meeresbrise zu atmen und den Sonnenschein auf offener See zu genießen.

6

FLAMMENAUGEN

Nach all dem Schrecken, dem Grauen und der Wut hatte Chabela sich wieder etwas beruhigt. Sie wußte nicht, weshalb der Verräter Zarono sich gegen seinen Lehnsherrn gewandt und die königliche Jacht vernichtet hatte, noch, weshalb er sie gefangenhielt. Aber zumindest war sie nicht mehr vor Furcht gelähmt, denn wenigstens ihre Hände waren jetzt frei.

Zarono hatte ihr die Hände mit einem Seidenschal auf den Rücken binden und sie in eine winzige Kabine sperren lassen. Das dünne Stück scharlachfarbiger Seide schien als Fessel ungeeignet zu sein, aber Zarono hatte von einem vendhyanischen Fahrensmann die Kunst gelernt, Knoten so zu knüpfen, daß selbst die geschicktesten Finger sie nicht lösen konnten. Und die rote Seide war zwar dünn, aber fest wie Stierhaut. Zur Essenszeit kam Zarono gewöhnlich persönlich in die Kabine, um ihr die Hände freizubinden, und er fesselte sie erneut, sobald sie mit dem Essen fertig war. Er beantwortete keine ihrer Fragen.

Was er jedoch nicht wußte: Chabela hatte unter ihrem Gürtel einen winzigen Dolch versteckt. Es war für zingaranische Edelfrauen nämlich üblich, eine solche Klinge zu tragen, um ihr Leben selbst zu beenden, falls ihnen die Gefahr gemeiner Schändung drohte.

Das Mädchen fand besseren Nutzen für den Dolch.

Indem sie sich halb verrenkte, gelang es ihr, die Finger um die unauffällige Wölbung zu legen und die Klinge mit viel Mühe aus ihrem Versteck zu ziehen. Dann klemmte sie den Griff in eine kleine Öffnung des hölzernen Zierwerks, das das Sims des Bullauges bildete. Es war nicht schwierig, die Scheide abzunehmen, doch was dann kam, war alles andere als einfach. Sie drehte sich mit dem Rücken zur Klinge und legte die Handgelenke darüber.

Sie vermochte nicht, hinter sich zu schauen, und so kam sie immer wieder mit der scharfen Klinge in Berührung. Ehe sie die Seide durchgesägt hatte, waren ihre Hände voller Blut, aber endlich war der Schal durchtrennt.

Chabela steckte den Dolch in seine Scheide zurück und versteckte ihn erneut unter ihrem Gürtel. Mit dem nun zweigeteilten Seidentuch verband sie sich die leichten Schnittwunden, die sie sich selbst zugefügt hatte.

Wie sollte sie nun ihre neue Freiheit nutzen? Zarono hatte das Schiff verlassen. Das wußte sie, weil sie seine letzten Befehle gehört hatte. Lediglich ein paar Mann Besatzung waren an Bord zurückgeblieben, unter ihnen der stämmige Wächter vor ihrer Tür, die zum doppelten Schutz von außen verriegelt war.

Also blieb nur das Bullauge, durch das sie einen Streifen türkisfarbenes Meer und ein Stück hellen Strand mit einer Reihe von Palmen sah, die mit ihren smaragdgrünen Wedeln dem Himmel entgegenstrebten.

Zum Glück war Chabela weitaus kraftvoller, kühner und mutiger als die meisten verzärtelten Edeldamen des zingaranischen Hofes. Kaum eine von ihnen hätte gewagt, was sie als nächstes unternahm. Sie öffnete das Bullauge und zog den Rock ihres Gewands durch den Gürtel, bis der Saum sich oberhalb der

Knie befand. Etwa sieben Fuß unter dem Bullauge schlugen Wellen träge gegen den Schiffsrumpf.

Vorsichtig zwängte sich Chabela durch die schmale Öffnung und ließ sich an der Schiffswand hinunter, bis sie sich nur noch mit den Händen am Rand des Bullauges festhielt. Dann stieß sie sich ab, tauchte platschend ins Wasser und kam schnell wieder hoch. Sie spuckte das versehentlich geschluckte Wasser aus und strich sich das klatschnasse Haar aus dem Gesicht. Das Wasser war zwar nicht kalt, aber doch frischer als die heiße Luft, und so fröstelte sie, bis sie sich daran gewöhnt hatte. Auch brannten ihre frischen Schnittwunden bei der Berührung mit dem Salzwasser.

Aber Chabela hatte keine Zeit, daran zu denken. Jeden Moment mochte ein Freibeuter sich an die Reling lehnen und sie durch Zufall entdecken – dann schlüge er natürlich sofort Alarm. Über ihr erhob sich das hohe Heck mit seinen vielen Bullaugen. Über ihnen schaukelten die Reling des Achterdecks und die Masten mit dem Takelwerk sanft im leichten Wellengang.

Zweifellos stand ein Freibeuter auf dem Achterdeck Wache, doch zumindest im Augenblick schaute er nicht über die Reling. Wenn sie sich hinter dem Heck hielt, war ihre Chance, nicht gesehen zu werden, größer, als wenn sie von der Seite des Schiffes oder vom Bug weg schwamm.

Um weniger aufzufallen und das Schiff selbst im Auge zu behalten, schwamm Chabela auf dem Rücken, wobei nur das Gesicht aus dem Wasser ragte und parallel zum Strand, um das Heckkastell zwischen sich und dem Rest des Schiffes zu haben. Wenn sie merkte, daß sie ermüdete, ließ sie sich eine Weile treiben und ruderte nur leicht mit den Händen.

Endlich lag die *Albatros* so weit zurück, daß sie

vom Schiff aus wohl kaum mehr zu entdecken war. Jetzt erst schwenkte Chabela zum Strand ab und schwamm mit kräftigen Bewegungen.

Sie zitterte vor Erschöpfung, als sie sandigen Boden unter den Füßen spürte, und kroch auf allen vieren den gelbgrauen Strand hinauf. Im Schatten der Palmen setzte sie sich in ein Farndickicht, um sich ein wenig zu erholen.

Sie fürchtete nur, von einem Elend in ein noch schlimmeres geraten zu sein, denn welche Schrecken mochte diese Insel beherbergen? Und wenn keine Inselungeheuer sie belästigten, konnte es immer noch sein, daß sie Zarono und seinen Halunken in die Hände lief. Aber sie vertraute Mitra und fühlte sich hier wohler als eingesperrt auf dem Schiff ihrer Feinde.

Als sie sich wieder kräftig fühlte, erhob sie sich, schlenderte ein wenig umher und erkundete die Gegend, um sich klarzuwerden, in welche Richtung sie sich wenden sollte. Immer wieder zuckte sie zusammen, wenn scharfe Steinchen oder kleine Zweige in ihre nackten Sohlen drückten oder schnitten, denn da sie in den letzten Jahren selten Gelegenheit gehabt hatte, barfuß zu laufen, waren sie sehr empfindlich. Die Brise vom Meer kühlte ihre nasse Kleidung, und sie mußte immer öfter niesen. Ungeduldig öffnete sie schließlich den Gürtel und zog das Gewand über den Kopf. Die Nachmittagssonne, die schräg durch die Palmen am Strand fiel, wärmte die olivfarbige Haut ihres gesunden, wohlgerundeten Körpers.

Sie wrang das restliche Wasser aus ihrem Kleid und breitete es auf den Farnen zum Trocknen aus. Mit dem Dolch trennte sie einen Streifen des Saumes ab, teilte ihn in zwei Stücke und wickelte sich diese um die Füße.

Als das Gewand trocken war, schlüpfte sie wieder

hinein und trug es so, daß es ihr nur noch bis zu den Knien reichte. Sie fühlte sich nun auch erholt genug, die Insel zu erforschen. Den kleinen Dolch nahm sie in ihre kräftige Rechte. Zwar hätte sie lieber ihren Degen gehabt, aber das Messer war besser als gar keine Waffe.

Als sie sich landeinwärts bewegte, schloß sich bald der üppige Dschungel um sie. Eine süßliche Geruchsmischung aus verrottenden Pflanzen und tropischen Blüten stieg ihr in die Nase. Die rauhe Rinde mancher Stämme, sägekantige Wedel und dornige Ranken verfingen sich in ihrem Gewand, zerrissen es und zerkratzten ihr auch Arme und Beine.

Tiefer im Inselinnern wurde das Unterholz lichter. Aber da wurde ihr die unheimliche Stille erst richtig bewußt, vor allem, da der Wind sie nicht mehr begleitete. Ihr Herz begann heftig zu pochen.

Sie stolperte über eine Wurzel und fiel. Müde stand sie auf, doch gleich darauf strauchelte sie erneut. Beim drittenmal wurde ihr klar, daß sie völlig erschöpft war. Mit aller Willenskraft schleppte sie sich weiter.

Plötzlich sah sie einen schwarzen Schatten vor sich – eine riesenhafte Gestalt, von der jedoch nur die Umrisse zu erkennen waren. Chabela schrie auf und versuchte zurückzulaufen, aber sie fiel erneut. Die Gestalt stürmte auf sie zu.

Conan blickte nachdenklich über das Meer und auf Zaronos *Albatros,* die in der Bucht Anker geworfen hatte. Er wandte sich an Zeltran:

»Wir könnten sie im Sturm nehmen. Es sind nur noch ein paar Mann Besatzung an Bord. Zarono würde sich wundern, wenn er zurückkäme und feststellte, daß er gestrandet ist. Was hältst du davon, hm?«

Zeltran schüttelte den Kopf. »Nein, Käptn, ich halte es nicht für klug.«

»Warum nicht?« schnaubte Conan. Ein Sturmangriff lag seiner Barbarennatur, aber in seinem abenteuerlichen Leben – sowohl an Land als auch auf See – hatte er Vorsicht gelernt. Er wußte, daß der rundliche kleine Zingarier nicht bloß ein mutiger Kämpfer, sondern auch schlau und praktisch veranlagt war und er gut daran tat, auf seine klugen Ratschläge zu hören.

Zeltran wandte ihm die listigen schwarzen Augen zu. »Weil wir nicht wissen, wie viele Männer Zarono an Bord zurückgelassen hat. Seine Mannschaft ist größer als unsere, und die auf der *Albatros* sind uns zahlenmäßig möglicherweise auch jetzt noch überlegen.«

»Crom!« knurrte Conan. »Ich allein würde mit der Hälfte dieser Burschen fertig!«

»Daran zweifle ich nicht, Käptn. Ihr nehmt es mit einem Dutzend Gegner auf, aber unsere Männer würden nicht mit dem gleichen Eifer kämpfen.«

»Warum nicht?«

»Zaronos Leute sind Zingarier, wie die meisten der unseren – und Freibeuter. Unsere Männer vergießen nicht gern ohne zwingenden Grund das Blut ihrer Brüder. Außerdem ist die *Albatros* ein größeres Schiff mit höherem Rumpf als unseres und läßt sich deshalb leicht gegen uns verteidigen. Und habt Ihr die Wurfmaschine auf dem Vorderkastell gesehen?

Nein, Käptn, wenn ich recht verstand, was Ihr zu Beginn unserer Fahrt sagtet, so sind wir des Schatzes wegen hier, nicht wegen des Vergnügens an einem Kampf – dessen Ausgang in jedem Fall zweifelhaft wäre. Um an den Schatz zu gelangen, wäre es am vernünftigsten, so deucht mir, zur anderen Seite der Insel zu segeln. Unser Landungstrupp kann dann versuchen, den Schatz vor Zaronos Halunken zu erreichen. Gelingt uns das nicht, zählen wir, wie viele Männer Zarono mit auf die Insel nahm. Dann können wir immer noch abwägen, wie unsere Chancen stehen, falls wir sie auf der Insel überfallen, um ihnen den Schatz abzunehmen ...«

Nach weiterem kurzen Hin und Her gab Conan nach, obgleich es ihm gegen die Natur ging. »Also gut, dann segle um die Nordseite der Insel herum.«

Er war nun schließlich kein Einzelgänger mehr, der sein Leben einsetzen konnte, wie es ihm paßte. Als Kapitän trug er Verantwortung für seine Männer, mußte auf ihr Wohlergehen bedacht sein und sich auch nach ihren Wünschen richten. Aber hin und wieder sehnte er sich immer noch nach der unbeschnittenen Freiheit der wilden, tollkühnen Jahre, die hinter ihm lagen.

Ein paar Stunden später warf die *Tagedieb* Anker an der Ostseite der Insel, wo eine Landzunge Schutz vor einem plötzlichen Nordsturm bot. Conan belud die beiden Beiboote mit gut bewaffneten Männern. Sie ruderten über das glitzernde Wasser zum Strand, wo sie die Boote außer Reichweite der Flut auf den graugelben Sand zogen.

Die Hand um den Säbelgriff gelegt, schaute sich der riesenhafte Cimmerier auf dem feuchten Sand um und studierte die stille grüne Pflanzenmauer. Irgendwie wirkte die Insel seltsam düster, trotz des strahlenden Sonnenscheins, der das Wasser ringsum funkeln ließ.

Conan ließ zwei Mann zur Bewachung der Boote zurück und machte sich mit den anderen auf den Weg durch den dichten Dschungel.

Auch Conan und sein Landungstrupp erreichten schließlich die kreisrunde Lichtung im Dschungel. Sie lag mit ihrer kahlen Erde und den nur vereinzelten Flecken welken Grases menschenleer im dumpfen Licht. Stirnrunzelnd sah Conan sich vom Dschungelrand aus um. Zwar sah er kein Zeichen von Leben, doch sowohl im Dschungel ringsum als auch in dem gespenstischen schwarzen Tempel mochten Feinde lauern.

Der Tempel behagte dem Cimmerier absolut nicht. Die Aura brütender Drohung warnte ihn. Die Härchen im Nacken stellten sich auf. Keinesfalls war dieses rätselhafte schwarze Bauwerk das Werk von Menschenhand.

Möglicherweise hatten die legendären Schlangenmenschen Valusiens es errichtet. Die schwindelerregende Geometrie, die halb verwischten und unverständlichen Reliefs und die kahle Lichtung mit den welken Grasflecken erinnerten ihn an ein ähnliches Bauwerk, auf das er vor Jahren im Grasland Kushs gestoßen war.* Auch das war Werk einer längst ausgestorbenen vormenschlichen Rasse gewesen.

Sein Instinkt warnte ihn, schnell von hier zu verschwinden und sich diesem Tempel – oder was immer es war – fernzuhalten. Doch im Innern, dessen war sich Conan sicher, befand sich das, dessentwegen er gekommen war. Er wandte sich an seine Männer.

»Versteckt euch zwischen den Bäumen und haltet die Augen offen!«

Er lockerte den Säbel in der Scheide und überquerte mit weiten Schritten die kahle Lichtung zum Eingang des mysteriösen Bauwerks, in dem er verschwand.

Conan spürte zwar die eisige Kälte, die ihm beim Eintritt entgegenschlug, aber er achtete nicht darauf. Er zog den Säbel, so daß das dumpfe Licht die breite

---

* ›Die Ruine des Schreckens‹ in CONAN VON CIMMERIEN (Heyne-Buch 06/3206)

Klinge schimmern ließ. Sein Blick wanderte von der steinernen Krötenfigur auf dem Altar zum Marmorboden. Abrupt hielt er inne.

Welche Schätze dort auch gelegen haben mochten – sie waren verschwunden, und das noch nicht lange! Staub bedeckte dick den Boden. Darin waren zwei verschiedene Fußspuren eingetreten: die von Seemannsstiefeln und die von Sandalen.

Zarono – und noch jemand! dachte Conan.

Vor dem Altar war ein rechteckiger Fleck frei von Staub. Auf dieser sauberen kleinen Fläche lagen ein paar glitzernde Edelsteine, die aus dem geplatzten Sack gefallen waren. In seiner Eile hatte Zarono vergessen, sie einzustecken.

Mit einem wilden Fluch trat Conan näher, um zumindest die wenigen Juwelen an sich zu nehmen. Es widerstrebte ihm, den Schakal zu spielen, wo Zarono als Löwe zugeschlagen hatte. Aber er wollte auch nicht ganz mit leeren Händen zurückkehren.

Da hielt er erneut inne. Das steinerne Idol hatte sich bewegt. Die sieben Augen in einer Reihe über dem weiten lippenlosen Maul waren nicht länger verstaubte Kristallkugeln, sondern lebende Augäpfel, die in grünem Feuer flammend, mit kalter, gnadenloser Wut auf den Cimmerier hinunterstarrten.

7

DAS KRÖTENWESEN

»Crom! Es lebt!« entfuhr es dem verblüfften Cimmerier.

Seine Muskeln spannten sich, als bei diesem Beweis des Übernatürlichen sein Puls heftig zu schlagen begann. Tatsächlich war der scheinbar zerfallende Stein des Idols zu gespenstischem Leben erwacht. Aufgedunsene Glieder streckten sich.

Ohne die Flammenaugen von seinem Opfer zu nehmen, beugte das Wesen sich auf seinem Sockel nach vorn. Es kippte über den Rand und landete krachend auf dem Steinboden neben den blitzenden Edelsteinen. Mit vierfingrigen Vordergliedern dämpfte es seinen Fall. Ohne anzuhalten, hüpfte es schwerfällig und doch flink auf Conan zu. Die steinernen Beine scharrten auf dem Marmorboden. Es war so massig wie ein Büffel, und seine sieben grünflammenden Augen waren nun auf gleicher Höhe mit den Augen Conans.

Conan wollte den Säbel schwingen, doch dann besann er sich eines Besseren. Nach dem Krach, den die Kreatur bei jedem Sprung machte, bestand sie offenbar immer noch aus Stein, auch wenn es allem Anschein nach lebender Stein war. Stahl konnte dagegen nichts ausrichten. Ein Hieb würde lediglich die Klinge zerbrechen, und Conan wäre dem breiten Rachen ausgeliefert.

Ehe das lippenlose Maul ihn verschlingen konnte, wirbelte Conan herum und stürmte hinaus auf die

Lichtung. Vorsicht wäre nur vergeudete Zeit gewesen, und so brüllte er lauthals:

»Zurück zum Schiff! Schnell!«

Die Männer, die sich am Dschungelrand versteckt hielten, schrien vor Staunen und Grauen auf, als die Krötenkreatur dicht hinter Conan aus dem Tempel hüpfte. Kein zweiter Befehl war nötig. Unter dem Rascheln von Palmenwedeln und dem Knacken brechender Zweige ergriffen die Piraten die Flucht. Immer näher kam das Ungeheuer aus lebendem Stein, das so schnell hüpfte, wie ein Mann lief. Conan hielt lange genug an, um sich zu vergewissern, daß das Interesse des Wesens ihm galt, dann rannte er in eine andere Richtung, um es von seinen Männern fortzulocken.

»Na so etwas! Ein Mädchen hier? Beim Busen Ischtars und dem Bauch Dragons, diese verfluchte Insel bietet mehr Überraschungen, als ich mir träumen ließ!«

Es war zweifellos die Stimme eines Menschen, wenn auch rauh und in einem merkwürdig akzentuierten Zingaranisch, die Chabela aufschreckte und gleichzeitig beruhigte. Sie schluckte und griff nach der Hand des hochgewachsenen Mannes, der so plötzlich vor ihr aufgetaucht war. Er hatte seine Rechte ausgestreckt, um ihr hochzuhelfen. Der Mann fuhr fort:

»Habe ich dich erschreckt, Mädchen? Glaub mir, das wollte ich nicht. Du hast von mir nichts zu befürchten. Aber verrate mir: Wie bist du auf diese götterverlassene Insel am Rand der Welt geraten?«

Als sie ihren ersten Schrecken überwunden hatte, sah Chabela, daß der Mann ein stämmiger blonder Riese in zerfetzter Seemannskluft war und nicht zu Zaronos Halunken gehörte. Er hatte ein offenes Gesicht mit heller sonnengeröteter Haut und ehrliche blaue Augen. Seine ungestutzten Locken und der Bart waren von einem feurigen Rotgold. Ein Nordmann, schloß sie.

»Zarono!« keuchte sie, vor Anstrengung und Schrecken wogte ihr Busen. Sie schwankte und wäre womöglich gefallen, hätte der Rothaarige sie nicht mit arbeitsrauhen Händen festgehalten.

»Dieses schwarze Schwein, eh? Jetzt entführt er schon junge Mädchen! Ich würde liebend gern dem Burschen den Hals umdrehen. Aber bei Heimdalls Horn und Mitras Schwert, du bist jetzt in Sicherheit. Meine Mannschaft wird dir Schutz und Zuflucht bieten.«

Der Nordmann legte die Hand um den Griff seines Kurzsäbels, der vom Gürtel baumelte, und wirbelte herum, als ein Rascheln und Krachen im Unterholz näherkamen. Und dann brach eine riesenhafte Gestalt aus dem Dickicht und blieb beim Anblick der beiden erstaunt stehen. Zu ihrer Überraschung erkannte Chabela den Mann.

»Kapitän Conan!« rief sie.

Conans Augen verengten sich, als er flüchtig den blonden Recken mit dem halb gezogenen Säbel und das schwarzhaarige Mädchen hinter ihm musterte, deren zerfetztes Gewand die üppigen Formen nur unzureichend verhüllte. Das Mädchen kam ihm irgendwie bekannt vor, aber er hatte jetzt keine Zeit, sich weiter Gedanken zu machen.

»Lauft, ihr zwei!« brüllte er. »Das Tempelungeheuer ist hinter mir her. Kommt mit, wir unterhalten uns später!«

Ein noch lauteres Krachen von berstenden Zweigen aus der Richtung, aus der Conan gekommen war, verlieh seinen Worten Nachdruck. »Schnell!« drängte er. Er legte die mächtige Pranke um Chabelas Handgelenke und zog sie ungestüm hinter sich her. Der

Nordmann folgte ihnen. Nach einer Weile, als sie glaubten einen Vorsprung gewonnen zu haben, hielten sie kurz an, um zu verschnaufen. Conan fragte den Nordmann:

»Gibt es denn keinen Hügel oder eine Klippe auf dieser verfluchten Insel? Ich kann mir nicht denken, daß die Steinkröte gern klettert.«

»Bei Wotans meilenlangem Speer, ich kenne keine Erhebung«, antwortete der Rothaarige heftig atmend. »Jedenfalls keine, die höher liegt als dieses Gelände. Ausgenommen die Landzunge im Nordosten, wo das Land zu einer Klippe ansteigt, die ins Meer hinaushängt. Aber sie taugt nicht zu unserem Zweck, denn sie steigt zu sanft an. Das Ungeheuer hätte keine Schwierigkeiten, sie zu erklimmen ... Ah, da kommt es schon wieder!«

»Zeig uns den Weg zu dieser Landzunge!« bat Conan. »Ich habe einen Plan.«

Der Nordmann zuckte die Schultern und führte sie durch den Dschungel. Als Chabela die Kräfte verließen, hob Conan sie auf den Arm. Sie war gewiß kein Leichtgewicht, doch der riesenhafte Cimmerier trug sie offenbar mühelos. Das Bersten hinter ihnen verriet ganz deutlich, daß das Krötenwesen sie immer noch verfolgte.

Eine Stunde später, als die Sonne dem blauen Meer entgegensank, erreichten die drei zerkratzt, mit völlig zerfetzter Kleidung und todmüde die rettende Erhebung. Die Landzunge war dreieckig und lief im Ansteigen schmal zusammen wie ein Schiffsbug. Conan erinnerte sich, sie gesehen zu haben, als die *Tagedieb* um die Nordseite der Insel zu ihrem Ankerplatz abbog.

Der Rotbart hatte Conan abgelöst und trug jetzt das Mädchen. Seite an Seite stolperten sie aus dem Dschungel und taumelten den sanften Hang hinauf.

Auf halbem Weg zur Spitze setzte der Nordmann Chabela ab, und beide Männer drehten sich um, um nach dem Ungeheuer Ausschau zu halten.

Ein Krachen und schaukelnde Wipfel verrieten, daß die steinerne Kröte ihre Verfolgung nicht aufgegeben hatte.

»Bei Crom und Mitra, was hast du für einen Plan?« fragte der Rothaarige keuchend.

»Hoch zur Spitze!« knurrte Conan und machte sich wieder auf den Weg. Oben angekommen, beugte er sich über den Klippenrand und schaute hinunter. Etwa hundert Fuß tiefer gischtete das Meer über ein breites Riff aus zerklüftetem schwarzen Gestein, dessen scharfe Kanten und Spitzen da und dort aus der Brandung ragten. An verschiedenen Stellen, zwischen den Fängen des Riffs, hatten sich Felsbecken gebildet, manche mit einem Durchmesser von sechs Fuß.

Chabela, die zurückblickte, schrie erschrocken auf, als das Krötenwesen aus dem Dschungel ins Freie brach. Seine sieben Augen erspähten die Flüchtigen sofort, und es kam mit merkwürdigen hüpfenden und krabbelnden Bewegungen zugleich den Hang herauf.

»Jetzt hat es uns in die Enge getriebene, murmelte der Nordmann. »Das bedeutet wohl unser Ende.«

»Noch nicht«, entgegnete Conan. Mit ein paar knappen Worten erklärte er seinen Plan.

Das Krötenwesen kam heran. Seine sieben Augen flammten im Schein der untergehenden Sonne. Als es seine Opfer vor sich sah, begann es auf Krötenart zu hüpfen. Der Boden erbebte jedesmal, wenn es nach einem Sprung wieder aufsetzte. Immer näher kam es. Erwartungsvoll riß es sein Maul auf.

Conan bückte sich und hob ein paar lose Steine auf. »Jetzt!« schrie er.

Auf seinen Ruf hin rannte Chabela am Klippenrand

entlang von ihm weg, der Rothaarige ebenfalls, aber in die andere Richtung, so daß der Cimmerier sich dem Ungeheuer allein gegenübersah.

Als die beiden in entgegengesetzte Richtungen flohen, hielt das Krötenwesen im Hüpfen inne. Seine grünen Augen wandten sich erst nach der einen, dann nach der anderen Seite, so als überlegte es, wem es folgen sollte.

»Komm schon!« forderte Conan es auf und bewarf es mit einem Stein, der mit einem scharfen Knacken direkt über dem Maul des Ungeheuers aufschlug. Ein zweiter Stein traf eines der Augen. Der Stein prallte davon ab, aber die grüne Flamme des Auges erlosch, als hätte der Stein die Substanz zersplittert, aus der das Auge bestand.

Ehe Conan dazu kam, einen dritten Stein zu werfen, hatte das Ungeheuer ihn fast erreicht. Es setzte auf seinen mächtigen Hinterbeinen zu einem letzten Sprung an, der es unmittelbar zur Klippenspitze bringen mußte. Der weite Rachen war erwartungsvoll aufgerissen.

Als das Krötenwesen hüpfte und während es sich noch in der Luft befand, drehte Conan sich um und sprang von der Klippe. Er drehte sich in der Luft und tauchte gerade wie ein Pfeil kopfüber in das größte Becken im Riff, wo er sofort wieder hochkam.

Der letzte Sprung brachte das Ungeheuer genau an die Stelle, wo Conan gestanden hatte. Seine Vorderbeine schlugen direkt am Rand auf, der unter dem gewaltigen Gewicht zerbröckelte, so daß Steine und Erde in die Tiefe polterten. Die Vorderpranken rutschten über den Rand, und der Schwung schickte ihnen auch den massiven Leib nach. Einen Herzschlag lang hing die steinerne Kröte am zerbröckelnden Rand, dann stürzte es unter dem Krachen gesprengten Gerölls in die Tiefe. Immer wieder überschlug sie sich im Fallen, bis sie mit einem gewaltigen Bersten am Fuß der Klippe aufschlug.

Triefend zog Conan sich aus dem Wasserbecken und wischte sich das Haar aus dem Gesicht. Er war nicht genau in der Mitte des Beckens gelandet. Ein Riß in seiner Kleidung offenbarte eine blutige Schramme über Rippen und Hüfte, wo er eine der scharfen Steinkanten gestreift hatte. Aber er achtete nicht auf den brennenden Schmerz, sondern machte sich daran, die Überreste des Krötenwesens zu untersuchen.

Stein mochte zwar auf magische Weise belebt werden, aber er blieb doch Stein. Das Ungeheuer war in Hunderte von Stücken geborsten, die überall am Fuß der Klippe herumlagen. Es gehörten scharfe Augen dazu zu erkennen, daß einer der Steine, der wie ein Teil des Riffes aussah, die Füße des Ungeheuers gewesen war, ein anderer ein Stück vom Schädel. Die anderen Trümmer fügten sich so in das zerklüftete Gestein ein, als lägen sie schon seit Äonen hier.

Kletternd und von Stein zu Stein springend, folgte Conan dem Fuß der Klippe, bis er eine Stelle erreichte, wo sie weniger hoch war und er sie erklimmen und sich dem Nordmann und dem jungen Mädchen auf der Landzunge wieder anschließen konnte. Der Rothaarige beugte sich über den Klippenrand und betrachtete, was von dem Krötenwesen noch zu erkennen war.

»Bei Nergals Klauen und Marduks Kühnheit, Kamerad! So ist es schon ein bedeutend angenehmerer Anblick als zuvor. Doch nun, da wir die Gefahr gemeinsam überstanden haben, wird es Zeit, uns miteinander bekannt zu machen. Ich bin Sigurd von Vanaheim, ein ehrlicher Seemann, der mit seiner Mannschaft durch Schiffbruch auf diese verfluchte Insel verschlagen wurde. Und du?«

Conan betrachtete Chabela näher. »Bei Crom!« brummte er schließlich. »Seid Ihr nicht Chabela? Ferdrugos Tochter?«

»Ja«, antwortete das Mädchen. »Und Ihr seid Kapitän Conan.«

Sie hatte schon einmal seinen Namen genannt, als er auf seiner Flucht vor dem Tempelungeheuer auf sie und den Nordmann gestoßen war, und das führte ihn auch auf die richtige Spur. Kaperschiffkapitän und königliche Prinzessin lernten sich nicht gesellschaftlich auf dem Königshof kennen. Trotzdem hatte Conan sie oft genug auf Festen, Paraden und anderen Feierlichkeiten gesehen.

Der größte Teil der Beute, welche die *Tagedieb* und andere Kaperschiffe machten, ging an die Krone, und so beliebte es König Ferdrugo hin und wieder, ein Bankett für seine Freibeuterkapitäne zu geben. Die mächtigen Schultern, die langen Beine und das unbewegte grimmige Gesicht des riesenhaften Cimmeriers hatten sich Chabela eingeprägt. Und nun, da er nicht mehr in Eile war, hatte er auch sie erkannt, trotz ihrer zerrissenen Kleidung, des zerzausten Haares und des nun durchaus nicht höfisch geschminkten Gesichts, das mit den festen, ja kühnen Zügen durchaus hübsch war.

»Was, im Namen aller Götter, macht Ihr denn hier, Prinzessin?« erkundigte er sich.

»Prinzessin!« rief Sigurd erschrocken. Sein rötliches Gesicht färbte sich noch tiefer rot. Er starrte das halbnackte Mädchen an, das er so formlos behandelt und geduzt hatte. »Bei Ymirs Bart und Baals flammendem Feuer! Ihr müßt mir verzeihen, Hoheit. Eine hochgeborene Dame – und ich nannte sie ›Mädchen‹ …« Er sank auf ein Knie und blickte Conan betroffen an, der ihn offenbar auslachte.

Chabela bat: »Erhebt Euch, Kapitän Sigurd, und

vergeßt es. Hofetikette wäre hier so fehl am Platz wie ein Pferd auf einem Giebeldach. Kennt Ihr Kapitän Conan, meinen anderen Retter?«

»Conan … Conan?« überlegte Sigurd. »Der Cimmerier?«

»Ja«, brummte Conan. »Hast du von mir gehört?«

»Ja, in Tor …« Sigurd unterbrach sich.

»Tortage wolltest du wohl sagen?« fragte Conan. »Irgendwie hast du mich auch an die Barachans erinnert. Ich gehörte ebenfalls zur Bruderschaft, bis mir der Boden unter den Füßen brannte. Jetzt bin ich Kapitän der *Tagedieb* mit einem Kaperbrief des Königs von Zingara. Wie sieht's aus? Wollen wir Freunde sein?«

»Das wollen wir, bei Lirs Fischschwanz und Thors Hammer!« rief der Vanir und faßte begeistert Conans Hand. »Aber wir müssen aufpassen, daß unsere Männer sich nicht in die Haare geraten. Die meinen sind hauptsächlich Argossaner und deine, nehme ich an, Zingarier. Da besteht die Gefahr, daß sie sich beim geringsten Anlaß an die Gurgel fahren. Doch da wir beide weder dem einen noch dem anderen Volk angehören, soll uns die alte Blutfehde nicht stören.«

»Richtig«, brummte Conan. »Wie bist du mit deinen Männern hierhergekommen?«

»Wir sind an der Südspitze auf Grund gelaufen. Das Schiff war nicht mehr zu retten, aber wir schwammen auf die Insel und schafften nach und nach, ehe es versank, den Proviant und eine Menge anderes Zeug hinüber. Der Kapitän erkrankte, da übernahm ich als Erster Offizier nach seinem Tod die Führung. Das ist nun einen Monat her, und seitdem arbeiten wir an einem seetüchtigen Segelfloß, das uns ans Festland zurückbringen soll.«

»Wußtet ihr etwas von dem schwarzen Tempel?«

»O ja. Meine Jungs und ich warfen einen Blick hinein, aber eine solche Aura des Bösen schlug uns entgegen, daß wir uns eilig zurückzogen und ihn von da ab mieden.« Sigurds blaue Augen blickten westwärts, wo die rote Sonnenscheibe gerade den blauen Horizont berührte. »Bei den Göttern, diese Flucht vor dem Ungeheuer hat mir Durst gemacht. Gehen wir in mein Lager und gönnen uns einen Tropfen Wein zur Stärkung. Es ist zwar nicht mehr viel übriggeblieben, aber was noch da ist, haben wir uns ehrlich verdient, glaube ich.«

8

DIE KOBRAKRONE

Zarono tobte, als er zur *Albatros* zurückkam und feststellte, daß Chabela verschwunden war. Der Freibeuter, der auf dem Achterdeck Wache gestanden hatte, und der Posten vor ihrer Tür wurden auf seinen Befehl hin gekielholt.

Noch vor Morgengrauen am nächsten Tag ging er mit dem größten Teil seiner Männer wieder an Land. Den ganzen Tag durchkämmten sie die Insel nach der Prinzessin, die ein wesentliches Element seiner Pläne war. Ein paar im Dickicht hängengebliebene Fetzen fanden sich, aber die bewiesen nur, daß sie auf der Insel gewesen war, gaben jedoch keinen Hinweis auf ihren gegenwärtigen Aufenthaltsort.

Die Männer entdeckten auch die Überreste von Sigurds Lager, von den Barachan-Piraten selbst war jedoch nichts zu sehen.

Wütender denn zuvor kehrte Zarono bei Sonnenuntergang an Bord zurück. »Menkara!« brüllte er.

»Was gibt es?«

»Wenn Eure Zauberei etwas taugt, kann sie es jetzt beweisen. Zeigt mir, wohin dieses verdammte Mädchen geflohen ist.«

Zarono begleitete den Priester in dessen Kabine und sah zu, wie er seine Gerätschaften für den gleichen Zauber aufbaute, den er in Herzog Villagros Gewölbe gewirkt hatte. Die Kohlen im Becken glühten, der Zauberer leierte:

»Iao, Setesh …«

Die jadegrüne Rauchwolke verdichtete sich, und ein Bild begann Form anzunehmen. Eine ruhige See war zu sehen, eine schlanke Karracke, deren Segel alle gesetzt waren. Doch sie hingen schlaff von den Rahen, und das Schiff schaukelte sanft in den öligen Wellen.

»Conans *Tagedieb* in einer Flaute«, murmelte Zarono, als das Bild sich aufgelöst hatte. »Aber wo?«

Menkara spreizte die Hände. »Tut mir leid, aber das sagt mir meine Kunst nicht. Wäre die Sonne sichtbar, könnte ich Euch zumindest sagen, in welche Richtung das Schiff segelt. Doch da sie bereits untergegangen ist …«

»Soll das heißen«, fuhr Zarono auf, »daß sie irgendwo über dem Horizont sein kann, Ihr aber keine Möglichkeit habt zu erkennen, wo?«

»Ich bin nicht der große Thoth-Amon. Ich tue, was ich kann.«

»Konntet Ihr sehen, ob sich das Mädchen an Bord befand?«

»Nein, aber sie war wohl dort, sonst hätte die Vision nicht das Schiff gezeigt. Zweifellos schläft sie in einer der Kabinen.«

»Ich hätte mir meinen Spaß mit der Wildkatze machen sollen, solange ich die Gelegenheit hatte«, brummte Zarono. »Aber was können wir jetzt tun?«

»Nun, die *Tagedieb* ist vielleicht zur Küste von Kush unterwegs, aber wahrscheinlicher ist, daß sie nach Kordava zurücksegelt. Dieser Kapitän Conan beeilt sich gewiß, die Prinzessin zurückzubringen, weil er sich eine hohe Belohnung vom König verspricht.«

»Wenn wir nordwärts Fahrt aufnehmen, könnten wir sie vielleicht einholen.«

»Das glaube ich nicht. Das Meer ist viel zu groß, und eine Flaute, die Conan aufhält, würde auch Euer

Schiff behindern. Und vielleicht segeln sie auch gen Nordosten zur Küste Shems, um Tovarro, des Königs Bruder, um Hilfe anzugehen. Wir haben keine Möglichkeit, das herauszufinden. Aber Ihr vergeßt unseren Hauptzweck.«

»Das Mädchen und der Schatz waren der Hauptzweck!«

»Nein, ich spreche vom großen Thoth-Amon. Wenn wir uns erst seiner Hilfe vergewissert haben, spielt es keine Rolle, ob die Prinzessin zu ihrem Vater zurückgebracht wird, ihren Onkel holt oder nicht. Der Fürst der Zauberer vermag sie so leicht zu lenken wie ein Puppenspieler seine Marionetten. Segeln wir nordostwärts zur stygischen Küste. Wenn wir dabei Conans Schiff einholen: schön und gut. Wenn nicht, macht es auch nichts.«

An der stygischen Küste angekommen, reisten Zarono und Menkara mit einer Karawane ins Landesinnere. Eine Hälfte der Mannschaft ließen sie zur Bewachung der *Albatros* zurück, die andere begleitete sie, bis an die Zähne bewaffnet. Diese Reise kostete Zarono gutes Gold, und das tat seiner habgierigen Seele weh.

Wie die meisten Seeleute fühlte er sich an Land nicht recht wohl. Er war aus seinem Element gerissen und irgendwie hilflos. Obgleich die Wüste von allen Landgebieten dem Meer noch am ähnlichsten ist, war sie ihm doch fremd. Ihm behagte weder der rhythmische Schaukelschritt des schlechtgelaunten Kamels noch die trockene Wüstenluft, die seine Kehle ausdörrte.

Doch blieb ihm nichts übrig als diese Unbequemlichkeiten zu erdulden. Jedenfalls war er froh, als er am dritten Tag die Oase von Khajar am Horizont auftauchen sah. Sie bestand aus einer dunklen einsamen

Palmengruppe um einen seltsamen schwarzen Teich. Durch das Laubwerk war ein massives Bauwerk zu sehen.

Mit Vorsicht näherte sich die Karawane der Oase. Menkara ritt voraus, um einen Wächter auf seine Gewandung aufmerksam zu machen, die ihn als Priester Sets auswies.

Stille herrschte in der Oase. Keine Vögel badeten im Teich oder flatterten trillernd oder kreischend zwischen den Palmen umher. Kein Wächter rief sie an. Am Rand der Oase blieben sie stehen. Auf einen Befehl hin legten die Kamele sich, ein Gliedmaß nach dem anderen, zu Boden und brachten dabei die Sänften auf ihren Rücken beängstigend zum Kippen. Zarono wandte sich an den Bootsmann:

»Behalte die Kameltreiber im Auge! Die Hunde fürchten sich. Sie könnten auf den Gedanken kommen zu fliehen, dann wären wir hier gestrandet.«

Zarono und Menkara gingen zu Fuß am Ufer des düsteren Teiches entlang auf das gedrungene Bauwerk zu. Zarono betrachtete den Teich mißtrauisch, er gefiel ihm gar nicht. Schwarz wie flüssige Kohle glitzerte er in der sengenden Nachmittagssonne. Ölige Farben schwammen auf der unbewegten Oberfläche wie lebende Wesen. An einer Uferseite stand ein rötlicher Block aus Stein, der an einen Altar erinnerte. Dunkle rostfarbene Flecken fanden sich an den Seiten und auf der Oberfläche. Zarono, dessen – wenn auch verwerfliche – Laster normaler Art waren, erbleichte und schauderte bei dem Gedanken, was wohl hin und wieder aus dem schwarzen Spiegel des Teiches hochsteigen mochte, um die Opfer auf dem Altar zu verschlingen.

Um den finsteren Teich herum näherten sie sich Thoth-Amons Zuhause. Als die Palmen sich vor ihnen öffneten, sahen sie, daß das Bauwerk, genau wie der Altar, aus massiven Blöcken roten Sandsteins errichtet war. Allein seiner Größe nach war es eher ein Palast denn ein Haus. Die Oberfläche und Kanten des Steins waren verwittert und zeugten von hohem Alter.

Zu welch vergangener Zeit man dieses Gemäuer erbaut hatte, war schwer zu sagen. Die in den Stein gehauenen Schriftzeichen über dem Portal glichen keinen von denen, auf die Zarono bei seinen weiten Reisen jemals gestoßen war. Die Bauweise war von strenger Einfachheit, und Zarono vermochte sie mit keinem ihm bekannten architektonischen Stil zu vergleichen, außer vielleicht mit den Pyramiden, die sich bei Khemi aus der Wüste erhoben. Irgendwie erweckte das Ganze eher den Eindruck eines Grabmals als einer Behausung.

Das schwarze Portal öffnete sich wie ein Rachen inmitten der gedrungenen Sandsteinformation. Ohne Zaudern schritt Menkara auf das steinerne Maul zu und beschrieb ein geheimnisvolles Zeichen in der Luft. Mit leichtem Schauder sah Zarono, daß es noch eine Weile, nachdem der Zauberer die Finger längst zurückgezogen hatte, grünlich glühte.

Im Innern wirkte der Gebäudekomplex dunkel. Es herrschte Schweigen. Nirgends waren Wächter oder Diener zu sehen. Unerschrocken schritt Menkara voran, und notgedrungen folgte ihm Zarono.

Hinter dem Vorraum führte eine über Jahrhunderte hinweg von beschuhten Füßen abgetretene Treppe in die dunkle Tiefe. Sie stiegen hinab, bis sie weit unter der Oberfläche der Wüste zu einem Korridor kamen. Sie folgten ihm zu einem Gewölbe.

Gespenstisch grünes Licht von Kerzen in schlangenförmigen Haltern aus poliertem Kupfer erhellte den Raum. Im flackernden Schein sah Zarono zwei Reihen riesiger monolithischer Säulen – eine Reihe entlang der linken, die andere entlang der rechten Wand, in die Schriftzeichen der gleichen Art gehauen waren, wie er sie am Portal bemerkt hatte. Am Ende dieser Halle saß ein Mann auf einem Thron aus glitzerndem schwarzen Stein. Als die beiden Eindringlinge näherkamen, konnte Zarono ihn deutlich sehen.

Er war ein dunkler Riese mit breiten Schultern und wachsamen geierhaften Zügen. Vom kahlgeschorenen Schädel bis zu den Füßen in Sandalen glänzte seine Haut in einem tiefen Braun. Schwarze Augen glitzerten bannend aus tiefen Höhlen. Er trug ein einfaches weißes Leinengewand, und das einzige Schmuckstück war ein kupferfarbiger Ring in Form einer Schlange, die sich dreimal um einen Finger der kräftigen Rechten wand und in ihren Schwanz biß.

Aus der strengen Nüchternheit des Bauwerks und der einfachen Gewandung des mächtigen Zauberers erkannte Zarono plötzlich ein wenig vom inneren Wesen Thoth-Amons. Er war zweifellos ein Mann, dem materieller Besitz und Prunk nichts bedeuteten. Er war an anderem, an Unfaßbarerem interessiert – an der Macht über seine Mitmenschen.

Als sie ein paar Schritte vor dem Thron stehenblieben, sagte Thoth-Amon mit kräftiger, klarer Stimme: »Seid gegrüßt, Menkara, kleiner Bruder!«

Menkara warf sich auf alle viere und berührte mit der Stirn die schwarzen Fliesen. »Im Namen Vater Sets bin ich gekommen, erhabener Herr«, flüsterte er.

Der beunruhigende Gedanke beschlich Zarono, daß selbst der Priester Angst hatte. Trotz der trockenen Wüstenluft rann kalter Schweiß über Zaronos Rücken.

»Wer ist dieser Zingarier, den Ihr mitgebracht habt?« fragte Thoth-Amon.

»Kapitän Zarono, ein Freibeuter, erhabener Herr,

ein Abgesandter Villagros, des Herzogs von Kordava.«

Die kalten Schlangenaugen musterten Zarono von Kopf bis Fuß. Der Freibeuter hatte das Gefühl, daß die Intelligenz dahinter fern aller irdischen Überlegungen lag und daß menschliches Tun sie nicht berührte.

»Und was habe ich mit Zingara zu tun oder Zingara mit mir?« fragte Thoth-Amon.

Menkara öffnete die Lippen, doch Zarono hielt es für angebracht, nun selbst zu sprechen. Mit einer Kühnheit, zu der er sich zwingen mußte, trat er näher, sank auf ein Knie und holte aus seinem Wams die Pergamentrolle, Villagros Schreiben. Er händigte sie Thoth-Amon aus, der sie mit der Kupferringhand nahm und auf seinen Schoß fallen ließ.

»Mächtigster aller Zauberer«, begann er, »ich entbiete Euch die ehrerbietigen Grüße des Herzogs von Kordava, der Euch um einen kleinen Gefallen bittet, für den er bereit ist, Euch reich zu belohnen. Alles Nähere wird Euch dieses Schreiben erklären.«

Thoth-Amon öffnete die Schriftrolle nicht. Er schien ihren Inhalt bereits zu kennen. Er überlegte eine Weile.

»Ja, es liegt mir am Herzen, den verfluchten Mitrakult zu vernichten und unseren Vater Set wieder zu erheben«, murmelte er. »Aber ich bin sehr mit mächtigem Zauber beschäftigt – und Villagros Gold bedeutet mir wenig.«

»Das ist nicht alles, erhabener Herr«, warf Menkara schnell ein. Er zog das *Buch von Skelos* unter seiner Robe heraus. »Als Zeichen des guten Willens des Herzogs ersuchen wir Euch, dieses Geschenk aus unseren Händen anzunehmen.« Er legte das uralte Werk vor Thoth-Amons Füße.

Thoth-Amon schnappte mit den Fingern. Sofort

schwebte das Buch hoch und ließ sich aufgeschlagen auf des Magiers Schoß nieder. Der Zauberpriester blätterte gleichmütig ein paar Seiten um.

»Ein seltenes, kostbares Geschenk, wahrhaftig«, murmelte er. »Ich hätte nicht gedacht, daß es ein drittes Exemplar gibt. Oder habt Ihr vielleicht die Bibliothek des Königs von Aquilonien ausgeraubt?«

»Nein, erhabener Herr«, antwortete Menkara. »Ein glücklicher Zufall ließ uns dieses Buch auf der namenlosen Insel im Westlichen Ozean finden ...«

Er verstummte, denn der düstere Riese auf dem Thron spannte sich plötzlich an. Kalte Feuer brannten mit einemmal in den schwarzen Schlangenaugen, die Luft wirkte kälter denn zuvor, und Zarono spürte eine Drohung darin. Erschrocken hielt er den Atem an. Hatten sie irgend etwas getan, was den mächtigen Zauberer erzürnte?

»Habt ihr nichts anderes vom Altar Tsathogguas, des Krötengotts, fortgetragen?« fragte Thoth-Amon mit gefährlich sanfter Stimme.

Menkara winselte: »Nichts weiter, erhabener Herr, als zwei Säcke mit Edelsteinen ...«

»Die vor dem Altar auf dem Buch lagen, nicht wahr?« Menkara nickte, am ganzen Leib zitternd.

Thoth-Amon erhob sich. Höllische Flammen schienen in seinen schwarzen Augen zu flackern, und die Fliesen erbebten wie unter den Schritten eines Steinkolosses.

Mit Donnerstimme rief der Zauberer: »Ihr kriechenden Würmer! Solche Toren dienen mir, Thoth-Amon! Set, mächtiger Vater, gib mir Männer mit Scharfsinn als Sklaven! *Ai Kan-phog yaa!*«

»Mächtiger! Fürst der Zauberer! Wodurch haben wir Euch ergrimmt?« wimmerte Menkara und wurde immer kleiner.

In tödlichem Zorn ruhte der Blick des großen Stygiers auf den beiden. Seine Donnerstimme wurde dem Zischen einer Schlange gleich.

»Wisset, ihr Toren, daß unter der Kultfigur das verborgen liegt, das aller Reichtum der Erde nicht aufwiegen kann, mit dem verglichen das *Buch von Skelos* nicht mehr wert ist als ein leeres Pergament. Ich spreche von der *Kobrakrone*!«

Unwillkürlich sog Zarono laut die Luft ein. Irgendwann einmal hatte er von diesem heiligen Talisman der Schlangenmenschen von Valusien gehört – sie war das mächtigste Zaubersigill, das die Erde je hervorgebracht hatte, diese Krone der Schlangenkönige, mit der sie sich in vorgeschichtlicher Zeit der Reiche der Erde bemächtigt hatten. Und Menkara und er hatten das Buch und die Edelsteine genommen und dieses unübertreffliche Wertstück zurückgelassen!

9

WIND IN DEN SEGELN

Seit Tagen schon lag die *Tagedieb* in einer Flaute unweit der namenlosen Insel. Die Männer saßen entlang der Reling und ließen Angelschnüre ins Wasser hängen. Ein Stück vor dem Schiff plagte sich die Besatzung des Beiboots, die *Tagedieb* mit Hilfe eines dicken, am Bug befestigten Taus Handbreit um Handbreit näher zur fernen Küste des Hauptkontinents zu ziehen.

Conan fluchte und rief die barbarischen Götter der Cimmerier an, doch sie erhörten ihn nicht. Und Tag um Tag blieben die Segel schlaff von den Rahen hängen. Die kleinen Wellen schlugen müde gegen die Schiffshülle. Im Süden war Wetterleuchten am Horizont zu sehen, doch um die *Tagedieb* rührte sich kein Lüftchen.

Der riesenhafte Cimmerier machte sich Sorgen. Zaronos Schiff hätte ihn einholen und angreifen können, wäre nicht anzunehmen gewesen, daß auch seine Karracke in der Flaute nicht weiterkam. Entweder saß auch die *Albatros* irgendwo hinter dem Horizont fest, oder sie hatte von der Insel aus einen anderen Kurs eingeschlagen und so die *Tagedieb* verfehlt.

Was immer Zarono vorhatte, es war ganz gut, daß sie sich nicht mit ihm angelegt hatten. Auch ohne ihn hatten sie genügend Schwierigkeiten. Erstens ging ihnen allmählich der Proviant aus, und das Süßwasser wurde knapp. Und zweitens waren da Sigurd und seine Mannschaft. Conan mochte den offenen, furchtlosen jungen Rotbart aus Vanaheim und hatte ihn und seine Leute auf dem Schiff aufgenommen. Natürlich hatte er von vornherein gewußt, daß es nicht gutgehen konnte. Zwischen den zingaranischen Freibeutern und den Piraten der Barachan-Inseln – hauptsächlich Argossanern – herrschte Feindschaft. Die einen hatten die anderen so oft und mit so blutdürstiger Heftigkeit bekämpft, daß eine Freundschaft zwischen ihnen unvorstellbar war.

Aber Seeleute sind eben Seeleute und haben auf gewisse Weise ihren eigenen Ehrenkodex. So skrupellos Conan in mancher Hinsicht sein konnte, brachte er es nicht übers Herz, einfach fortzusegeln und die Gestrandeten ihrem Schicksal zu überlassen. Er hatte gehofft, daß er und Sigurd unter ihren Leuten für Ruhe sorgen konnten. Doch da hatte er sich bedauerlicherweise getäuscht. Die Zingarier hatten die Argossaner immer wieder gereizt, bis diese am Ende ihrer Beherrschung waren, und so war es zu Handgreiflichkeiten gekommen, mit denen man auch jetzt noch ständig rechnen mußte, denn es hatte nicht geholfen, daß Conan und Sigurd die Raufenden auseinandergerissen und ihnen Vernunft eingebläut hatten.

Die verfluchte Flaute erhöhte die Reizbarkeit beider Seeräubergruppen. Wütend über seine Hilflosigkeit, knurrte Conan eine Verwünschung und bohrte die Fingernägel in die Reling. Wenn endlich ein Wind aufkäme, würde Arbeit seine Männer viel zu sehr beschäftigen, als daß sie sich Zeit nehmen könnten, die Argossaner herauszufordern.

Noch ein anderes Problem machte ihm zu schaffen. Chabela hatte ihm alles anvertraut, was sie von Zarono und seinem schlangenäugigen stygischen Zauberer erfahren hatte. Manches davon hatten die beiden in ihrer Gegenwart erzählt, anderes hatte sie heimlich erlauscht – und eine Menge mit ihrem wachen Verstand kombiniert – vor allem den Grund für Zaronos Reise und ihre Entführung. So zweifelte sie nicht daran, daß es tatsächlich eine Verschwörung gegen die Krone gab. Und sie verheimlichte Conan auch diese Vermutungen nicht.

Jedenfalls fand der Cimmerier sich nun in einer Zwickmühle. Als einfacher Freibeuter bedeutete ihm das Komplott um den Thron wenig, und er verdankte Ferdrugo von Zingara auch nicht viel. Gewiß, der alte König hatte ihm einen Kaperbrief ausgestellt, und Kordava bot Conan einen sicheren Hafen. Aber das gleiche würde ihm jeder zingaranische Monarch bieten, und vielleicht verlangte der nächste sogar einen geringeren Prozentsatz der Beute.

In solchen Dingen überwog jedoch seine etwas rauhe Ritterlichkeit, die ihm als Cimmerier angeboren war, seinen Eigennutz. Der grimmige Barbar konnte ganz einfach nicht tatenlos zusehen und das Flehen der schönen zingaranischen Prinzessin überhören, während ihr königlicher Vater langsam durch geschickte Komplotte und stygische Zauberei in den Tod getrieben wurde. Obgleich er nicht wußte, worauf er sich da einließ, beschloß Conan nach reiflichem Überlegen, den Kampf zu seinem Anliegen zu machen.

Sein Entschluß war jedoch nicht reiner Uneigennützigkeit zuzuschreiben. Auch Conan hatte seine Ziele. Er beabsichtigte nicht, sein Leben lang Freibeuter zu bleiben. Wenn er den König von Zingara und seine Tochter vor dem Untergang bewahrte und so dem wankenden Thron neue Festigkeit verlieh, konnte er gewiß eine ansprechende Belohnung erwarten. Vielleicht erhob der König ihn zum Herzog mit allem Drum und Dran – oder zumindest zum Admiral seiner Flotte.

Conan spielte sogar mit dem Gedanken, sich Prinzessin Chabelas Hand zu erobern und als ihr Prinzgemahl ein ruhiges Leben zu führen. Während der langen Jahre aufregender Abenteuer hatten viele Frauen ihm gerade das angeboten. Doch obgleich der Cimmerier zu Frauen immer ritterlich war – auch wenn es sich um eine etwas ungeschliffene Ritterlichkeit handelte –, hatte er sich nie auf eine legitime Ehe eingelassen. Er wollte ungehindert seiner Bestimmung nachgehen; und einem, dem das Abenteuer und die Kampfeslust im Blut lagen, war der Gedanke unerträglich, irgendwo angebunden und für eine Familie verantwortlich zu sein.

Doch inzwischen war er Mitte Dreißig und über den ersten Überschwang der Jugend hinweg. Obgleich er noch keine Spuren fortschreitenden Alters aufwies – wenn man von den unzähligen Narben quer über seinen Körper und im Gesicht absah –, war ihm doch klar, daß er sein abenteuerlustiges Wanderleben nicht auf die Dauer fortführen konnte. Also war es nicht unklug, jetzt an die Zukunft zu denken. Chabela war ein nettes, wohlgebautes, lebensfrohes Mädchen, dazu energisch und intelligent, und sie schien ihn zu mögen. Er müßte wahrscheinlich lange suchen, ehe er eine fand, die auch nur in etwa an sie herankam …

Stirnrunzelnd verließ Conan die Reling und stieg gemächlich zu seiner Kabine hinunter, wo er sich auf einen Stuhl warf. Das Blitzen von Edelsteinen lenkte seine Aufmerksamkeit auf sich. Er grinste säuerlich. Etwas zumindest hatten ihm seine Mühen eingebracht. Auf dem Tisch vor ihm glimmte und funkelte die Kobrakrone, wenn die schrägen roten Strahlen der Nachmittagssonne durch das Bullauge auf die blitzenden Juwelen fielen.

Auf ihrem Rückweg von der Klippe, die das Krötenidol hinuntergestürzt war, kamen Conan und seine Begleiter am schwarzen Tempel vorbei. Die Aura des Bösen, die ihn zuvor umgeben hatte, war ganz zweifellos verschwunden. Nicht länger wirkte das schwarze Gestein stumpf – es verschluckte die Sonnenstrahlen nicht mehr, sondern gestattete ihnen, sich schillernd auf ihm zu spiegeln. Nein, kein Hauch des Übernatürlichen, der ihnen vorher Grauen eingejagt hatte, ging mehr von dem Bauwerk aus.

Vorsichtig trat Conan in das düstere Innere. Wo der Krötengott seit undenklicher Zeit gekauert hatte, gähnte ein Loch in dem Sockel. Als er sich darüber beugte, bemerkte er sofort das Glitzern von Edelsteinen. Hatte Zarono doch etwas übersehen? Der Cimmerier steckte die Hand in die Öffnung und brachte die Kobrakrone zum Vorschein.

Sie war ein hohler Goldkegel, besetzt mit Tausenden von weißen feurigen Steinen im Facettenschliff. Conan nahm an, daß es sich um bearbeitete Diamanten handelte, obgleich die Kunst, diesen härtesten aller Edelsteine zu schleifen, soviel er wußte, zu seiner Zeit nicht bekannt war. Die Krone war in Form einer sich übereinanderringelnden Schlange geschmiedet, deren Kopf aus der obersten Windung herausragte. Wenn die Edelsteine wahrhaftig Brillanten waren, konnte ihr Wert gar nicht geschätzt werden. Also hatte die Fahrt zur namenlosen Insel sich schließlich doch gelohnt.

Durcheinanderbrüllende, aufgeregte Stimmen rissen den Freibeuter aus seinen Betrachtungen. »Bei Frijas Brüsten und Thors Feuerbart!« hörte er.

Er grinste. Sigurds Stimme war unverkennbar. Einen Herzschlag später schob sich ein vor Aufregung tief gerötetes, von Locken eingerahmtes Gesicht durch den Türspalt. Ehe er noch den Mund aufbrachte, wußte Conan schon, was er sagen wollte. Das Knallen straffen Segeltuchs und das Singen des Windes in der Takelung drangen an sein Ohr, und die Kabine legte sich schräg, als das Schiff krängte. Endlich war Wind aufgekommen.

Und welch ein Wind! Zwei Tage und eine Nacht schnitt die *Tagedieb* nur mit einem Sturmfocksegel durch das gischtende Meer, getrieben von einem der heftigen Samums, derentwegen die Seefahrer des hyborischen Zeitalters diese unbekannten Gewässer mieden.

Als der Sturm nachließ, warf die *Tagedieb* Anker in einer Bucht des Hauptkontinents. Wo genau, vermochte Conan nicht zu sagen, da die dichte Wolkendecke während dieses Teils ihrer Fahrt Sonne und Sterne verborgen hatte. Er wußte nur, daß sie nach Osten gesegelt waren. Doch nach dem Dschungel dicht an der Küste schloß er, daß sie sich südlich des Graslands von Shem befanden, aber ob hier Stygien, das Königreich Kush oder eines der wenig bekannten schwarzen Länder noch weiter südlich lag, war im Augenblick natürlich unmöglich festzustellen.

»Sieht ja recht wild hier aus, Käptn«, brummte Zeltran, der Erste Offizier. »Wo wir wohl sind?«

»Das weiß der Teufel. Hauptsache, wir finden möglichst schnell Süßwasser. Die Fässer sind fast leer und schlierig. Stell einen Landungstrupp zusammen und laß die Fässer gleich ins Boot schaffen.«

Zeltran eilte zum Hauptdeck, um seine Leute zusammenzurufen. Als der Landungstrupp ins Beiboot kletterte, warf Sigurd mit gerunzelter Stirn einen Blick auf die Küste und stieß eine seiner nordischen Verwünschungen hervor. Der Vanir hatte sich quer um die haarige Brust einen breiten Waffengürtel gehängt.

»Was hast du?« erkundigte sich Conan.

Sigurd zuckte die Schultern. »Ich bin mir natürlich

nicht sicher, aber es sieht doch ganz so aus, als wären wir hier in Kush gelandet.«

»Na und? Das war bei unserem Ostkurs fast unvermeidlich.«

»Mag schon sein, aber diese Länder sind kein sicherer Hafen für ehrliche Seeleute. Die schwarzen Teufel sind schneller dabei, einen Fremden zu verspeisen als ihm ein freundliches Wort zu gönnen. Außerdem habe ich von einem Stamm von Kriegerinnen im Landesinnern gehört, die wildere Kämpfer als Männer sein sollen.«

Conan blickte dem Beiboot nach, das sich mühte, den Strand zu erreichen. »Schon möglich«, gestand er Sigurd zu, »aber wir brauchen Wasser und auch Proviant. Wenn wir genug gefunden haben, brechen wir sofort nordwärts nach Kordava auf.«

10

DIE SCHWARZE KÜSTE

Der Hafen, in den sie eingelaufen waren, lag an der Mündung eines trägen Flusses, dessen Ufer dicht mit schlanken hohen Palmen und dichtem Unterholz bewachsen waren. Als das Beiboot gegen den Sand zu streifen begann, kletterten mehrere Männer hinaus und zogen es watend den Strand hinauf. Bogenschützen blieben als Wachen zurück, während die anderen sich mit den leeren Fässern zur Flußmündung kämpften. Außer Sichtweite kletterten sie das Ufer empor. Hin und wieder hielten sie an und kosteten das Wasser, um festzustellen, ob sie bereits eine Stelle erreicht hatten, wo es nicht mehr brackig war.

Conan war mit weiteren Männern mit dem zweiten Beiboot an den Strand gerudert. Er blickte sich um, die Arme über der Brust verkreuzt. Die Form der Flußmündung erschien ihm irgendwie bekannt, unwillkürlich dachte er dabei an den Zikamba. Entweder hatte er dieses Küstenstück einmal auf einer Karte studiert, oder er war tatsächlich vor vielen Jahren selbst hier gewesen – auf einer seiner Reisen mit Bêlit. Sein grimmiges Gesicht wurde weich bei dem Gedanken an sie und die Horde schwarzer Piraten als ihrer Mannschaft. Bêlit, anmutig, geschmeidig und natürlich wie ein Panther! Bêlit, deren Augen tiefe, dunkle Sterne gewesen waren! Bêlit, seine erste und größte Liebe ...

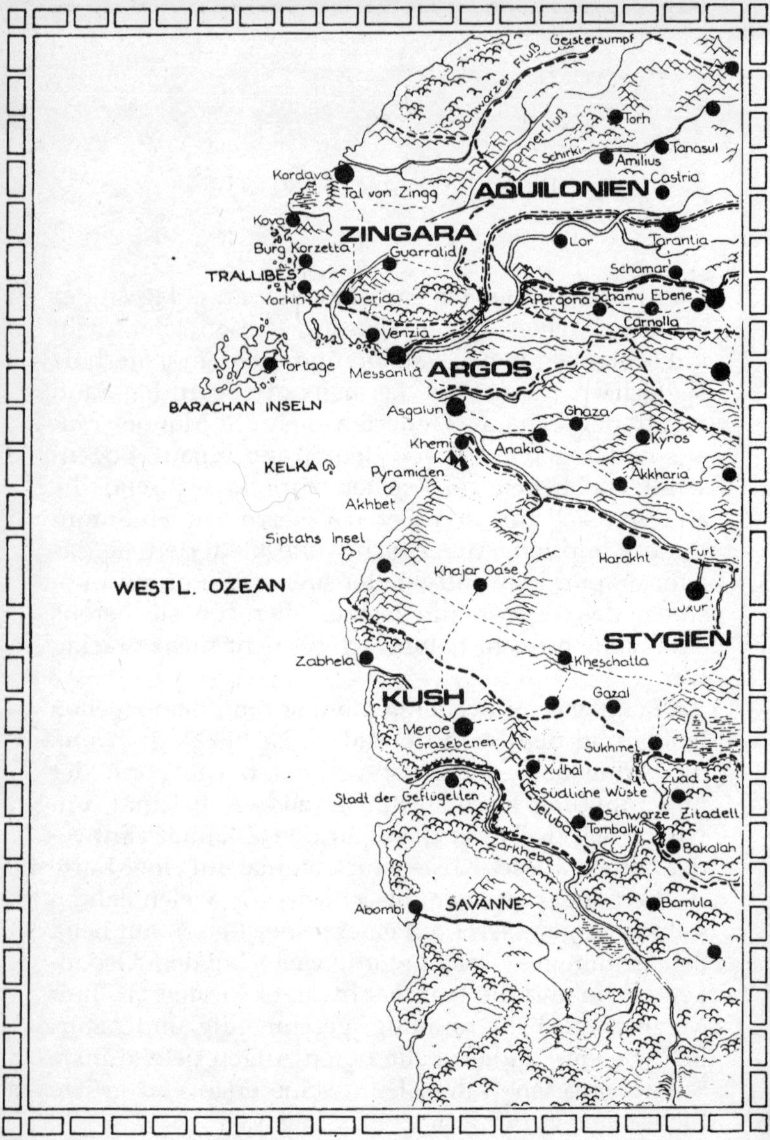
Geistersumpf
Schwarzer Fluß
Donnerfluß
Torh
Tanasul
Schirki
Amilius
Kordava
Castria
Tal von Zingg
AQUILONIEN
Kova
ZINGARA
Lor
Tarantia
Burg Korzetta
Guarralid
Schamar
TRALLIBES
Yorkin
Jerida
Pergona
Schamu Ebene
Carnolla
Venzia
Tortage
Messantia
ARGOS
BARACHAN INSELN
Asgalun
Ghaza
Khemi
Anakia
Kyros
KELKA
Pyramiden
Akkharia
Akhbet
Siptahs Insel
Harakht
Furt
Khajar Oase
WESTL. OZEAN
Luxur
STYGIEN
Zabhela
Kheschatta
Gazal
KUSH
Meroe
Grasebenen
Sukhmet
Xuthal
Zuad See
Stadt der Geflügelten
Südliche Wüste
Jeluba
Schwarze Zitadell
Tombalku
Bakalah
Zarkheba
Abombi
SAVANNE
Bamula

Mit der Plötzlichkeit eines Tropensturms brach eine brüllende Horde fast nackter Wilder aus dem Unterholz. Das Schwarz ihrer Leiber schimmerte durch Holzperlen, Federschmuck und Kriegsbemalung. Um ihre Lenden hatten sie sich Fetzen von Raubtierfellen geschlungen. Federbüsche wippten an Speerschäften.

Mit einer Verwünschung sprang Conan zurück und riß seinen Säbel aus der Lederscheide.

»Zu mir, Männer!« brüllte er seinen Leuten zu. »Zu den Waffen! Schnell!«

Der Anführer der Schwarzen war ein muskulöser Riese mit dem ebenmäßigen Körper einer Statue – einer Statue aus schwarzem Marmor! Wie die anderen war er halbnackt. Er trug lediglich ein Lendentuch aus Leopardenfell und ein paar Holzperlenketten und Armreife. Eine Art Federkrone thronte verwegen auf seinem Kopf. Intelligente schwarze Augen blickten aus einem gutgeschnittenen Gesicht von majestätischer Würde.

Conan blinzelte. Der Bursche kam ihm irgendwie bekannt vor. Aber der Cimmerier hatte jetzt keine Zeit, in seinem Gedächtnis herumzustöbern. Mit blitzender Klinge rannte er den Uferhang hinauf zu seinen sich hastig sammelnden Männern, um den Sturm der schwarzen Krieger abzuwehren.

Plötzlich blieb der Führer mit der Federkrone stehen. Er streckte seine langen mächtigen Arme aus und brüllte: *»Simamani, wote!«*

Dieser Befehl ließ die anstürmenden Schwarzen abrupt anhalten – alle außer einem, der an seinem Führer vorbeischoß, seinen Arm zurückriß, um einen Assagai mit scharfer Spitze auf Conan zu werfen. Sein Arm schwang bereits vor, als der schwarze Führer mit der Flinkheit einer zustoßenden Natter seine Hartholzkeule auf des Kriegers Schädel schmetterte. Der Übereifrige stürzte in den gelben Sand.

Sofort schrie Conan seinen Männern zu, ebenfalls innezuhalten. Einen langen Moment standen die beiden Gruppen einander gegenüber, die Wurfspeere erhoben und die Pfeile an den Sehnen. Conan und der schwarze Riese waren einander so nah, daß sie sich fast berühren konnten. Beide keuchten. Schließlich öffnete der Schwarze die Lippen zu einem Blitzen weißer Zähne.

»Conan!« sagte er auf hyrkanisch. »Du hast doch nicht etwa deinen alten Kameraden vergessen?«

Schon beim ersten Wort des anderen erinnerte sich Conan. »Juma!« brüllte er begeistert. »Bei Crom und Mitra, Juma!« Er ließ achtlos seinen Säbel fallen und umarmte den Freund alter Zeit, der laut auflachte. Die Freibeuter beobachteten die beiden erstaunt, die sich klatschend auf Schultern und Rücken schlugen.

Vor vielen Jahren hatte Conan in den Legionen König Yildizs von Turan, dem Reich fern im Osten, gedient. Juma war damals ebenfalls Söldner gewesen. Gemeinsam hatten sie an einer abenteuerlichen Expedition zum fernen Ende Hyrkaniens als Begleitschutz einer von König Yildizs Töchter teilgenommen, die sie zu dem ihr versprochenen Gemahl, dem Großkhan der Kuigarnomaden, bringen sollte.*

»Erinnerst du dich an den Kampf im Schnee der Talakmas?« fragte Juma. »Und an den häßlichen kleinen Gottkönig – wie hieß er doch? Jalung Thongpa oder so ähnlich.«

»Und ob! Und wie dieses gräßliche grüne Idol des Dämonenkönigs Yama aus haushohem Stein zum

---

* ›Die Stadt der Schädel‹ in CONAN, (Heyne-Buch 06/3202)

Leben erwachte und seine Mißgeburt von einzigem Sohn versehentlich zerquetschte!« erinnerte sich nun Conan. »Crom, war das eine schöne Zeit! Aber was im Namen der neun scharlachroten Höllen treibst du hier? Und wie wurdest du Führer dieser Krieger?«

Juma lachte. »Wo anders sollte ein schwarzer Kämpfer schon sein als an der Schwarzen Küste? Und wohin sollte ein gebürtiger Kushit denn heimkehren, wenn nicht nach Kush? Aber ich könnte dich dasselbe fragen, Conan. Seit wann bist du Pirat?«

Conan zuckte die Schultern. »Ein Mensch muß leben. Außerdem bin ich kein Pirat, sondern Freibeuter mit einem Kaperbrief des Königs von Zingara. Nicht, daß zwischen Freibeutern und Piraten ein großer Unterschied ist, wenn ich es recht überlege. Doch erzähl mir von deinen Abenteuern. Wieso hast du Turan verlassen?«

»Ich bin in der Savanne und im Dschungel zu Hause, Conan, und nicht im eisigen Nordland geboren wie du. Nun, unter anderem wurde ich es leid, mir in jedem turanischen Winter den Hintern zu erfrieren.

Ganz abgesehen davon, daß es kein Abenteuer mehr gab, nachdem du dich westwärts aufgemacht hattest. Ich bekam Sehnsucht nach Palmen und nach den Küssen einer schwarzen Schönen unter dem Hibiskus. Ich gab also mein Offizierspatent zurück, kehrte in die schwarzen Königreiche zurück und wurde selbst König.«

»König?« Conan staunte. »König wovon? Ich dachte immer, hier gäbe es nur Horden nacktarschiger Wilder.«

Juma grinste breit. »Das sind sie auch – oder vielmehr waren es, ehe Juma ihnen die Kunst der zivilisierten Kriegsführung beibrachte.« Juma schaute über die Schulter und sprach zu seinen Männern, die unruhig mit den Füßen scharrten, denn sie verstanden die Sprache nicht, in der ihr König sich mit dem fremden Anführer unterhielt.

»*Rahisi!*«

Die Neger entspannten sich und setzten sich, wo sie standen, in den Sand. Die Freibeuter hinter Conan folgten ihrem Beispiel, behielten die Schwarzen jedoch wachsam im Auge.

Juma fuhr fort: »Der Stamm, in dem ich geboren war, befand sich in einer alten Blutfehde mit einem Nachbarstamm. Wir eroberten ihn und nahmen ihn in unseren Reihen auf, und ich wurde zum Kriegshäuptling. Und jetzt bin ich der Herrscher von einem Gebiet fünfzig Meilen entlang der Küste, und wir sind auf dem besten Weg, eine Nation zu werden. Ich beabsichtige sogar, eine richtige Hauptstadt zu erbauen, wenn ich die Zeit dazu finde.«

»Bei den Göttern!« staunte Conan. »Du hast mehr von dieser sogenannten Zivilisation gelernt als ich. Ich wünsche dir alles Glück. Als deine Männer aus dem Busch gestürmt kamen, dachte ich schon, die Götter seien es müde geworden, mit uns zu spielen, und würden uns vom Spielbrett fegen, um neue Figuren aufzustellen. Wir haben hier Anker geworfen, um uns nach Süßwasser umzusehen, denn wir haben lange vor einer verdammten Insel voll gespenstischer Schlangen und wandelnder Statuen in einer Flaute gelegen.«

»Du findest hier soviel Wasser, daß du dein ganzes Schiff überfluten könntest«, versicherte ihm Juma. »Und wenn ihr erst alles an Bord gebracht habt, was ihr braucht, müßt ihr heute abend Gäste in meinem Kral sein, bis ihr nicht mehr stehen könnt. Ich habe einen neuen Bananenwein, der selbst durstigen Piraten zusagen dürfte.«

An diesem Abend machten es sich Conans Männer auf Rattanmatten in Jumas Kral Kulalo bequem. Nur eine kleine Wachmannschaft blieb an Bord der *Tagedieb* zurück. Kulalo, von der Größe einer beachtlichen Stadt, bestand aus einem dreifachen Ring komischer Hütten aus Bambus und Stroh, geschützt durch hohe Palisaden und einen Dornbuschwall.

Auf dem großen Platz in der Mitte des Krals war eine Grube ausgeschaufelt und mit Brennholz gefüllt worden. Auf Spießen über dem lustig prasselnden Feuer brutzelten Ochsen, Schweine und Antilopen. Geschnitzte Holzschalen mit süßem, trügerisch harmlos schmeckendem Bananenwein gingen von Hand zu Hand. Im aufwendigen Rhythmus von Trommeln, Flöten und den einheimischen Zupfinstrumenten wiegten sich junge schwarze Frauen, nur mit Holzperlenketten und baumelnden Ringen bekleidet, vor den orangefarbenen Flammen im Tanz, klatschten dazu und sangen im Chor, während sie sich auf anmutige Weise drehten. Ihr kunstvoller Tanz hätte sogar am Hof eines weißen Königs Ehre eingelegt. Ehe die Spießbraten gar waren, knabberten die Seeleute Hirsekuchen mit Süßgrassirup und ganze Berge reifer saftiger Früchte.

Sigurds Männer hatten sich Conans Leuten zu diesem Fest angeschlossen. Die herzliche laute Feier faszinierte die Argossaner. Ausnahmsweise waren sowohl sie als auch die Zingarier viel zu dankbar für die kulinarischen Genüsse und die Unterhaltung, als daß sie einander gereizt hätten. Mehr als eine der drallen schwarzen Schönheiten mit ihrem auffordernden Blick erregte das Gefallen eines Seemanns, und sie ließ sich vergnügt quietschend in eine dunkle Hütte verfolgen, wo sie eine geraume Weile später zerzaust und zutiefst befriedigt wieder auftauchte.

Conan hatte befürchtet, daß es wegen dergleichen zu Eifersüchteleien und Streit kommen würde. Seine Männer hatten seit Wochen keine Frauen mehr gesehen. Doch zu seiner Erleichterung schien es König Jumas schwarze Krieger nicht zu stören, im Gegenteil, sie erachteten es offenbar als Ehre, daß die Weißen ihre Frauen ausborgten. Tatsächlich beobachtete der Cimmerier mehr als einmal, wie ein Seemann nach einem Schäferstündchen zurückkam und der Gefährte der Frau, mit der er sich vergnügt hatte, grinsend seine Hand ausstreckte und sich über ein kleines Geschenk freute. Offenbar würde es also wegen der Frauen keine Schwierigkeiten geben. Conan dachte, daß über die Lebensweise der Wilden viel zu sagen wäre.

Prinzessin Chabela fand solch tierisches Benehmen abscheuerregend, wie sie sagte. Sie saß zwischen Conan und Juma. Während die beiden Männer sich über ihren Kopf hinweg ihre Abenteuer erzählten, amüsierte Conan sich heimlich über die starre Haltung der Prinzessin und ihren steinernen Blick, wenn wieder ein Pärchen im Dunkeln verschwand.

Ein wenig fürchtete Conan, Juma könne für seine Gastlichkeit erwarten, daß der Cimmerier ihm Chabela auslieh. Unter den Kushiten gehörte das zum guten Ton. Während Conan noch verzweifelt über einen Ausweg grübelte, ließ Juma taktvoll durchblicken, daß er mit der Zivilisation ausreichend vertraut war, um einen Einblick in ihre Sitten und Gebräuche zu haben, und daß die Prinzessin völlig sicher vor ihm war.

Conan rülpste. »Bei Crom, Kamerad, das ist das wahre Leben! Die Sterne verbargen sich, so konnte ich nicht aus ihnen lesen, wo wir waren. Außerdem gibt es auf der *Tagedieb* ohnedies keine Karten über die

Länder so tief im Süden. Ich hatte keine Ahnung, daß wir uns hier im sagenhaften Amazonengebiet befinden.« Er goß einen weiteren Becher Feigenwein in sich hinein.

Juma schien ernüchtert. »Das stimmt auf gewisse Weise. Zumindest beanspruchen die Frauen von Gamburu – das ist ihre Hauptstadt – diese Küste für sich. Aber es fehlen ihnen die Mittel, sich hier durchzusetzen, da andere Stämme zwischen meinem und ihrem Land liegen.«

»Sie sollen mächtige Kriegerinnen sein, hörte ich. Ich bin nur froh, daß ich es nicht selbst auf die Probe stellen muß, denn gegen Frauen zu kämpfen, ginge mir gegen den Strich. Habt ihr irgendwelche Schwierigkeiten mit den Amazonen?«

»Anfangs ein bißchen. Jetzt bilde ich meine Jungs aus, wie Turaner zu schießen.« Juma schüttelte bekümmert den Kopf. »Aber das ist gar nicht so einfach. Es gibt kein anständiges Holz für Bogen hier, und meine Burschen wollen einfach keine Federn an die Pfeilschäfte fügen. Und wenn ich darauf bestehe, werden sie störrisch und sagen, das sei nicht üblich. Seit Damballah die Welt erschuf, wurden Pfeile ohne Federn verwendet, also muß es so richtig sein. Manchmal halte ich es für einfacher, einem Zebra das Zitherspielen beizubringen. Aber trotzdem – in Kush habe ich jedenfalls die besten Bogenschützen. Als die Amazonen das letztemal in unser Land eindringen wollten, spickten wir ein paar von ihnen mit unseren Pfeilen, so daß sie an Stachelschweine erinnerten.«

Conan lachte, doch dann drückte er eine Hand auf seine pochende Schläfe. Der Feigenwein schien mit seiner leichten Süße beim Trinken völlig harmlos zu sein, aber jetzt machte sich seine Wirkung mit einem Schlag bemerkbar. Eine Entschuldigung murmelnd, erhob Conan sich ein wenig taumelnd und zog sich hinter die nächste Hütte zurück, um sich zu übergeben. Dann beschloß er, sich schlafenzulegen. Er kehrte zu des Königs Mattenbank zurück und holte das Bündel, das er mit an Land gebracht hatte. Es enthielt die in eine Decke gewickelte Kobrakrone. Er hatte sie nicht an Bord zurückgelassen, da das Vermögen an Brillanten selbst den Verläßlichsten seiner Männer in Versuchung bringen mochte. Und da er sie alle als gute Freunde erachtete, zog er es vor, es lieber gar nicht soweit kommen zu lassen, den einen oder anderen vielleicht von der Rahe baumeln zu lassen.

Er wünschte Sigurd, Zeltran, Juma und der steif dasitzenden Prinzessin eine gute Nacht und torkelte zur Hütte, die Juma ihm zur Verfügung gestellt hatte. Schon bald schnarchte er wie fernes Donnergrollen.

In seinem benebelten Zustand hatte Conan den gehässigen Blick nicht bemerkt, mit dem einer von Jumas Männer ihn bedachte – ein mürrischer Bursche namens Bwatu. Er war es gewesen, der den Wurfspeer auf den Cimmerier hatte schleudern wollen und den Juma niedergeschlagen hatte. Als hochgestellter Krieger in Jumas Rat erachtete er diesen Schlag als tödliche Beleidigung. Während des ganzen Festes hatte sein Blick sich immer wieder mit dem Bündel zu Conans Füßen beschäftigt. Die Weise, wie der Freibeuterkapitän darauf achtete, ließ darauf schließen, daß es etwas Wertvolles enthielt.

Bwatu paßte auf, in welche Hütte Conan sich zurückzog. Während das Fest unter der Pracht des Tropenmonds lärmend seinem Höhepunkt entgegenging, stand Bwatu auf und torkelte wie besoffen – er hatte sich jedoch zurückgehalten und kaum etwas getrunken – in den Schatten der Hütten. Kaum war er außer Sichtweite, kehrte er in eine enge tintenschwarze Gasse zurück. Ein Mondstrahl, der sich dorthin verirrte, ließ die scharfe Klinge eines Dolches aufblitzen. Er hatte ihn gerade erst von einem Seemann geschenkt bekommen, der sich mit einer seiner Frauen vergnügt hatte.

Weit im Norden von Zumas Kral, in der Oase von Khajar in Stygien, hatte Thoth-Amon lange die Astralebene nach einem Hinweis auf das kostbare Relikt der Schlangenmenschen des vor Äonen untergegangenen Valusiens gesucht. Während Menkara und Zarono in Alkoven hinter seinem privaten Laboratorium schliefen, erkannte der mächtige Stygier die Hoffnungslosigkeit seines Unterfangens. Er saß reglos, den Blick brütend ins Nichts gerichtet.

Schatten wallten und flimmerten in der großen Kristallkugel, die unsichtbare Hände vor dem Thron abgesetzt hatten. Ein schwaches Leuchten ging von unruhigen Gestalten innerhalb der Kugel aus und warf trügerische Schatten über die Reliefwände des Gemachs.

Thoth-Amon hatte festgestellt, daß die Kobrakrone sich nicht mehr in ihrem uralten Versteck unter dem Steinidol Tsathogguas, des Krötengottes, befand. Nur andere Seefahrer, die durch Zufall oder mit voller Absicht zur namenlosen Insel gekommen waren, konnten die Krone entdeckt und mitgenommen haben. Durch die Kraft seiner Kristallkugel hatte Thoth-Amon die ganze Insel abgesucht, Fuß um Fuß. Die Krone war nicht nur von dort verschwunden, es hielt sich auch keine Menschenseele mehr auf der Insel auf. Genausowenig fand er eine Spur der zingaranischen Prinzessin, die von der *Albatros* geflohen war, wie Zarono ihm erzählt hatte. Sowohl das Verschwinden der

Krone und Chabelas als auch die Vernichtung des Idols deuteten darauf hin, daß noch eine unbekannte Gruppe ihre Hand im Spiel hatte.

Nichts brach die Stille in dem großen Gemach. Schatten huschten über die Wände und die Gestalt auf dem Thron, die aus Stein hätte sein können, so reglos saß sie.

11

SCHICKSALSSTRÄNGE

Selten ließ Conan sich im Schlaf überraschen – wie jetzt. Der scheinbar milde, aber zu Kopf steigende Wein hatte ihn in tiefen Schlummer gewiegt, und so weckte ihn sein barbarischer Instinkt, der ihn gewöhnlich vor Gefahr warnte, zu spät. Nur langsam kam der Cimmerier zu sich. Dumpf spürte er, daß etwas nicht stimmte, doch es dauerte eine Weile, bis ihm klar wurde, was es war.

Im geflochtenen Schilf der Wände klaffte ein Schlitz von Kopfhöhe bis zum Boden. Durch ihn blies die kühle Nachtluft über Conans schweißüberzogenen Körper.

Sofort tastete der Cimmerier nach dem Bündel, das er an seiner Seite abgelegt hatte – und taumelte fluchend auf die Füße, um in die Düsternis zu spähen. Die Kobrakrone war verschwunden!

Wilde Wut bemächtigte sich seiner. Seine heftigen Verwünschungen schüttelten die dünnen Hüttenwände. Er riß den Säbel aus der Scheide und stürmte ins Freie.

Das Fest war für die wenigen, die sich noch auf den Beinen halten konnten, nicht zu Ende. Das riesige Feuer war niedergebrannt. Die Sterne funkelten wie Edelsteine über den sich wiegenden Palmen. Conan entdeckte Juma und Sigurd. Auf sein Brüllen hin sprangen sie sogleich erschrocken hoch.

Mit knappen Worten berichtete er, was passiert war.

Da die Krone die einzige Beute ihrer langen Reise war, ergrimmte Conan ihr Verlust um so mehr.

Sofort sahen sie sich um. Alle Freibeuter und Piraten, die Conan und Sigurd zum Fest begleitet hatten, waren noch hier, wenn auch die meisten bereits ihren Rausch ausschliefen. Von Jumos Mannen fehlte einer.

»Bwatu! Damballah verbrenne seine schwarze Seele!« knirschte Juma zwischen den Zähnen. Daß einer seiner Leute seinen Gast beraubt hatte, erzürnte ihn zutiefst.

»Du kennst den schwarzen Hund?« brüllte Conan, zu wütend, seine Zunge im Zaum zu halten. Juma nickte und beschrieb den Schuldigen.

»Der mürrische Bursche, den du am Strand niedergeschlagen hast?« erkundigte sich Conan.

»Genau der. Ich nehme an, daß er uns das beiden übelnimmt.«

»Oder er hat die Edelsteine im Bündel erspäht«, meinte Sigurd. »Was sollen wir tun? Habt Ihr eine Ahnung, wo der Halunke sich verstecken mag, König Juma? Bei den Eingeweiden Ahrimans und den feurigen Klauen Shaitans, wir müssen ihm nach, ehe sein Vorsprung sich vergrößert.«

»Er ist vermutlich zum Land unserer Feinde, der Matambas, unterwegs.« Juma deutete gen Nordosten. »Hielt er sich mehr nordwärts, könnte er den Ghanata-Sklavenjägern in die Hände fallen, die dort seit einiger Zeit ihr Unwesen treiben. Südostwärts würde er nicht weit kommen, denn dort liegt …«

Untätig herumzustehen, während Juma laut überlegte und ein sagenhaftes Vermögen immer weiter durch die Dschungelnacht getragen wurde, war mehr, als der aufgebrachte Conan ertrug. Abrupt unterbrach er Juma.

»Wo ist der Weg zum Land der Matambas?«

»Er führt vom Osttor nordostwärts …«

Weitere Erklärungen wartete Conan nicht ab. Er stürmte in die Richtung seiner Hütte. Unterwegs hielt er kurz an, um sich eine Kanne Wasser über den Kopf zu schütten. Er schüttelte sich wie ein gestrandetes Seeungeheuer, aber sein Kopf hatte zu pochen aufgehört, und er konnte wieder klar denken.

Als er die schwarze Mähne aus der Stirn zurückstrich, sah er Chabela, die sich in eine Decke gehüllt hatte, aus ihrer Hütte schauen. »Kapitän Conan!« rief sie. »Was ist passiert? Wird der Kral angegriffen?«

Er schüttelte den Kopf. »Nein, Mädchen, man stahl mir nur ein fürstliches Vermögen an Brillanten, während ich schnarchte. Legt Euch wieder hin und schlaft weiter.«

Sigurd kam keuchend herbeigerannt. »Juma und seine Häuptlinge versuchen die schnellsten Läufer zu wecken. Mach dich nicht allein auf den Weg in diesen Dschungel. Die Götter wissen, welche Raubtiere sich dort herumtreiben. Warte auf Jumas …«

»Verdammt!« fluchte Conan, dessen Augen wie die einer Wildkatze funkelten. »Ich verfolge Bwatu, ehe die Spur kalt wird. Und möge Crom Erbarmen mit den Dschungeltieren haben, die mir heute nacht in den Weg laufen!«

Ohne ein weiteres Wort rannte er zum Südtor und verschwand.

»Verdammtes cimmerisches Temperament!« fluchte Sigurd. Er warf der Prinzessin einen entschuldigenden Blick zu und rannte seinem Kameraden nach. »Wart auf mich!« brüllte er.

Der ganze Kral war in Aufruhr. Juma und seine Häuptlinge rissen ihre Männer aus dem Schlaf und brüllten Befehle.

So fiel es auch niemandem auf, daß Chabela in ihre Hütte zurückkehrte und in die grobe Seemannskleidung schlüpfte, die Conan ihr zur Verfügung gestellt hatte. Sie schnallte sich den Waffengürtel um und eilte unbemerkt zum Osttor.

»Wenn dieser betrunkene Barbar sich einbildet, er könnte eine königliche Prinzessin aus dem Hause Ramiros herumkommandieren, soll er sich täuschen!« murmelte sie erbost vor sich hin.

Allerdings gab es noch einen weiteren, zwingenderen Grund als ihren Ärger über Conans barschen Befehl, daß sie Kulalo heimlich verließ, um dem Cimmerier zu folgen. Trotz all seiner Rauhheit hatte er sie gut behandelt und beschützt. Und er schien es ernstgemeint zu haben, als er ihr versprach, daß ihr kein Leid geschehen und er sie zu ihrem Vater zurückbringen werde. Sie hatte das Gefühl, ihm weit mehr vertrauen zu können als seinen Freibeutern oder Jumas schwarzen Wilden. Und so huschte sie in den Dschungel, wo das Knurren eines jagenden Leoparden durch die Dunkelheit hallte.

Stunden vergingen, während Conans wütendes Dahinstürmen ihn mehrere Meilen den Pfad entlang zum Matamba-Land trug und Sigurd weit zurückblieb. Als der Cimmerier sich eine Verschnaufpause gönnte, zog er in Betracht, auf den Kameraden zu warten. Doch der Gedanke, daß der verschlagene Kushit inzwischen immer weiter kam, trieb ihn rasch weiter.

Conan kannte den kushitischen Dschungel gut aus der Zeit – sie lag etwa zehn Jahre zurück –, als er Kriegshäuptling des Stammes der Bamula weiter nördlich gewesen war. Ein weniger Erfahrener mochte vielleicht befürchten, sich der Gefahr geradewegs in den Rachen zu stürzen, wenn er allein in den Dschungel stürmte, aber Conan wußte es besser. Die Raubkatzen beispielsweise waren listige, aber nicht sehr mutige Jäger. Wenige griffen einen Menschen an, es sei denn, sie waren am Verhungern oder zu alt und lahm, um flinkere Beute zu erwischen. Der Krach, den Conan auf dem gewundenen Pfad machte, sorgte für seine Sicherheit vor ihnen.

Gewiß, der Dschungel beherbergte auch noch andere Geschöpfe, manche gefährlicher als die Raubkatzen: den schweren Gorilla, das plumpe, aber schnelle Rhinozeros, den stämmigen Büffel und den riesigen Elefanten. Doch da diese Tiere Pflanzenfresser waren, ließen sie die Menschen gewöhnlich in Ruhe, es sei denn, sie würden erschreckt oder sie fühlten sich von ihnen in die Enge getrieben. Wenn irgend möglich, war es am besten, ihnen aus dem Weg zu gehen. Glücklicherweise begegnete Conan keinem dieser Tiere auf seiner Verfolgungsjagd.

Als der Morgen graute, trank Conan aus einem Wasserloch und badete Brust und Arme darin. Dornen und Stacheln hatten ihm das weiße Hemd zerrissen und rote Kratzer über Brust und Arme gezeichnet, bis sein Körper mit Blut, Schweiß und Schmutz überzogen war.

Fluchend fuhr er sich mit dem Handrücken über die Augen, warf die schwarze Mähne aus der Stirn zurück und ruhte sich kurz aus. Dann erhob er sich mit einer Verwünschung und stürmte grimmig weiter, auf seine eiserne Kraft vertrauend. Während seiner wilden Abenteuer hatte er sich oft bis an die Grenze seiner Kraftreserven auf den Beinen gehalten, und so wußte er, daß er länger durchhalten konnte als die meisten anderen, sogar die kräftigsten.

Die Sonne ging über dem Dschungel Kushs auf und erhellte einen dunstigen Morgen. Die Raubkatzen hatten sich inzwischen mit vollen oder auch leeren Bäuchen schlafen gelegt, um die Hitze des Tages an einem schattigen Plätzchen zu verträumen.

Im zunehmenden Tageslicht konnte Conan an den schlammigen Stellen des Pfades die frischen Abdrücke großer Plattfüße sehen. Das konnte nur Bwatus Fährte sein! Wo jeder andere nach der langen Verfolgung erschöpft zusammengebrochen wäre, verspürte Conan beim Anblick dieser Spuren neue Kraft.

Schon bald bereute Chabela, daß sie Conan unüberlegt in den Dschungel gefolgt war. Der Cimmerier und Sigurd, von denen keiner wußte, daß sie ihnen folgte, waren ihr weit voraus. Bei einer Biegung des Pfades kam sie vom Weg ab und verlor jegliche Orientierung. Nach dem Untergang des Mondes war der Dschungel pechschwarz geworden, und unter dem Laubdach war es unmöglich die Sterne zu sehen, die ihr vielleicht weitergeholfen hätten. So lief sie hilflos im Kreis herum, stieß sich an den Stämmen wund und stolperte über Wurzeln und Unterholz.

Überall war das Summen, Zirpen und Surren nächtlicher Insekten zu hören, doch glücklicherweise lief Chabela keinem der Raubtiere, die sie so sehr fürchtete, über den Weg. Allerdings hörte sie hin und wieder, wie sich in der Ferne etwas Größeres krachend den Weg durch den Busch bahnte, und dann klopfte ihr das Herz heftig im Hals.

Zitternd vor Furcht und Erschöpfung ließ das Mädchen sich in der Morgendämmerung auf das Moos einer Lichtung fallen. Warum hatte sie nur etwas so Törichtes getan, Hals über Kopf in diesen weglosen Dschungel zu laufen? Völlig entkräftet schlief sie ein.

Sie erwachte, als kräftige schwarze Arme sie packten und auf die Füße rissen. Hagere schwarze Männer in lumpigen Gewändern und Turbanen umringten sie. Sie banden ihr die Arme im Rücken zusammen und erstickten ihre Schreie mit einem Knebel.

Um die Mitte des Vormittags holte Conan Bwatu ein, genau wie er es geplant hatte. Aber Bwatu war nicht in der Lage, Conan die gestohlene Krone zurückzugeben. Er war tot und trug nichts bei sich.

Der schwarze Dieb lag mit dem Gesicht in einer Blutlache auf dem Pfad. Er war regelrecht in Stücke zerhackt worden. Conan kauerte sich über ihn und untersuchte ihn. Ganz offensichtlich hatten weder Bronze-, Feuerstein- noch die Elfenbeinspitzen von Speeren der Eingeborenen ihm diese grauenvollen Wunden zugefügt, sondern die scharfen Stahlklingen von Säbeln. Waffen aus Bronze und Kupfer wurden schnell stumpf und hinterließen unsaubere Wunden, nicht diese sauberen Schnitte. Die Schwarzen in den kushitischen Dschungeln kannten jedoch die Kunst der Eisenbearbeitung nicht, und so waren Eisen und Stahl so weit im Süden selten, und was es hier gab, war durch Handel aus den etwas fortschrittlicheren Ländern im Norden gekommen: aus dem eigentlichen Königreich Kush, aus Darfar und Keshan.

Der Cimmerier fragte sich, ob es die schwarzen Amazonen gewesen waren, die den Dieb getötet hatten und mit der Krone davongezogen waren – und Conan sowohl seiner Rache als auch seines Eigentums beraubt hatten. Während er sich mit einem raubtierhaften Knurren aufrichtete, fiel ein beschwertes Netz aus den Zweigen über ihm. Dicke Stränge hüllten ihn ein, so daß er sich kaum noch rühren konnte. Trotzdem versuchte er, mit einem wilden Fluch auf den Lippen das Netz mit dem Säbel zu durchtrennen, doch die dicken Stränge gaben nicht nach, sie schlossen sich im Gegenteil noch enger um ihn.

Wie das Gespinst einer gigantischen Spinne drückte das Netz ihn zu Boden und hemmte jede Bewegung. Schwarze mit Turbanen und Lumpengewändern kamen aus ihren Verstecken und zerrten an den Zugstricken, so daß das Netz den Cimmerier wie der

Kokon einer Riesenraupe völlig umschloß. Weitere Schwarze sprangen von den Ästen über dem Pfad und schlugen ihren Gefangenen bewußtlos.

Mit seinem letzten Gedanken, ehe ihm die Sinne schwanden, beschimpfte Conan sich selbst. Es lag viele Jahre zurück, daß er sich zum letztenmal in eine solch primitive Falle hatte locken lassen. Aber jetzt war es zu spät für Selbstvorwürfe.

12

STADT DER AMAZONEN

In der Oase von Khajar herrschte pechschwarze Nacht. Eine dicke Wolkendecke hing über der Wüste und gestattete dem Mond nur hin und wieder, durch einen Riß in der Wolkenbank zu blitzen.

Auch im Thronsaal von Thoth-Amon war es dunkel. Die grünen Flammen der Kerzen gaben nun nicht mehr Licht als das Leuchten von Glühwürmchen ab. Der stygische Zauberer schien auf seinem Thron zu schlafen, so ruhig verharrte er. Einem Beobachter wäre aufgefallen, daß seine Brust sich nicht hob und senkte. Das grimmige Gesicht wirkte leer und wie eine Holzmaske. Keine Seele schien in seinem Körper zu stecken.

Genauso war es auch. Als er auf der Astralebene keinen Hinweis auf den Verbleib der Kobrakrone fand, hatte Thoth-Amon sein Ka aus dem Gefängnis des Fleisches befreit und war zur höchsten Ebene, der Akâshâ, aufgestiegen. In diesem düsteren unstofflichen Reich hatte das Gesetz der Zeit keine Gültigkeit. Vergangenheit, Gegenwart, ja sogar ein verschwommenes Bild der Zukunft standen dem allumfassenden Blick des Adepten offen wie eine vierdimensionale Karte. Und hier konnte Thoth-Amons Geist die Ankunft der *Albatros* und der *Tagedieb* auf der namenlosen Insel *sehen,* ebenso das Erwachen des Krötengottes, seine Vernichtung, die Plünderung der Kobrakrone und Conans Fahrt zur Schwarzen Küste. All

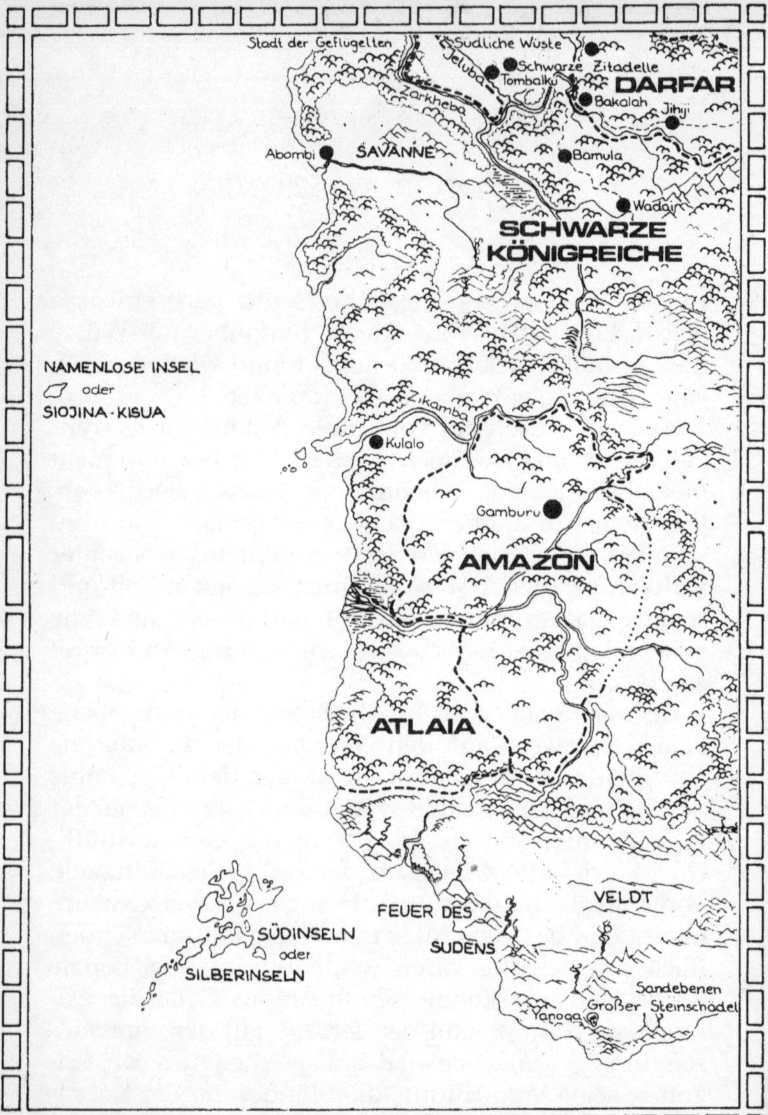

Stadt der Geflugelten
Südliche Wüste
Jeluba
Schwarze Zitadelle
Tombalku
DARFAR
Zarkheba
Bakalah
Jihiji
Abombi
SAVANNE
Bamula
Wadai
SCHWARZE KÖNIGREICHE
NAMENLOSE INSEL
oder
SIOJINA-KISUA
Zikamba
Kulalo
Gamburu
AMAZON
ATLAIA
VELDT
FEUER DES SUDENS
SÜDINSELN
oder
SILBERINSELN
Sandebenen
Großer Steinschädel
Yanoga

das beobachtete Thoth-Amon, bevor er seinem Ka gestattete, auf die niederen Ebenen des Kosmos zurückzukehren. Und das mußte er bald, ehe das Ka seine Verbindung mit dem fleischlichen Körper verlor.

Als sein Geist wieder in seinen Körper gedrungen war, verspürte Thoth-Amon ein unangenehmes Prickeln, ähnlich dem eines Körperteils, dessen Blutzirkulation unterbrochen war und wieder einsetzt, nur daß im Fall des Zauberfürsten dieses Prickeln den ganzen Körper erfaßte. Doch er erduldete die Schmerzen gleichmütig.

»Zarono! Menkara!« grollte seine Stimme schließlich wie Donner durch die Gewölbe unter seinem Palast.

»Ja?« rief Zarono zurück. Hastig schlüpfte er in sein Wams und trat gähnend und augenreibend aus seinem Alkoven. »Was gibt es, mein Lord Zauberer?« Menkara betrat lautlos den Thronsaal.

»Macht euch bereit, sofort zur Schwarzen Küste zu segeln. Ich weiß, wo sich die Kobrakrone als auch Prinzessin Chabela aufhalten. Beide befinden sich in Kulalo, dem Kral des Kushiten Juma.«

»Wie gelangten sie dorthin?« staunte Zarono.

»Euer feiner Freund, Conan der Cimmerier, brachte sie ...«

»Dieser verfluchte Barbar!« unterbrach ihn Zarono. »Ich werde ...«

»Wenn Ihr ihn gestellt habt, könnt Ihr mit ihm tun, was Euch beliebt – ich habe nichts für ihn übrig, denn mit seiner Abenteuerlust hat er mir viel Ärger gemacht. Aber Eure Hauptaufgabe ist, die Prinzessin zurückzubringen. Nicht einmal ich kann sie aus dieser Entfernung in meine Macht bekommen.«

»Und die Krone?«

»Die Krone überlaßt Ihr mir.«

»Kommt Ihr mit uns, Herr?«

Thoth-Amon lächelte freudlos. »Nicht mit meinem Körper, aber ich werde Kulalo noch vor euch erreichen, auch wenn ich etwas tun muß, was nur wenige Zauberer fertigbringen und das mich meine ganzen Kräfte kostet. Vergeudet also keine Zeit, sondern brecht sofort auf – noch vor dem Morgengrauen!«

Conan kam übelster Laune zu sich. Sein Schädel brummte nicht nur von Jumas Bananen- und Feigenwein, sondern auch von den Schlägen, die ihm die Sinne geraubt hatten. Außerdem befand er sich unbewaffnet und hilflos in den Händen von Sklavenjägern. Es war zwar nicht das erstemal, daß Conan sich in einer solchen Lage sah, aber deshalb ergrimmte es ihn nicht weniger.

Nach dem Stand der Sonne, deren Strahlen fast gerade herabstachen, waren mehrere Stunden seit seiner Gefangennahme vergangen. Und seine aufgeschürften Arme und Beine verrieten ihm, daß er durch Unterholz in die Lichtung gezerrt worden war, in der er nun lag. Schwere Fesseln hielten seine Handgelenke zusammen. Durch die wirre schwarze Mähne blickte er sich um, zählte die Wachen und merkte sich, wo sie standen.

Er erschrak, als er Chabela bleich und verängstigt zwischen einem Haufen hoffnungslos dreinblickender Schwarzer kauern sah. Er konnte sich nicht vorstellen, wie sie gefangengenommen worden war. Sigurd sah er nicht. Vielleicht war das ein Hoffnungsschimmer.

Auf einer dürren Stute ritt ein hochgewachsener Schwarzer im grauen Gewand des Sklavenjägers in die Lichtung. Wie seine Genossen war er Neger, doch hager und drahtig, mit schärfer geschnittenen Zügen als die Schwarzen des Dschungels. Conan nahm an, daß es sich bei diesen Sklavenjägern um Ghanater handelte, die Juma erwähnt hatte. Die Ghanater waren Nomaden, die in den Wüsten entlang der Südgrenze Stygiens herumzogen. Shemiten und Stygier holten sich ihre Sklaven aus ihren Reihen und denen der Kushiten und Darfari, dafür gingen die Ghanater weiter südlich, in den äquatorialen Dschungeln auf Menschenfang.

Der Neuankömmling zügelte sein Pferd und wechselte ein paar Worte mit dem Führer der Gruppe, die Conan gefangengenommen hatte. Der schnalzte mit der Peitsche und brüllte seinen Männern zu, sich zum Aufbruch bereitzumachen.

Die Gefangenen wurden zu Zweierreihen zusammengetrieben. Man kettete sie so aneinander, daß keiner allein einen Fluchtversuch unternehmen konnte. Der riesenhafte Cimmerier ragte über die Schwarzen heraus und blickte sich mit funkelnden Augen um. Der berittene Sklavenjäger betrachtete die Gefangenen verächtlich.

»Bei Zambi!« fluchte er und spuckte in hohem Bogen aus. »Die ganze Meute wird uns in Gamburu nicht mehr als eine Handvoll Kaurimuscheln einbringen!«

Der Unterführer nickte. »Ja, Lord Mbonani, mir deucht, die Burschen werden von Jahr zu Jahr kraftloser. Zuviel Inzucht, vielleicht …«

Gerade in diesem Augenblick hieb ein Sklavenjäger Conan die Peitsche auf die Schultern. Kaum berührten ihn die Stränge, da handelte Conan. Gedankenschnell griff er mit den geketteten Händen nach der Peitsche und riß heftig daran.

Der Sklavenjäger verlor das Gleichgewicht und stürzte vor Conans Füße. Fluchend raffte der Schwarze sich auf und griff nach dem schweren scharfschneidigen Ghanatadolch – eigentlich mehr ein Kurzschwert – und wollte ihn aus der Scheide an seinem Gürtel reißen.

Doch noch ehe die Waffe ihre Hülle verlassen hatte, stieß Conan dem Sklavenjäger den Fuß ins Gesicht und schickte ihn erneut zu Boden. Dann bückte sich der Cimmerier und zerrte dabei ungewollt seine an ihn geketteten Nachbarn von den Füßen. Trotzdem gelang es ihm, den Dolchgriff zu packen. Ein anderer Sklavenjäger eilte herbei. Er schwang eine Axt über seinen Kopf, um dem riesenhaften Weißen damit den Schädel einzuschlagen. Doch ehe die Waffe herabsausen konnte, steckte Conans Dolch bis zum Griff im Leib des Schwarzen.

Als der Sklavenjäger erblaßte und röchelnd zusammenbrach, stürzten seine Kameraden sich brüllend auf den Cimmerier. Gekettet, wie er war, hatte er keine Chance. Trotzdem waren fünf Mann nötig, ihn festzuhalten, und drei weitere, um auf seinen Schädel einzudreschen, bis er bewußtlos zu Boden sank.

Mhonani, der Mühe hatte, seine verstörte Stute unter Kontrolle zu halten, beobachtete den Kampf mit sichtlicher Befriedigung. »Nun, der zumindest ist kein Schwächling«, brummte er. »Ein Weißer noch dazu. Was ihn wohl hierher verschlug?«

»Ich erwähnte ihn bereits«, sagte sein Unterführer. »Eine weiße Frau haben wir ebenfalls gefangen – dort.«

Mbonani betrachtete Chabela abschätzend. »Die zwei besten Exemplare der ganzen Beute«, sagte er. »Behandle sie gut, Zuru, sonst bekommst du's mit mir zu tun.«

Mbonani lenkte sein Pferd zu Conan, dessen Gesicht von Blut besudelt war. Benommen versuchte der Cimmerier gerade wieder auf die Beine zu kommen. Als er zu dem Sklavenjäger aufblickte, schlug ihm Mbonani die Reitpeitsche über die Wange.

»Du hast einen meiner Männer getötet, knurrte er.

Ein Striemen hob sich blutig von Conans Backe ab,

doch der Cimmerier war bei dem Hieb weder zusammengezuckt noch hatte er aufgeschrien. Er beobachtete den Sklavenjäger lediglich mit kaltem Haß. Mit einem wölfischen Grinsen entblößte Mbonani die weißen Zähne im schwarzen Gesicht.

»Du hast Mut, Weißer«, sagte er. »Verlier ihn nicht, denn ich möchte von den Amazonen einen guten Preis für dich herausschlagen. Und jetzt vorwärts, Marsch!«

Von den zerlumpten Sklavenjägern bewacht, machte die Doppelreihe Gefangener sich mit klirrenden Ketten auf den Weg nach Gamburu.

Conan stapfte mit den anderen dahin, ohne sich von der Hitze, dem Durst, den lästigen Fliegen und der brennenden Sonne unterkriegen zu lassen. Er fragte sich, wo die Kobrakrone sein mochte. Aber er hatte längst gelernt, daß Beute unwichtig wird, wenn das Leben auf dem Spiel steht. Nach einiger Zeit fiel ihm jedoch eine Wölbung in einer von Zurus Satteltaschen auf. Conans Augen glitzerten in wildem Humor auf. Der Unterführer mochte zwar vor Mbonani katzbuckeln, aber er vergaß seine eigenen Interessen nicht.

Die Ghanater führten ihre Gefangenen aus dem Dschungel in feuchtes Veldland. Einen Tag später sahen sie die steinerne Stadt Gamburu am Horizont in der Spätnachmittagsonne schimmern.

Abschätzend betrachtete Conan die Konturen der Stadt. Verglichen mit dem glitzernden Aghrapur, der Hauptstadt Turans, ja selbst mit Meroe, der Hauptstadt des Königreiches Kush, wirkte Gamburu nicht sonderlich beeindruckend. Trotzdem – in einem Land, wo die Häuser nicht mehr als gedrungene Zylinder aus sonnengetrocknetem Lehm und Stroh waren, als Stadtmauer ein Palisadenzaun diente und eine

»Stadt« nach den Begriffen der Menschen nördlicherer Länder kaum mehr war als ein größeres Dorf, hob Gamburu sich doch recht imposant hervor.

Ein Wall mörtellos zusammengefügter Steinblöcke von etwa doppelter Mannshöhe schützte die Stadt. Vier Tore befanden sich in dieser kreisförmigen Stadtmauer, und links und rechts von jedem erhoben sich Wachtürme mit Schießscharten für Bogenschützen sowie Pechnasen, aus denen Angreifer begossen werden konnten. In den Toren selbst befanden sich schwere hölzerne Klappen.

Conan bemerkte, daß ein Teil der Mauersteine einfacher Feldstein und ein anderer fein bearbeiteter Bruchstein von hohem Alter war. Als Mbonani seinen kettenklirrenden Trupp durch das Westtor führte, stellte Conan fest, daß auch die Häuser aus diesen beiden Steinarten errichtet waren. Die meisten Bauten waren ein- oder zweistöckig und hatten Strohdächer. Das untere Stockwerk wies gewöhnlich alte, säuberlich bearbeitete Steine auf, während das obere aus neuerem, kaum behauenen Stein war. Da und dort sah man bei den alten Steinen auch Skulpturen, wie finstere Dämonengesichter, die jedoch oftmals seitwärts oder verkehrt von den Wänden blickten.

Aus seiner Erfahrung mit Ruinenstädten zog Conan seine eigenen Schlüsse. Eine alte, vielleicht nichtmenschliche Rasse hatte ursprünglich hier ihre Stadt gehabt. Jahrhunderte später hatten dann die Vorfahren der jetzigen Bewohner die Ruinenstadt übernommen und zum Neuaufbau die uralten Steine verwendet, aber auch neue Steine genommen und die ursprüngliche Bauweise, wenngleich stümperhaft, nachgeahmt.

Mbonanis Stute wirbelte kleine Staubwolken von den ungepflasterten Straßen auf und trabte durch kleine Schlammlachen. Als der Trupp sich durch die

Hauptstraße bewegte, drängten die Gamburuer sich zur Seite, um ihn hindurchzulassen.

Conan sah sich interessiert um. Er bemerkte, daß die Geschlechter sich hier auf ungewöhnliche Weise unterschieden. Die Frauen waren groß und kräftig, mit der majestätischen Haltung von Panthern. Bronzeschwerter schlugen gegen ihre nackten Schenkel. Als Schmuck trugen sie Armreifen und Halsketten aus Holzperlen, Federbüsche, aber auch Kopfbedeckungen aus Löwenfell.

Die Männer andererseits waren schwächliche, bekümmert dreinblickende Schwarze, kleiner als die Frauen und mit niedrigen Arbeiten beschäftigt. Die Männer, die Conan sah, kehrten die Straßen, lenkten Wagen und trugen Sänften. Der riesenhafte Cimmerier ragte weit über sie alle hinaus.

Der Trupp kam durch einen Basar, in dem unter Markisen in der nahen Abenddämmerung Waren feilgeboten wurden, und von dort über eine breite Straße zum Hauptplatz, der eine gute Pfeilschußlänge weit war. An einer Seite erhob sich der Königspalast, ein altes, aber beeindruckendes Bauwerk aus stumpfrotem Sandstein. Zu beiden Seiten seines Portals standen zwei gedrungene Statuen aus dem gleichen Stein. Daß sie keine Abbilder von Menschen waren, wurde sofort aus ihren Proportionen klar, aber was sie tatsächlich darstellten, ließ sich nicht erkennen, so verwittert waren sie. Sie mochten ursprünglich Nachahmungen von Eulen, Affen oder irgendwelchen vorgeschichtlichen Ungeheuern gewesen sein.

Eine seltsame Grube in der Mitte des Platzes zog Conans Aufmerksamkeit auf sich. Sie war nicht sehr tief, aber gut hundert Fuß breit. Vom Rand führte eine Reihe konzentrischer Stufen hinunter, ähnlich den Sitzreihen eines Amphitheaters. Der Boden der Grube war mit Sand bestreut, in dem vom letzten Regen ein paar Lachen zurückgeblieben waren. Genau in der Mitte der Sandfläche wuchs eine seltsame kleine Baumgruppe.

So weit Conan auch herumgekommen war, eine Arena wie diese hatte er nie gesehen. Viel Zeit sie zu betrachten hatte er jedoch nicht, weil er mit den anderen zu den Sklavenpferchen getrieben wurde, wo sie unter schwerer Bewachung die Nacht verbrachten.

Doch der kurze Blick hatte Conan etwas Beunruhigendes gezeigt. Zu Füßen der merkwürdigen Bäume hatten sich weiße Gebeine aus dem gelbbraunen Sand abgehoben – Knochen von Menschen, wie man sie im Lager menschenfressender Löwen fand.

Den ganzen Weg zum Pferch dachte Conan über diese ungewöhnliche Grube nach. Er wußte, daß die Argossaner zum Tode Verurteilte zuweilen den Löwen in der Arena von Messanti zum Fraß vorwarfen. Aber im Gegensatz zu der Grube hier war diese Arena so geplant, daß die Löwen nicht zu den Zuschauerreihen hochspringen konnten. Ein Löwe in dieser Grube hätte mit einem Satz den Platz erreicht.

Je mehr Conan sich darüber den Kopf zerbrach, desto mehr beunruhigte es ihn.

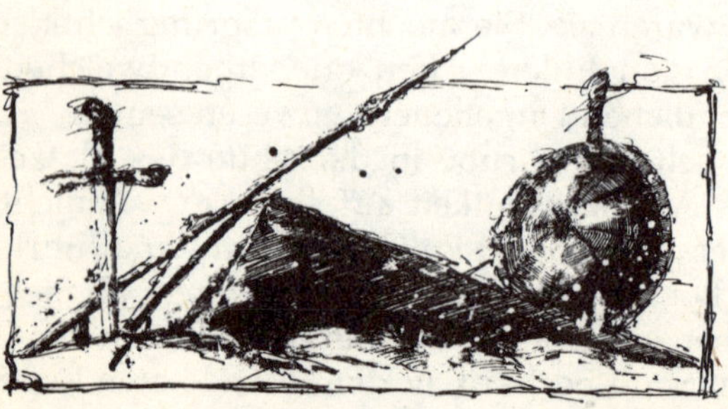

13

DIE KÖNIGIN DER AMAZONEN

Orangerot ging die Sonne über den gedrungenen Steintürmen der Amazonenstadt auf. Conan, Chabela und die anderen Sklaven wurden aus den Pferchen zum Basar getrieben. Hier wurde einer nach dem anderen auf dem Block zur Schau gestellt, versteigert und schließlich fortgeführt.

Die Käufer waren ohne Ausnahme Frauen, das herrschende Geschlecht in Gamburu. Der hochgewachsene hagere Mbonani stand mit unbewegtem Habichtgesicht neben dem Block, während die Käufer mit seinem Unterführer Zuru feilschten. Die Kriegerinnen bewiesen mehr Respekt für die Ghanater, deren Geschicklichkeit als Sklavenfänger sie achteten, als für ihre eigenen Männer.

Als Chabela an die Reihe kam, errötete sie zutiefst und versuchte schamhaft ihre Blöße mit den Händen zu bedecken. Zuru befahl ihr, sich zu drehen, und forderte die Interessierten zum Bieten auf.

»Fünf Kiele!« erklang eine Stimme hinter den Vorhängen einer Sänfte.

Zurus Blick wanderte über die Gamburuer ringsum, dann sagte er schnell: »Verkauft!«

Da beide sich des Misch-Ghanatischs bedient hatten, das vom Königreich Kush südwärts als Handelssprache benutzt wurde, hatte Conan ihre Worte verstanden. Er war überrascht, daß ein so niedriges Angebot nicht übersteigert worden war. Ein *Kiel* war ein mit Goldstaub gefüllter Federkiel aus den Schwingen eines größeren Vogels – die Amazonen benutzten noch kein gemünztes Gold. Trotzdem fragte sich Conan, weshalb eine so edle junge Schönheit wie Chabela keinen höheren Preis eingebracht hatte. Es konnte nur eine Antwort geben: Die Persönlichkeit in der Sänfte mußte von so hohem Stand sein, daß niemand es wagte, gegen sie zu bieten.

Conan war müde, hungrig und schlechtester Laune. Man hatte ihn geschlagen, bis sein Schädel fast nur noch aus Platzwunden und Beulen zu bestehen schien. Man hatte ihn gezwungen, meilenweit in der sengenden Sonne zu marschieren. Man hatte ihm verdammt wenig zu essen und zu trinken gegeben. Und so war er nun so reizbar wie ein Löwe mit Zahnschmerzen. Als ein Sklavenjäger an seiner Kette zog, um ihn zum Block zu bringen, mußte er sich beherrschen, um nichts Unüberlegtes zu tun.

Noch vor ein paar Jahren wäre der Cimmerier, ohne an die Folgen zu denken, über den Burschen hergefallen. Er hätte ihn und sicher noch ein paar mehr zweifellos töten können, ehe sie mit ihm ein Ende machten – was sie genauso zweifellos tun würden. Diese Halunken waren schon mit vielen widerspenstigen Sklaven fertiggeworden. Sie brauchten nur einen Wurfspeer zu schleudern, ohne selbst in Gefahr zu geraten.

Wenn Conan angriff, mochte es zwar gelingen, einige in die Hölle zu schicken. Doch die restlichen würden ihn mit Speeren spicken und ihn mit ihren langen Dolchen zerstückeln, bevor er auch nur Atem zu einem Kampfschrei holen konnte. Und was würde dann aus Chabela? Nachdem er beschlossen hatte, ihre Sache zu seiner zu machen, hatte er – auch wenn er es sich selbst gegenüber nicht gern zugab – eine gewisse Verantwortung für sie übernommen. Also mußte er am Leben bleiben.

Seine Augen verengten sich zu Schlitzen, er kniff die Lippen zusammen, seine Schläfenadern quollen an und pochten vor unterdrückter Wut. Seine Arme und Beine zitterten unter seiner Anstrengung, die Beherrschung nicht zu verlieren, als er zum Block stapfte. Ein Sklavenjäger hielt dieses Zittern für ein Zeichen der Angst, und grinsend flüsterte er einem Kameraden etwas zu. Conan warf dem Schwarzen im Turban einen so scharfen, furchterregenden Blick zu, daß das Grinsen schwand.

»Zieh dich aus!« befahl Zuru.

»Du wirst mir bei den Stiefeln helfen müssen«, sagte Conan ruhig. »Meine Füße sind vom langen Marsch geschwollen.« Er setzte sich auf den Block und streckte ein Bein aus.

Zuru brummte etwas und griff nach dem Stiefel. Eine kurze Weile kämpfte er vergeblich damit. Dann drückte der Cimmerier seinen anderen Fuß sanft gegen das Gesäß des Unterführers, entspannte den Fuß im Stiefel und schob. Zuru schoß wie von einem Katapult geschnellt durch die Luft und landete mit dem Gesicht in einer Pfütze.

Kreischend vor Wut kam der Sklavenjäger auf die Füße. Er entriß einem Kameraden die Peitsche und rannte damit zu Conan zurück, der noch auf dem Block saß und sich nicht übermäßig bemühte, ein leichtes Grinsen zu unterdrücken.

»Dir – dir werde ich es zeigen, weißer Hund!« schrillte Zuru und holte mit der Peitsche aus.

Als die Stränge aus Flußpferdhaut auf ihn zuschnellten, schoß Conans Rechte vor und schnappte sie. Ohne sich zu erheben, zog er Hand über Hand die Peitsche mitsamt Zuru zu sich heran.

»Nicht so heftig, kleiner Mann!« brummte er. »Du sollst doch die Ware nicht beschädigen, oder?«

Mbonani, der die Szene beobachtet hatte, versuchte

ein Lächeln zu unterdrücken. »Der weiße Hund hat recht, Zuru. Überlaß es seinem neuen Herrn, ihm Manieren beizubringen.«

Aber Zurus Wut war so groß, daß er nicht auf seinen Anführer hörte. Mit einem schrillen Schrei riß er seinen Dolch aus der Scheide. Conan stand auf und raffte die Kette zwischen seinen Handgelenken zusammen, um sie als Waffe zu benutzen.

»Genug!« rief eine Stimme aus der Sänfte gebieterisch. Ihr scharfer Klang brachte selbst den rasenden Zuru wieder zur Besinnung.

Eine juwelengeschmückte schwarze Hand zog die Musselinvorhänge der Sänfte zurück, die vor neugierigen Blicken geschützt hatten, und gleich darauf stieg eine schwarze Frau aus. Conans Augen weiteten sich vor unwillkürlicher Bewunderung.

Die Frau war über sechs Fuß – fast so groß wie Conan und von kräftiger Statur. Schwarz wie poliertes Ebenholz war sie, und die Sonne spiegelte sich auf ihren prallen Brüsten, den geschmeidigen Schenkeln und den langen muskulösen Beinen. In ihrem üppigen schwarzen Kraushaar trug sie einen mit Edelsteinen besteckten Federbusch in leuchtenden Tönen. Die Straußenfedern waren goldgelb, rosig und smaragdgrün gefärbt. Ungeschliffene Rubine glimmten an ihren Ohrläppchen, und mattschimmernde Perlen hingen in dichten Ketten um ihren Hals. Reifen aus reinem weichen Gold glitzerten an ihren Armen und Beinen. Ansonsten bestand ihre einzige Bekleidung aus einem knappen Kilt aus Leopardenfell um die vollen Hüften.

Nzinga, die Königin der Amazonen, richtete ihren Blick lange auf den riesenhaften Cimmerier. Schweigen senkte sich auf den Basar herab. Nach einer Weile sagte die Königin lächelnd:

»Zehn Kiele für den weißen Riesen.«

Niemand versuchte, sie zu überbieten.

Chabela fand ihr Leben als Sklavin unerträglich. Es war schlimm genug, daß sie als verzärtelte Tochter eines mächtigen Monarchen nun Dienstbotenarbeit für eine schwarze Königin leisten mußte. Doch viel mehr machte ihr zu schaffen, daß sie wie alle Sklaven nackt herumlaufen mußte. Kleidung, gleich welcher Art, blieb den freien Stammesangehörigen vorbehalten.

Schlafen mußte sie auf einem ungezieferverseuchten Strohlager im Sklavenquartier, und wie die anderen Sklavinnen wurde sie im ersten Morgengrauen von einer Sklavenmeisterin mit rauher Stimme und harter Hand geweckt. Dann mußte sie kochen, fegen, schrubben und an der königlichen Tafel bedienen. Es verbesserte ihre Laune nicht, den ehemals zingaranischen Freibeuter Conan bei diesen Gelegenheiten auf weichen Kissen herumlungern, sich mit Bananenwein vollaufen und mit Fischkuchen und feinem Backwerk vollstopfen zu sehen.

Sie änderte ihre gute Meinung über ihn. Er war zweifellos der ausgehaltene Liebhaber der Königin, und – was Chabelas Verachtung erhöhte – er genoß es offenbar auch noch. Kein Mann mit Selbstachtung, sagte sie sich, fände Gefallen an einer solchen Art von Sklaverei. Das kam daher, daß die Erfahrung sie nicht wie Conan gelehrt hatte, das Beste aus einer Lage zu machen, wenn es keine Möglichkeit gab, sie zu ändern.

Da der Cimmerier der einzige Mensch in dieser schrecklichen Stadt war, den sie als Freund betrachten konnte, wäre sie völlig verzweifelt gewesen, hätte er ihr nicht bei seltenen Gelegenheiten zugezwinkert, wenn niemand es bemerken konnte. Dieses Zwinkern sagte – zumindest hoffte sie es: ›Nur Mut, Mädchen. Ich hole dich hier heraus!‹

Andererseits mußte Chabela zugeben, daß Königin

Nzinga eine prachtvolle Frau war. Das Mädchen versuchte sich das Verhalten der beiden im Bett vorzustellen, aber da sie in dieser Beziehung ein wenig weltfremd erzogen worden war, fiel es ihr schwer. Sie konnte auch nicht wissen, daß die schwarze Löwin zwar Königin in der Öffentlichkeit, Conan aber Herrscher in ihrem Schlafgemach war.

Das war etwas absolut Neues für Nzinga. Nach ihrer Erfahrung und der gesamten Kultur ihres Reiches nahm sie an, die Frau sei dem Mann von Natur aus überlegen. Hunderte von Königinnen hatten vor ihr auf dem Elfenbeinthron geherrscht. Jede von ihnen hatte ihre Männer verachtet und erniedrigt, sie als Diener und Werkzeug für ihre Lüste und ihr Muttertum benutzt und sie verstoßen, wenn sie krank, erschöpft oder ermüdend wurden. Auch sie hatte es nicht anders gemacht.

Bis der riesenhafte Cimmerier in ihr Leben getreten war, hatte sie alle ihre Männer mühelos beherrscht. Conan jedoch ließ sich nicht beherrschen. Sein Wille war härter als Eisen, und er war sogar größer und stärker als sie. In seiner kraftvollen Umarmung erlebte die schwarze Amazone Freuden, die sie bisher noch nicht gekannt hatte. Sie wurde unersättlich in ihrem Verlangen nach ihm.

Und sie empfand auch wilde Eifersucht auf alle Frauen, die der Cimmerier vor ihr gehabt haben mußte. Doch über sie erfuhr sie nichts durch ihn, er beachtete ihre Fragen überhaupt nicht. Er hatte seinen eigenen rauhen Ehrenkodex in diesen Dingen. Auch wenn Nzinga noch so sehr tobte und mit allem möglichen um sich warf, um etwas herauszubekommen, so lächelte er nur unbewegt.

»Und was ist mit dieser runden weißen Dirne, die die Chanater mit dir hierherbrachten?« fauchte sie. »Sie war deine Geliebte, nicht wahr? Du hast ihren weichen, wohlriechenden Leib begehrenswert gefunden, nicht wahr? Begehrenswerter als Nzinga, habe ich nicht recht?«

Beim Anblick ihrer leidenschaftlich blitzenden Augen und der hüpfenden ebenholzschwarzen prallen Brüste mußte Conan zugeben, daß er seit seiner ersten großen Liebe, Bêlit von der Schwarzen Küste, keine herrlichere Frau gekannt hatte. Doch nun, da sie eifersüchtig auf Chabela war, mußte er vorsichtig sein – sehr vorsichtig! Er mußte Nzinga zeigen, daß ihr Mißtrauen unbegründet war, sonst würde Chabela darunter zu leiden haben. Die Königin war durchaus imstande, jeden köpfen zu lassen, der ihr im Weg zu stehen schien, gleichgültig ob Mann oder Frau.

Bisher hatte Conan getan, was er konnte, auch wenn es nur sehr wenig war, um Chabelas Elend zu lindern. Von nun an durfte er nicht einmal mehr das, denn wie leicht konnte Nzinga davon erfahren!

Er gähnte. »Chabela? Ich kenne das Kind kaum«, sagte er. »Sie ist eine hochgeborene Zingarierin, und Menschen ihrer Art überschätzen den Wert der Jungfräulichkeit. Hätte ich sie berührt, wäre sie jetzt nicht hier.«

»Was soll das heißen?«

»Sie hätte sich selbst getötet, wie man es ihresgleichen beibringt.«

»Ich glaube dir nicht! Du willst sie nur schützen ...«

Conan legte einen mächtigen Arm um Nzinga, drückte sie auf die Kissen und preßte die Lippen auf ihren keuchenden Mund. Er wußte, wie weit er bei ihr gehen durfte. Im Augenblick gab es nur eines: ihre eifersüchtigen Gedanken verscheuchen ...

14

DIE PEITSCHE SINGT

Mehrere Tage vergingen friedlich, bis …

Nzinga kuschelte sich in die Kissen ihres Privatgemachs. Seit zwei Tagen waren der weißen Sklavin, Chabela von Zingara, die anstrengendsten und erniedrigendsten Arbeiten zugeteilt worden, und durch ein System sorgfältig geplanter Vorwände und scheinbarer Zufälle sorgte Nzinga dafür, daß Conan Zeuge dieser Demütigungen wurde.

Conan, der sich der wachsamen Augen und heimlichen Beobachtung der eifersüchtigen Königin durchaus bewußt war, verbarg seinen Grimm über die Behandlung der Prinzessin unter einer Maske der Gleichgültigkeit, obwohl er viel lieber für sie eingetreten wäre.

Als Nzinga erkannte, daß sie Conan auf diese Weise keine Regung entlocken konnte, brütete sie einen neuen Plan aus, der zur Entblößung von Conans wahren Gefühlen führen mußte. Sie gab ein kleines Fest für ihre Amazonenoffiziere – stämmige, narbenübersäte, harte schwarze Frauen, die in Conans Augen nichts Weibliches besaßen.

Während des Banketts mußte die Zingarierin die Königin und ihren Geliebten bedienen. Als sie mit einer Weinkanne an den Tisch trat, stellte ihr eine Amazone ein Bein.

Chabela stolperte, stieß einen unterdrückten Schrei aus und verlor das Gleichgewicht. Dabei verschüttete sie den Inhalt der Kanne über mehrere Gäste. Eine kräftige Amazone namens Tuta sprang fluchend auf und schlug der erschrockenen Sklavin die Hand heftig übers Gesicht, so daß sie zu Boden stürzte.

Tutas Augen funkelten boshaft, als das nackte weiße Mädchen sich erheben wollte und furchtsam vor ihr zurückschreckte. Wie ein Panther sich an seine Beute heranschleicht, näherte sie sich Chabela. In der angespannten Stille griff ihre narbige Hand nach dem nadelspitzen Bronzedolch an ihrer Seite.

Nur das leichte Scharren der Klinge war zu hören, als sie aus der Scheide gezogen wurde. Tuta, das Gesicht eine Maske der Blutlust, beugte sich mit erhobenem Dolch über die Sklavin.

Gebannt wie ein Kaninchen beim Anblick der Schlange hingen Chabelas Augen an der Klinge. Sie wußte, daß sie aufspringen und davonlaufen müßte, selbst wenn man sie schnell wieder einfinge. Aber ihr Entsetzen und die Hoffnungslosigkeit ihrer Lage lähmten sie. Sie wußte, die Klinge würde gleich herabstoßen …

Da erstarrte Tuta, als schraubstockgleiche Hände sich ihr um Hals und Nacken legten. Der schier zermalmende Druck der prankengleichen Hände lähmte sie genauso, wie der Anblick ihres Dolches Chabela zuvor gelähmt hatte. Die Klinge landete mit einem leisen Klirren auf dem Boden. Und dann schleuderte Conan Tuta mit der Kraft seiner mächtigen Muskeln durch das Gemach, daß sie halbbetäubt an der Wand liegenblieb.

Conan war sich der Lage, in die Nzinga ihn manövriert hatte, voll bewußt. Er durfte nicht zulassen, daß König Ferdrugos Tochter erstochen wurde. Aber Nzinga würde seine Einmischung als Beweis seines Interesses an Chabela ansehen und ihre Eifersucht an der Zingarierin oder ihm auslassen – vielleicht auch an ihnen beiden. Er zwang sich zu einem Lachen.

»Sicher ist die Königin von Gamburu nicht so verschwenderisch, eine Sklavin wegen ein paar Tropfen Weins töten zu lassen.«

Königin Nzinga bedachte ihn mit einem ausdruckslosen Blick. Dann bedeutete sie Chabela mit einer knappen Handbewegung, sich zurückzuziehen. Als die weiße Sklavin das Gemach verlassen hatte, entspannte sich die Atmosphäre ein wenig. Conan kehrte auf seinen Platz zurück. Kannen voll Weins machten die Runde, und die leichten Gespräche wurden wieder aufgenommen.

Conan hoffte, daß die größte Gefahr überstanden war. Er verbarg seine Gedanken, indem er immer wieder nach dem Kelch griff. Trotzdem war ihm durchaus bewußt, daß Königin Nzingas Augen mehrmals kalt und nachdenklich auf ihm ruhten.

Kaum hatte Chabela das Festgemach verlassen, legten sich kräftige schwarze Arme um sie. Ehe sie noch aufschreien konnte, zwängte man ihr einen Stoffbausch zwischen die Lippen und verschloß ihr den Mund noch zusätzlich mit einem Stoffstreifen, den man am Nacken verknotete. Dann wurde ihr ein Sack über den Kopf gezogen und ihre Hände im Rücken mit Lederbändern gefesselt. So trug man sie durch gewundene Korridore und eine Treppe hinunter in einen Teil des Palasts – wie sie annahm –, den sie nicht kannte. Hier löste man ihr die Armfesseln, doch nur, um ihre Handgelenke an einen Kupferring zu binden, der an einer Kette von der Decke hing. Dann ließ man sie allein.

Der Schmerz in ihren Händen ließ allmählich nach, als die Lederbänder den Blutzufluß abschnürten und

Taubheit einsetzte. Hilflos baumelte sie in dem stillen Kerker und betete, daß Conan von ihrer schrecklichen Lage erführe.

Aber der Cimmerier war im Augenblick nicht weniger hilflos. Er lag auf den Kissen im Bankettgemach. Seine Augen waren geschlossen, sein Kopf hing hintüber, und er schnarchte wie fernes Donnergrollen. Obgleich er nur mäßig getrunken hatte, hatte eine plötzliche Müdigkeit ihn überwältigt. Verschwommen kam ihm der Gedanke, Nzinga habe vielleicht etwas in seinen Wein gegeben. Doch ehe er weiter darüber nachdenken konnte, war er bereits in so tiefen Schlaf gefallen, daß kein Erdbeben ihn hätte wecken können.

Nzinga musterte den Cimmerier aus zusammengekniffenen Lidern und ordnete an, ihn aus dem Raum zu tragen. Dann erhob sie sich und schritt durch die Korridore zu der Kammer, in der Chabela hing. Je näher sie ihr kam, desto versengender brannte die Flamme der Eifersucht in ihr.

Der Sack wurde Chabela vom Kopf gerissen, der Knebel aus dem Mund gezogen. Das Mädchen sah sich der wild lächelnden Nzinga gegenüber, deren Augen gefährlich funkelten. Angsterfüllt schrie die Prinzessin auf.

Die schwarze Amazone lachte. »Schrei, soviel du willst, weißhäutiges Püppchen, es nutzt dir nichts.«

Mit abschätzenden Augen musterte die Königin die geschmeidige, volle Figur der Gefangenen. Schließlich drehte sie sich um und wählte von mehreren an der Wand hängenden Marterwerkzeugen eine Peitsche mit geflochtenem Griff und sechs Fuß langem Strang aus Flußpferdhaut, den sie wie eine Schlange hinter sich über den Boden gleiten ließ, als sie wieder auf die weiße Sklavin zuschritt. Chabelas Augen weiteten sich vor Entsetzen. Wieder lachte die Königin höhnisch.

»Conans Lippen haben dich gewiß nie so erregt, wie die Küsse meines Lieblings hier es tun werden. Auch liebkosten seine Hände nie dein Fleisch mit der gleichen Leidenschaft, wie meine Peitsche es vermag.«

»Was habe ich Euch denn getan, daß Ihr mich so quält?«

»Du hast mir Conans Herz genommen, ehe wir uns noch begegneten. Nie zuvor kannte ich einen Mann wie ihn. Ich ertrage es nicht, daß seine Arme dich an sich rissen, seine Lippen brennend deinen Busen küßten ... Wenn du nicht mehr bist, wird er sich mir zuwenden und mich aus ganzem Herzen lieben. Ich werde ihn zum König von Gamburu machen – seit tausend Jahren saß kein Mann mehr auf dem Thron!« Sie holte mit der Peitsche aus.

»Aber es ist nicht wahr!« wimmerte Chabela. »Er hat mich nie berührt.«

»Du lügst! Doch der Kuß der Peitsche wird dir die Wahrheit entreißen!«

Der Peitschenstrang sang und knallte um Chabelas Taille. Das Mädchen schrie auf, als der messerscharfe Hieb sie traf. Aus einem scharlachroten Striemen sickerten Blutstropfen.

Langsam zog Nzinga den Arm für einen weiteren Hieb zurück. Der einzige Laut in der Kammer war Chabelas keuchender Atem.

Wieder sang die Peitsche, und ein neuer Schmerzensschrei entrang sich der Prinzessin, als der Strang sich um ihre Hüfte wand. Das hübsche Gesicht der Königin war verzerrt, als sie sich mit sadistischer Lust an den Qualen des nackten Mädchens weidete. Erneut schlug sie zu, und nun überzog sich ihr ebenholzschwarzer Leib mit Schweißperlen. Wieder schrie

Chabela. Nzinga lachte und fuhr sich mit der Zunge über die vollen Lippen.

»Schrei, soviel du magst, schwächliche Sklavin! Niemand hört dich, und selbst dann würde niemand wagen, dir zu Hilfe zu kommen. Conan liegt im Betäubungsschlaf, aus dem er erst in vielen Stunden erwachen wird. Auf der ganzen Welt gibt es niemanden, der dir hilft!«

Mit unheiliger Leidenschaft ruhte der Blick der Amazone auf der Sklavin, auf deren Körper sich nun Blut mit Schweiß mischte. Wieder holte sie mit der Peitsche aus. Sie wollte ihre abwegige Lust voll und ganz auskosten, bis die weiße Rivalin unter den Hieben den Geist aufgab.

Chabela hätte nie gedacht, solche körperlichen Leiden ertragen zu können. Verwöhnt vom Luxus des Königshofs, hatte sie noch nie echten Schmerz verspürt. Und nun gesellte sich zu den körperlichen Qualen noch die seelische Schmach. Als einzige Tochter eines gütigen alten Königs hatte sie fast immer ihren Kopf durchgesetzt. Sie hatte hoch über allen gestanden, und jeder hatte sie verehrt. Und nun das! Genau wie ihr Körper vor der Peitsche zurückzuckte, zuckte ihr Geist vor der Demütigung zurück.

Die zingaranischen Edlen hielten sich gewöhnlich schwarze Sklaven, meist Kushiten, die von stygischen und shemitischen Sklavenjägern nach Zingara gebracht worden waren. Chabela wußte, daß sie für echte oder angebliche Verfehlungen häufig genauso gezüchtigt wurden wie jetzt sie. Doch nie in ihren wildesten Träumen hätte sie sich vorgestellt, daß die Rollen einmal vertauscht werden könnten, daß eine Schwarze sie an den Handgelenken aufhängen ließe und sie auspeitschte wie die niedrigste Sklavin auf einer zingaranischen Plantage.

Als Hieb um Hieb auf sie herabknallte, richtete

Chabela durch den roten Schleier vor den Augen ihren Blick auf etwas Glitzerndes auf einem kleinen Tisch. Sie erkannte es. Es war ein goldener Kopfputz, über und über mit weißen Edelsteinen besteckt, in der Form einer zusammengerollten Schlange – die Kobrakrone, die Conan aus dem schwarzen Tempel der namenlosen Insel geholt hatte. Sie bemühte sich, sich auf die Krone zu konzentrieren, um nicht an ihre Schmerzen zu denken …

Die Krone, erinnerte sie sich vage, war Conan in Kulalo gestohlen worden. Wie lange war das schon her? Äonen, wie es ihr schien. Wie war sie hierhergekommen? Die Sklavenjäger, die sie und Conan gefangengenommen hatten, mußten sie dem Dieb abgenommen haben.

Nzinga hatte eine kurze Pause eingelegt, um sich ein paar Schluck Wein zu gönnen. Jetzt kehrte sie, von roter Lust erfüllt, zur Peitsche zurück. Chabela wappnete sich gegen den nächsten Hieb und zwang sich, die Augen offen zu halten. Da sah sie etwas ausgesprochen Gespenstisches.

Hinter der fast nackten Nzinga tat sich etwas Unheimliches. Zuerst kam ein schwaches Leuchten auf – ein phosphoreszierendes Schimmern, ein wenig den Irrlichtern über einem Sumpf gleich.

Das Leuchten färbte sich grünlich und breitete sich aus. Ehe Chabelas Herz zwölfmal geschlagen hatte, nahm es die Form einer Spindel von Manneshöhe an.

Chabela keuchte erschrocken. Nzinga bemerkte, daß das Mädchen mit weitaufgerissenen Augen auf etwas hinter ihr starrte. Sie wirbelte herum. Im gleichen Augenblick leuchtete die Spindel zu einer blendenden smaragdfarbigen Flamme auf, verschwamm und verschwand. An ihrer Statt war ein Mann zu sehen.

Ein Mann mit dunkler Haut war es, hochgewachsen und kräftig. Sein Gesicht wirkte wie eine stumpfe Bronzemaske mit Hakennase, aus der scharfe Augen brannten. Sein Schädel war erst vor kurzem geschoren, so daß die Kopfhaut braun durch schwarze Haarstoppeln schimmerte. Er trug ein einfaches weißes Leinengewand, das seine muskulösen Arme frei ließ.

Thoth-Amon sah älter aus als zu dem Zeitpunkt, da Menkara und Zarono sein Throngewölbe betreten hatten. Schweißperlen ließen seine Stirn glänzen, denn die Magie, die ihn körperlich von der Oase von Khajar nach Gamburu getragen hatte, verlangte ungeheure Kraftanstrengung und war eine der schwierigsten Übungen überhaupt. Wenige Zauberer auf der Welt waren ihrer fähig, und sie hatte selbst Thoth-Amons unvergleichliche Kräfte bis aufs äußerste strapaziert.

Nzinga war völlig verblüfft, daß ein Fremder – und ein verachteter Mann noch dazu – sich unangemeldet in ihre Folterkammer wagte. Sie empfand es als unentschuldbare Beleidigung, für die der unverschämte Bursche mit dem Leben bezahlen sollte. Sie öffnete die Lippen, um nach ihren Wachen zu rufen, und schwang gleichzeitig die Peitsche.

Der Stygier beobachtete sie mit einem rätselhaften Lächeln. Als die Peitsche sich hob, deutete er mit einer Hand auf die Königin. Aus seinen Fingern lösten sich jadegrüne Strahlen, die sich vereint auf Nzinga richteten und die prächtige ebenholzschwarze Gestalt völlig einhüllten.

Die Königin stieß einen Schrei aus, zuckte zusammen, als wäre ein Dolch in ihr Herz gedrungen, und brach schlaff wie eine Puppe auf dem Boden zusammen. Der jadegrüne Schein erlosch.

Ein Instinkt mahnte Chabela vorzutäuschen, sie sei bewußtlos, und so ließ sie sich, ebenfalls schlaff wie eine Puppe, von dem Ring hängen, an den ihre Handgelenke gebunden waren. Ihren Kopf neigte sie über die Brust, so daß ihr dichtes schwarzes Haar das Gesicht verbarg.

Thoth-Amon widmete ihr kaum einen Blick. Ganz offensichtlich war sie eine Sklavin, die für irgendein Vergehen gezüchtigt wurde und so seiner Aufmerksamkeit nicht wert war. Da er Chabela nie persönlich gesehen hatte, kam er natürlich nicht auf den Gedanken, diese Sklavin könne die Prinzessin sein, die Menkara und Zarono entlang der Schwarzen Küste suchten. Auch Zauberer sind nicht unfehlbar.

Als Thoth-Amon sein Ka in die Akâshâ geschickt hatte, waren Conan und Chabela noch in Kulalo gewesen, und Bwatu hatte die Kobrakrone noch nicht gestohlen. Zu dieser Zeit war die Zukunft durch mögliche Alternativen auch zu verschwommen gewesen, als daß der Zauberer sie hätte erkennen können.

Nachdem seine beiden Beauftragten sich auf den Weg gemacht hatten, um die Prinzessin zu suchen, hatte Thoth-Amon sich erneut seiner Kristallkugel zugewandt. Er wollte sich des genauen Aufenthaltsorts der Kobrakrone vergewissern, ehe er sich dem mächtigen Zauber unterzog, der ihn dorthin bringen würde. Da er an seinem Zielort nur beschränkte Zeit verweilen konnte, wollte er nicht meilenweit davon entfernt Gestalt annehmen, sondern so nahe wie möglich.

Nach der Rückkehr seines Ka hatte Bwatu jedoch die Krone gestohlen und war von den Sklavenjägern getötet worden. Zuru hatte die Krone an sich gebracht, sie mit nach Gamburu genommen, wo Königin Nzinga ihm so viele Kiele voll Goldstaub dafür gab, daß er den Rest seines Lebens in Reichtum verbringen konnte. Als Thoth-Amon dann die Krone durch seine Kristallkugel suchte, entdeckte er – zu seiner großen Überraschung –, daß sie nicht mehr in Kulalo, sondern in Gamburu war.

Um Conan und Chabela kümmerte er sich nicht. Chabela, nahm er an, hielt sich noch in Kulalo auf, wo Zarono und Menkara sie bald finden würden. Außerdem hätte der Zauber, der ihn nach Gamburu versetzte, es ihm ohnedies nicht ermöglicht, einen Menschen mit sich zurückzunehmen.

Was Conan betraf, so erachtete Thoth-Amon ihn als lästiges Insekt, das er zerquetschen würde, wenn es ihm in die Finger geriet. Keinesfalls würde er sich die Mühe machen, ihm nachzujagen. Ihm ging es um Größeres als um das armselige Leben eines barbarischen Abenteurers.

Hätte Thoth-Amon seinen geistigen Blick auf Chabela gerichtet, hätte er sie natürlich sofort erkannt. Doch im Moment galt seine Aufmerksamkeit einzig und allein der Kobrakrone. Befriedigung erhellte sein düsteres Gesicht, als er sie auf dem Tischchen sah. Gleichgültig stieg er über die bewußtlose Amazonenkönigin und griff ehrfürchtig nach der Krone. Er hob sie ins Fackellicht und fuhr die Kurven der eingerollten Schlange mit ihren weißen Edelsteinen fast zärtlich nach.

»Endlich!« raunte er, und seine Augen leuchteten in unstillbarer Machtgier auf. »Mit dir ist die Macht über die ganze Welt mein, und ich werde dafür sorgen, daß Vater Sets Herrschaft über alle Lande nah und fern wiedergewonnen wird!«

Ein grimmiges Lächeln überzog sein sonst unbewegtes Gesicht. Er sprach ein Zauberwort und beschrieb ein ungewöhnliches Zeichen. Ein wirbelndes Gespenst grünen Lichtes begann ihn einzuhüllen. Dann schrumpfte das Licht zur Spindelform, begann zu flimmern und erlosch.

Chabela schüttelte Grauen und Furcht ab, die sie in Bann gehalten hatten. Nach einem Blick auf die besinnungslose Königin stellte sie sich auf die Zehenspitzen und konnte so den Druck der Fesseln, die sie an den Ring banden, ein wenig mildern. Auch waren ihre Hände nun so schweißüberzogen, daß sie sich in den ursprünglich festgezogenen Lederbändern bewegen ließen. Sie machte die Hände so schmal wie nur möglich und versuchte erst die Rechte zu lösen. Nach einer Ewigkeit so schien es ihr – glitt sie aus den engen Banden. Danach war es nicht mehr so schwierig, auch die Linke zu befreien.

Erschöpft sackte Chabela zu Boden. Ihre Finger waren so taub, daß sie sie nicht biegen konnte. Doch bald floß das Blut wieder hindurch, und ein Schmerz wie von Tausenden glühender Nadelstiche quälte sie. Sie bemühte sich, ihr Wimmern zu unterdrücken, um ihre Feindin nicht aufzuwecken.

Allmählich kehrte das Gefühl in ihre Hände zurück. Sie erhob sich noch ein wenig schwindelig und beugte sich über die Königin. Nzingas herrlicher Busen hob und senkte sich regelmäßig, so als schlummerte sie völlig normal.

Chabela hinkte zu dem Tischchen mit der Weinkanne, aus der die Amazone sich eingeschenkt hatte, und nahm ein paar Schluck des lieblichen Weines. Neue Kraft kehrte in ihren Körper zurück.

Jetzt wandte sie sich wieder der bewußtlosen Königin zu. Ihre Augen suchten den Dolch an Nzingas Gürtel. Sollte sie ihn aus seiner Scheide reißen und der Königin ins Herz stoßen? Sie zitterte vor Haß auf die Schwarze, und es drängte sie mit einer Leidenschaft, die sie noch nie zuvor verspürt hatte, die Amazone zu töten.

Aber sie zögerte. Sie wußte ja nicht, wie tief Nzingas Schlummer war. Angenommen, sie zog den Dolch – allein schon die Bewegung mochte die Königin wecken, die ja viel größer und stärker war als sie.

Und dann würde Nzinga ihre Arme packen und sie entweder selbst gleich töten oder ihre Wachen rufen, damit diese sie überwältigten. Selbst wenn es Chabela gelingen sollte, die Waffe unbemerkt an sich zu bringen, mußte sie Nzinga sofort mit dem ersten Stich töten, damit sie nicht mehr um Hilfe rufen oder sich gar wehren konnte.

Doch noch eine Überlegung hielt sie zurück. Die Ehrbegriffe Zingaras, mit denen sie großgeworden war, ließen es einfach nicht zu, einen schlafenden Gegner zu töten. Gewiß, Zingarier verletzten ihre eigenen Gebote genauso häufig wie die Menschen anderer Völker. Aber Chabela selbst hatte immer versucht, den höchsten Idealen gerecht zu werden. Hätte sie die Königin ohne Gefahr zu töten vermocht, wäre sie vielleicht über den instinktiven Abscheu vor einer solch gemeinen Tat hinweggekommen. Aber wie die Dinge standen …

Hastig rannte sie auf Zehenspitzen durch die Kammer und spähte durch die Türvorhänge. In der Dunkelheit war nichts zu sehen. Die Prinzessin nahm ihren Mut zusammen und trat auf den nächtlichen Korridor.

In der Kammer brannten die Fackeln herunter. Ihr rötlicher Schein fiel auf den leer von der Decke baumelnden Ring, auf die blutbesudelte Peitsche und auf die bewußtlose Amazonenkönigin.

15

DAS SCHWARZE LABYRINTH

Vor der Folterkammer blieb Chabela unentschlossen stehen. Da sie nie zuvor in diesem Teil des Palasts gewesen war, wußte sie nicht, welche Richtung sie nehmen sollte. Für sie zählte jetzt nur eines: Sie durfte sich nicht mehr ertappen lassen.

Sie sah sich in der Düsternis des leeren Korridors um. Möglicherweise befand sie sich hier in den Gewölben unterhalb des Palasts der Amazonenkönigin, von denen sie gehört hatte. Gerade diese aber wurden streng bewacht. Also mußte sie damit rechnen, jeden Augenblick einem Wachtposten in die Arme zu laufen. Vorsichtig machte sie sich auf den Weg, nachdem sie einen Seitenkorridor gewählt hatte, der ihrem Gefühl nach leicht aufwärtsführte.

Es herrschte tiefe Stille außer dem Sickern einzelner Wassertropfen und dem leisen Scharren von Nagetieren. In größeren Abständen erhellte der schwachgelbe Schein ölgetränkter Holzfackeln in Wandhalterungen den Korridor. Doch waren die einzelnen Fackeln so weit voneinander entfernt, daß die Dunkelheit dazwischen manchmal undurchdringlich war. Und in diesen pechschwarzen Bereichen sah Chabela in Bodenhöhe, immer wieder Augenpaare wie Rubinsplitter, wenn huschende Ratten kurz innehielten, um sie anzustarren.

Einem Phantom gleich schlich das nackte Mädchen durch die unheimliche Stille und die drückende Dunkelheit. Furcht griff nach ihr, denn sie spürte unsichtbare Augen auf sich aber vielleicht bildete sie es sich auch nur ein?

Der Korridor machte einen Bogen und gabelte sich. Chabela wußte nicht, welche Richtung sie jetzt einschlagen sollte, hatte nicht die geringste Ahnung, wo sie sich befand. Sie wußte nur eines: Sie wollte nicht dorthin zurück, woher sie gekommen war. Ihr blieb nichts übrig als auch jetzt aufs Geratewohl einen Weg zu wählen und zu Mitra zu beten, daß er sie zurück ins Freie führe.

Nach langem Herumirren stellte Chabela fest, daß sie den Verliesteil erreicht haben mußte. Links und rechts des Korridors, in den sie jetzt gekommen war, befanden sich Zellen mit kupfernen Gitterstäben. In der Düsternis vermochte sie mehr schlecht als recht Gefangene zu sehen. Einige stöhnten oder wimmerten, doch die meisten verharrten stumm.

In die ersten paar Verliese spähte das Mädchen, doch der Anblick war so abscheuerregend, daß sie die Augen abwandte und nur noch geradeaus schaute. Einige der Gefangenen waren fast zu Skeletten abgemagert, als hätten sie seit Jahren nur gerade genug zu essen bekommen, um nicht zu sterben. Manche stierten aus leeren Augen unter verfilztem Haar vor sich hin. Alle waren schmutzverkrustet und einige von grauenvollem Ausschlag entstellt. Von manchen waren gar nur abgenagte Gebeine geblieben, das Werk der Ratten.

Nach einer Biegung des Korridors riß Chabela plötzlich die Augen weit auf. In einer Zelle, auf die ihr Blick gefallen war, lag Conan der Cimmerier.

Wie angewurzelt blieb sie stehen und blinzelte verwirrt. Sie glaubte, ihren Augen nicht trauen zu können. Aber es war tatsächlich der Cimmerier, der hingeworfen auf dem Stroh des Bodens lag.

Sie befürchtete schon, er sei tot, so reglos lag er. Doch als ihre Augen sich an die Düsternis der Zelle gewöhnt hatten, sah sie, daß seine Brust sich hob und senkte. Ganz offensichtlich war er bewußtlos.

Zögernd rief sie seinen Namen, aber nichts als ein Schnarchen antwortete ihr. Sie wollte die Zellentür öffnen – natürlich war sie fest verschlossen.

Chabela wußte nicht, was sie tun sollte. Jeden Moment mochten Nzingas Wachen waffenrasselnd um den Korridor biegen und sie hier finden. Das Klügste wäre gewesen, weiterzueilen. Aber sie konnte den tapferen Freibeuter, der sie von der namenlosen Insel gerettet hatte, schließlich nicht einfach seinem Schicksal überlassen.

Wieder rief sie leise und verzweifelt seinen Namen – da fiel ihr Blick auf einen irdenen Krug an der Wand. Eine vorsichtige Fingerprobe verriet ihr, daß er bis oben mit kaltem Wasser gefüllt war – sicher das, das an die bedauernswerten Gefangenen verteilt werden sollte.

Chabela schleppte das Gefäß zu Conans Zelle und hob es hoch. Glücklicherweise lag der bewußtlose Cimmerier mit dem Gesicht fast direkt an den Gitterstäben, so konnte sie das Wasser ohne große Mühe über seinen Kopf schütten. Hustend und brummend kam Conan zu sich. Ächzend stützte er sich auf einen Ellbogen und setzte sich benommen auf.

»Was, bei Ymirs eisiger Hölle ...«, knurrte er. Sein noch etwas stumpfer Blick fand das bleiche verstörte Gesicht der nackten zingaranischen Prinzessin. Er wurde hellwach.

»Ihr? Was, in Croms Namen, geht vor, Mädchen?« Er blickte sich verblüfft um. »Wo, bei den elf scharlachroten Höllen, sind wir hier? Ich verstehe überhaupt nichts. Mein Schädel fühlt sich an, als hätte ihn jemand wie einen Ball herumgestoßen ...«

Mit knappen Worten beschrieb die Zingarierin, was ihr widerfahren war. Conans Augen verengten sich, während er nachdenklich über sein Kinn strich.

»Also hat Nzinga etwas in meinen Wein gegeben! Ich hätte es erwarten müssen! Verflucht sei ihr eifersüchtiges schwarzes Herz! Sie wollte nicht, daß ich vorzeitig erwachte und sie vielleicht daran hinderte, Euch zu züchtigen. Mein Gemach in ihrem Harem fand sie offenbar nicht sicher genug, so ließ sie mich hierher schleppen und einstweilen einsperren.« Er belastete das Stroh. »Noch ganz frisch. Offenbar beabsichtigt sie, mich als ihren Liebhaber zu behalten, mich wieder in Gnaden aufzunehmen, nachdem sie Euch aus dem Weg geräumt hat.«

»Was können wir denn nur tun, Kapitän Conan?« fragte Chabela fast wimmernd. Nach allem, was sie mitgemacht hatte, war ihr bisher beachtlicher Mut geschwunden.

»Tun?« knurrte Conan und spuckte auf den Boden. »Zusehen, daß wir rasch von hier wegkommen. Tretet zur Seite!«

»Was habt Ihr denn nur vor? Ich habe doch keinen Schlüssel ...«

»Zur Hölle mit Schlüsseln!« knurrte er und legte die Prankenhände um einen Gitterstab. »Dieses Zeug hier ist aus weichem Kupfer und bereits so alt, daß Korrosion eingesetzt hat. Wenn sie schon tief genug gedrungen ist, brauche ich keine Schlüssel. Also, los!«

Conan drückte einen Fuß gegen einen Gitterstab, krümmte die Schultern und zog an dem Stab, den seine Hände umklammerten – er war dicht mit Grünspan überzogen. Die ganze gewaltige Kraft seines Rückens, seiner Schultern und der muskulösen Arme legte er in diesen Versuch. Sein Gesicht färbte sich vor Anstrengung dunkel, er atmete schwer. Im Fackellicht glitzerten Schweißperlen auf seiner Stirn.

Seine Muskeln und Sehnen schienen aus der bronzefarbenen Haut zu quellen.

Chabela hielt den Atem an und biß sich auf die Unterlippe.

Mit leichtem Krachen löste sich der Stab aus seiner Halterung im Türsockel. Das Metall bog sich, gab nach und barst wie mit einem Peitschenknall.

Conan ließ die Stange aufs Stroh fallen, bevor er sich an die Wand lehnte und heftig Atem holte. Dann zwängte er sich seitwärts durch die Lücke im Gitter.

Chabela hatte die Augen weit aufgerissen. »Ich hätte nie gedacht, daß jemand so stark sein kann!« staunte sie.

Conan massierte seine Arme. »Ich möchte es auch nicht jeden Tag beweisen müssen«, gestand er mit einem Grinsen. Er spähte auf den düsteren Korridor hinaus. »Nach links oder rechts? Und wie kommen wir hier heraus?« Er blickte Chabela nachdenklich an. Offenbar wurde ihm erst jetzt richtig bewußt, was sie ihm erzählt hatte. »Nzinga hat dich also ausgepeitscht?«

Sie nickte und erzählte ihm nun auch noch von dem gespenstischen Auftauchen des Mannes, der dann mit der Krone verschwunden war.

»Das muß ein stygischer Zauberer gewesen sein«, murmelte Conan. »Ich habe schon einiges mit seinesgleichen erlebt. Seid Ihr sicher, daß es nicht dieser Hund Menkara war? In Kordava steckte er mit Zarono zusammen.«

Chabela schüttelte den Kopf, so daß ihre schwarzen Locken flogen. »Nein. Menkara sah ich oft genug auf der *Albatros,* um ihn selbst unter diesen Umständen wiederzuerkennen. Er ist ein dürres Männchen mit stumpfen Augen und spricht mit matter, tonloser Stimme, als gäbe es nichts, was ihn interessierte. Der Mann dagegen, der auf so unheimliche Weise auftauchte, war völlig anders, obgleich er von derselben Rasse sein mochte. Viel größer war er, von kräftiger Statur, durchaus nicht häßlich, und er wirkte irgendwie majestätisch und voll Leben.«

Conan hörte nur mit halbem Ohr zu, während er sich auf dem Korridor umsah. Er wußte, daß sie schnell handeln mußten – solange die Königin noch bewußtlos war –, wenn sie aus der Stadt entkommen wollten. Er hatte jedoch keine Ahnung, wie lange die Wirkung der grünen Strahlen des Stygiers anhalten würde.

Also übernahm er die Führung, den gewundenen Korridor abwärts. Unterwegs holte er sich eine Fackel aus der Wandhalterung. Sie war ein armdicker Stock aus glänzendem Hartholz, um dessen oberes, jetzt angekohltes Ende dicke Streifen groben Gewebes gewickelt und in klebriges Öl getaucht worden waren. Das Öl brannte mit rauchiger gelber Flamme. Eine von Chabelas Aufgaben als Sklavin war es gewesen, im ganzen Palast die abgebrannten Fackeln gegen neue auszuwechseln und die erloschenen neu zu umwickeln und anzuzünden.

Nach einer unerwarteten Biegung sahen sich Conan und die Prinzessin plötzlich einem Trupp Amazonenkriegerinnen gegenüber. Große kräftige Frauen waren es, mit muskulösen Armen und breiten Gesichtern mit Schlitzaugen. Nach den engen bronzeverstärkten ledernen Harnischen zu schließen, mußten ihre Brüste sehr flach und hängend sein. Außer dem Brustschutz trugen sie Kilts aus Lederstreifen, die mit kleinen Bronzeplatten zusammengehalten wurden. Bewaffnet waren sie mit Wurfspeeren und bronzenen Kurzschwertern.

»Ergreift sie!« schrillte eine Stimme. Hinter der grimmigen Amazonenschar stand Nzinga höchstpersönlich. Das schöne schwarze Gesicht war wutverzerrt.

Conan grinste freudlos. Er sah keinen anderen Ausweg als zu kämpfen, auch wenn es ihm widerstrebte, Waffen gegen Frauen zu erheben und sie vielleicht gar zu töten.

Er wartete nicht auf den Angriff der Amazonen, sondern sprang mit einem Satz zwischen sie und hieb mit der Fackel nach links und rechts. Im Handumdrehen hatte er zwei Kriegerinnen mit eingeschlagenen Schädeln außer Gefecht gesetzt. Eine Amazone bestürmte ihn mit einem Kurzschwert. Ihr stieß er die brennende Fackel ins Gesicht. Die Schwarze wich schreiend zurück und schlug auf ihr Kraushaar ein, das Feuer gefaßt hatte. Ein Wurfspeer zielte auf Conans Bauch. Er schlug ihn der Amazone aus der Hand, so daß er klirrend gegen die Wand prallte. Mit der Flinkheit eines Panthers schwang der Cimmerier die Fackel zu einem neuen Hieb – und erstarrte.

Nzinga hatte sich einen Weg um die Kämpfenden gebahnt und stand nun da, einen Arm um die nackte zingaranische Prinzessin geschlungen, während die andere Hand einen nadelspitzen Dolch an Chabelas Kehle drückte.

»Laß die Fackel fallen, weißer Hund!« befahl die Amazonenkönigin mit eisiger Stimme.

Conan fluchte, aber ihm blieb nichts übrig als zu gehorchen. Polternd landete die Fackel auf dem Steinboden.

Die Amazonen umzingelten ihn. Mit dicken Stricken aus geflochtenem trockenen Gras banden sie seine Handgelenke zusammen und dann auch noch die Arme an die Seiten. Richtige Handschellen hatten sie nicht, da sie die Eisenherstellung und -bearbeitung nicht kannten. Die Schlösser der Zellentüren, nahm

Conan an, hatten sie vermutlich von den ursprünglichen Erbauern der Stadt übernommen.

»Wir haben ihn fest, o Königin!« grollte eine Kriegerin. »Warum stoßen wir ihm nicht gleich das Schwert ins Herz?«

Nzinga betrachtete abschätzend Conans schweißglänzende Brust. »Nein«, wehrte sie schließlich ab. »Ich habe ein anderes Los für diesen Verräter im Sinn. Wenn er schon meine Liebe mit Füßen tritt, soll er meinen ganzen Haß zu spüren bekommen. Steckt sie beide bis zum Morgengrauen in den Sklavenpferch und werft sie dann den Kulamtubäumen vor!«

Conan hatte das Gefühl, als zuckten sogar die harten Amazonen bei der Erwähnung dieser ihm unbekannten Bäume zusammen. Weshalb wohl? Was mochte an einem Baum so furchterregend sein?

16

DER MENSCHENFRESSERBAUM

Conan sah sich in den schrägen Strahlen der über dem Laubdach des Dschungels aufgehenden Sonne aufmerksam um.

Die Amazonen hatten ihn und die Zingarierin auf den Hauptplatz von Gamburu gezerrt. An einer Seite stand der Palast der Königin mit den beiden verwitterten Statuen links und rechts des Portals. Conan lag in der breiten, aber nicht sehr tiefen Grube in der Mitte des Hauptplatzes auf dem Sand des Bodens. Bei seiner Ankunft in Gamburu war ihm die Ähnlichkeit dieser Grube mit einer Arena wie der im argossanischen Messantia sofort aufgefallen. Aber die Arena in Messantia hatte Tore gehabt, durch die wilde Tiere und Gladiatoren eingelassen wurden, die gegeneinander zu kämpfen hatten. Die Grube wies keine einzige Tür oder sonstige Öffnung auf.

Doch noch auf andere Weise unterschied sie sich von den üblichen Arenen. Es gab hier eine Baumgruppe in der Mitte des Sandbodens. Das mußten die Kulamtubäume sein, von denen Königin Nzinga gesprochen hatte. Er betrachtete einen von ihnen. Er sah so gar nicht aus wie die Bäume, die er kannte – nun, vielleicht hatte er eine vage Ähnlichkeit mit einer Bananenstaude. Der Stamm wirkte schwammigfaserig, doch statt sich nach oben zu verjüngen, blieb sein Durchmesser gleich, und an seinem Ende befand sich eine feucht aussehende Öffnung – wie ein Mund. Unterhalb dieser Öffnung wuchs ein Kreis riesiger Blätter. Jedes Blatt war mehr als mannsgroß, breit und dick, die Oberfläche mit Stoppeln versehen, die etwa so hoch wie ein Finger breit waren.

Prächtig anzusehen mit ihren Leopardenfellen, wippenden Federbüschen und klingelnden barbarischen Reifen und Ketten, füllten die Amazonen allmählich die Sitzreihen in der Arena. Viele hochgestellte Kriegerinnen, die Conan von Nzingas Banketten und anderen Festlichkeiten kannte, befanden sich unter ihnen.

Heimlich prüfte er seine Fesseln. Die Armmuskeln schwollen an, die Schläfen pochten, aber die geflochtenen Stricke widerstanden allen Anstrengungen – zwar dehnten sie sich ein klein wenig, gönnten aber den Armen und Beinen, die ebenfalls um die Knöchel zusammengebunden waren, keine Bewegungsfreiheit. Welche Ironie, dachte Conan, daß ich, der ich schon Ketten aus Eisen zerrissen habe, nicht gegen Stricke aus Gras ankomme! Die Frauen, die ihn gebunden hatten, verstanden ihr Handwerk.

Die Bankreihen hatten sich inzwischen gefüllt. Auf Befehl Königin Nzingas, die zwischen ihren Höflingen saß, zerrten Wachen Conan und Chabela zur Baumgruppe und zogen sich hastig zurück. Die beiden Gefangenen ließen sie hilflos im Sand liegen.

Rings um die Grube hatten die Amazonen sich angeregt unterhalten. Jetzt deuteten sie aufgeregt, lachten und blickten erwartungsvoll auf die beiden Gefesselten und die Bäume.

Plötzlich schrie Chabela auf. Gleichzeitig berührte etwas Conans Fuß. »Crom!« fluchte er.

Ein riesiges Blatt vom nächststehenden Kulamtubaum hatte sich geneigt und begann sich um des Cimmeriers Knöchel zu wickeln. Wieder schrie Chabela, und nun sah Conan, daß das Blatt eines anderen Baumes sich um ihren Fuß wand.

Conan schob das Kinn vor. Er kannte diesen Teil Kushs nicht. Doch vor Jahren, als er mit Bêlit die Schwarze Küste unsicher gemacht hatte, erzählte ihre schwarze Mannschaft, die Suba, Gruselgeschichten über den inneren Dschungel. Conan erinnerte sich, daß auch von einem Menschenfresserbaum die Rede gewesen war, aber er hatte das Ganze als allzu rege Phantasie der abergläubischen Schwarzen abgetan.

Ihm war gar nicht mehr so wohl in seiner Haut, denn jetzt verstand er, was die geblichenen Gebeine am Fuß der Bäume zu bedeuten hatten. Die klebrigen Blätter würden sich nach und nach um seinen ganzen Körper wickeln, ihn zu der gräßlichen Öffnung heben und hineinschieben. Und dann würde dieser Teufelsbaum ihn lebend verschlingen. Seine Zellen sonderten höchstwahrscheinlich eine Säure aus, die das menschliche Fleisch auflöste, und auf irgendeine Weise spuckte der Baum dann die feinsäuberlich entblößten Knochen aus.

Inzwischen hatten sich bereits drei dieser riesigen palmwedelgleichen Blätter um ihn gewunden, obwohl er wild mit den gebundenen Beinen um sich stieß und von Seite zu Seite rollte. Langsam begann der Baum ihn nun hochzuziehen. Jeder der haargleichen Auswüchse auf den Blattoberseiten drang schmerzend wie ein Hornissenstich in Conans Haut. Gerade dieser Schmerz und sein Abscheu verliehen seinen gewaltigen Muskeln neue Kraft.

Trotz des ohrenbetäubenden Begeisterungsgebrülls von den Sitzreihen vernahm Conan ein schwaches Geräusch in seiner Nähe. Einer der Grasstricke war gerissen. Seine Kraft wuchs. Ein zweiter Strick barst.

Zweifellos sonderten auch die Blätter eine Säure aus, und diese Säure bekam den Grasstricken nicht gut. Schon hatte der Cimmerier einen Arm frei. Er riß das Blatt fort, das sich um seinen Kopf wickeln wollte. Und nun barsten weitere Stricke, und er zog an den stechenden klebrigen Wedeln. Sie gaben nach, er stürzte in den Sand. Wo die Blätter seine Haut berührt gehabt hatten, bildeten sich juckende rote Flecken.

Aus dem Wutgeschrei von den Sitzreihen zu schließen, war noch nie zuvor ein Gefangener den Bäumen entgangen. Aber zweifellos waren die Amazonen bisher auch klug genug gewesen, diesen Menschenfressern nur Opfer anzubieten, die durch Folterung und Gefangenschaft geschwächt waren. Nie hatten sie ihren Pflanzenhenkern einen Mann von überdurchschnittlicher Stärke und in vollem Besitz seiner Kräfte vorgeworfen. Conan riß den letzten Wedel von sich und beschloß, das Beste aus ihrer Unbedachtheit zu machen.

Chabela, bereits von Kopf bis Fuß wie eine Mumie eingewickelt, war bereits auf halbem Weg zum Rachen ihres Baumes, als Conan zu ihr eilte. Er sprang hoch und klammerte sich an die Wedel, die Chabela hoben. Sein zusätzliches Gewicht war für die Blätter zuviel. Einige zerrissen in der Mitte, andere lösten sich ganz vom Baum. Conan fiel mit dem Mädchen in den Armen auf den heißen Sand. Eilig befreite er sie aus den Blättern, die sich wie in Schmerzen wanden, wenn er an ihnen riß. Auch Chabelas Haut war dort, wo die Blätter sie berührt hatten, mit roten Flecken überzogen. Und auch ihre Grasstricke waren von der Säure halbzerfressen. So hatte er keine Mühe, sie ganz zu lösen.

Die Amazonen tobten. Einige Wachen waren in die Arena hinuntergesprungen und stürmten – die Bronze ihrer Harnische und Waffen blitzte in der Sonne – auf die beiden Gefangenen zu. Conan riß das letzte Blatt von Chabelas Gesicht und sprang auf, um sich nun den menschlichen Feinden zu stellen.

Aber erstaunlicherweise kamen die Amazonen trotz ihrer Überzahl, ihrer Wurfspeere, Schwerter und Streitkeulen nicht ganz heran. Zehn bis fünfzehn Fuß entfernt blieben sie stehen, schwangen ergrimmt ihre Waffen und brüllten Drohungen und Verwünschungen. Aber nicht allein vor Conan hatten sie Angst, der mit bloßen Händen und (von einem Lendentuch abgesehen) nackt vor ihnen stand, sondern sie fürchteten auch – oder vor allem – die Bäume hinter ihm. Das wurde dem Cimmerier schnell klar. Nur wußte er nicht, ob es allein das Grauen vor den abscheulichen Menschenfresserbäumen war, das sie zögern ließ, oder ob sie die Bäume vielleicht als Gottheiten verehrten. Was immer der Grund war – ihr Zaudern brachte ihn auf eine Idee.

Er drehte sich um und drückte die Schulter an den Baum, der ihn hatte verschlingen wollen. Die gebrochenen Wedel des Pflanzenungeheuers wanden sich und zuckten wie in unerträglichen Schmerzen, und sie machten keinerlei Anstalten mehr, nach Conan zu greifen. Der schwammig-faserige Stamm sah so leicht aus, als wäre er nicht stärker als der Scheinstamm einer Bananenstaude, der die Menschenfresserbäume ohnedies ähnelten.

Der Cimmerier warf sich voll gegen den Stamm und spürte, wie er mit einem reißenden Laut leicht nachgab. Noch einmal warf er sich dagegen, und nun kippte der Baum um. Der lockere Sand vermochte das Netzwerk von weißen Ranken nicht zu halten, das dem Menschenfresserbaum als Wurzeln diente.

Das Wutgebrüll von den Sitzreihen wurde noch lauter und heulender, als Conan den Baum ausriß. Er klemmte ihn wie einen Rammbock unter den Arm. Von den Rankenwurzeln bis zum Rachen war die

Pflanze etwa zehn Fuß lang, dick war sie ungefähr einen Fuß – und erstaunlich leicht für ein Gewächs dieser Größe.

Conan stürmte auf die Kriegerinnen zu. Den Baum benutzte er als Speer und Rammbock zugleich. Schreiend ergriffen die Amazonen die Flucht. Er lachte schallend. Offenbar fürchteten die Kriegerinnen ihren heiligen Baum und wollten nicht mit ihm in Berührung kommen. Er rannte ihnen ein Stück nach und schlug zwei Amazonen mit dem Stamm nieder. Die anderen brachten sich in höhergelegenen Sitzreihen in Sicherheit.

Aber nun setzte ein tödlicher Regen von Wurfspeeren ein. Einer der Assagai drang nur eine Handbreit von seinem Arm in den Baumstamm, und mehrere Wurfmesser wirbelten wie Bumerangs an seinem Kopf vorbei.

»Chabela!« brüllte Conan. »Heb einen Speer auf und komm mit!«

Conan, hinter ihm das Mädchen, rannte zu den Zuschauertribünen. Eine Gruppe Amazonen lief in alle Richtungen davon, als er den Baummund über sie schwang und ein paar Tropfen der ätzenden Verdauungsflüssigkeit herausspritzten. Behende kletterten Conan und Chabela über die Sitzreihen auf den Hauptplatz und liefen auf die Straße zum Westtor.

Natürlich befürchtete Conan, daß eine ganze Armee von Kriegerinnen am Grubenrand auf sie warten würde, aber statt dessen lagen auf dem Platz lediglich mehrere Tote, aus denen Pfeilschäfte ragten. Brennende Pfeile schwirrten durch die Luft, einige Dächer brannten, Kriegsgeheul dröhnte in den Ohren. Die Amazonenstadt stand unter Angriff.

Auf der Straße vom Westtor näherten sich dichtgeschlossen disziplinierte Reihen schwarzer Krieger. Sie schossen Pfeile in Salven ab und hieben die angreifenden Scharen von Amazonen nieder.

Über die Köpfe der Bogenschützen hinweg entdeckte Conan seinen alten Kameraden Juma. Erfreut brüllte er seinen Namen. Da sah auch Juma ihn und stieß einen ohrenbetäubenden Befehl in der Sprache seines Volkes aus. Die Bogenschützen scharten sich zum Schutz um Conan, der den Baum von sich geworfen hatte. Die Krieger machten eine scharfe Kehrtwendung und marschierten, die beiden Befreiten in ihrer Mitte und ungerührt angreifenden Amazonen abwehrend, zum Westtor.

Conan lachte und schlug Juma begeistert auf die Schulter. »Ich habe mich schon gefragt, warum du dich hier nicht mal blicken läßt. Jedenfalls bist du zur rechten Zeit gekommen!«

Auch Juma lachte und fing mit seinem Langschild aus fester Flußpferdhaut einen Amazonenpfeil ab. »Ich weiß nicht recht, Conan, aber es sah eigentlich so aus, als hättest du gar keine Hilfe gebraucht.«

Unterwegs zum Westtor erzählte er, daß seine Männer die Spur der Sklavenjäger mit viel Mühe endlich bis nach Gamburu hatten verfolgen können. Sobald er es erfuhr, hatte er seine Krieger um sich gesammelt und sich auf den Marsch gemacht.

»Ich befürchtete schon, ich würde dich nicht mehr lebend wiedersehen«, gestand er. »Dabei hätte ich schließlich wissen müssen, daß du wie üblich mitten in einem Kampf steckst und es allein mit der ganzen Amazonenstadt aufgenommen hast.«

Noch ehe sie das Tor erreicht hatten, sah Conan den rotgoldenen Bart und die blauen Augen Sigurds, der mit einem Trupp von Seeleuten am Westtor zurückgeblieben war, um der schwarzen Armee den Rückzug offenzuhalten. Die beiden Freunde riefen und winkten einander erfreut zu.

Conan grinste erleichtert, als die Amazonenstadt hinter ihnen lag. Nzinga war eine prächtige Frau und großartige Bettgefährtin gewesen, doch die Rolle eines Prinzgemahls sagte ihm nicht zu. Zudem vermutete er, daß mehr als ein ehemaliger Liebhaber der schwarzen Königin sein Ende im Rachen eines Menschenfresserbaums gefunden hatte, nachdem die launenhafte Nzinga seiner Umarmungen müde geworden war.

»Ich verstehe jetzt, weshalb du deine Bogenschützen auf turanische Weise ausbildest«, sagte der Cimmerier zu Juma.

Ein brüllender Haufen Amazonen war durch das Tor gestürmt, um den Gegner zu verfolgen, da hatten Jumas Männer sich verteilt, die Reihen geschlossen und Salve um Salve abgeschickt, bis die überlebenden Amazonen die Flucht ergriffen und in ihre Stadt zurückflohen.

Als Jumas Streitmacht den Schutz der Bäume erreicht hatte, legte sie eine Rast ein. Endlich kamen Conan und Sigurd dazu, sich gebührend zu begrüßen, was natürlich für beide nicht ohne blaue Flecken abging. Erst jetzt fiel Sigurds Blick auf Chabela. Er sank vor ihr auf ein Knie.

»Prinzessin!« rief er entsetzt. »Bei Ischtars Brüsten und Molochs Feuerbauch, Ihr solltet wirklich etwas anziehen! Was würde Euer königlicher Vater sagen, sähe er Euch so. Hier, nehmt das!«

Er zog sein Hemd über den Kopf und drängte es dem Mädchen auf, das hineinschlüpfte und die Ärmel hochrollte. Dank Sigurds Größe war das Kleidungsstück lang genug, die wohlgerundeten Blößen voll zu bedecken.

»Meinen Dank, Kapitän Sigurd! Ihr habt natürlich recht, aber ich war so lange gezwungen, nackt zwischen Nackten herumzulaufen, daß ich mich daran gewöhnte und mir nichts mehr dabei dachte.«

»Wohin jetzt, Conan?« fragte Sigurd. »Ich weiß nicht, wie du es siehst, aber ich habe genug von der schwülen Hitze des Dschungels. Wenn die Stechmücken und Blutegel uns nicht lebendigen Leibes auffressen, geben die Löwen uns sicher den Rest.«

»Nun, ich würde sagen: zurück nach Kulalo!« beantwortete Conan die Frage. »Und dann unverzüglich an Bord der *Tagedieb.* Wenn die Männer, die wir zurückgelassen haben, ohne uns abgesegelt sind, ziehe ich ihnen die Haut ab!«

»Aber ihr müßt unbedingt an unserer Siegerfeier teilnehmen!« protestierte Juma. »Nun, da meine Männer die Amazonen von Gamburu geschlagen haben, wird mein Reich sich über das ganze Land ausbreiten. Meine Männer können es kaum erwarten, sich mit gutem Bananenwein vollaufen zu lassen ...«

Conan schüttelte den Kopf. »Hab Dank, alter Freund, aber ich fürchte, wir können uns die Zeit dazu nicht mehr nehmen. Wir haben dringend in Zingara zu tun. Eine Verschwörung ist dort gegen König Ferdruga, Chabelas Vater, im Gange, und wir müssen die Prinzessin schleunigst nach Hause bringen. Es sieht nämlich ganz so aus, als wäre die Hälfte der stygischen Zauberer an diesem Komplott beteiligt. Für uns muß die Siegerfeier noch warten, denn unser Sieg ist noch nicht erkämpft.«

17

DER UNTERGANG DER *TAGEDIEB*

Der Marsch durch den Dschungel von Gamburu zu König Jumas Kral Kulalo und von dort zur Mündung des Zikambas, wo die *Tagedieb* Anker geworfen hatte, dauerte mehrere Tage. Chabela war zu erschöpft, um zu laufen. Deshalb fertigten Jumas Männer eine einfache Sänfte aus Bambusrohr und festem Stoff für sie, in der sie die weite Strecke einigermaßen bequem zurücklegte.

Conan genügten eine kurze Rast, ein halber Beutel starken Weines und ein riesiges Stück Braten, um seine Kräfte wiederzugewinnen. Es war nicht das erstemal, daß seine raubtierhafte Vitalität, ein Erbe des Barbaren, Conan den schwächeren, weicheren Menschen der Länder überlegen machte, durch die er im Laufe seiner abenteuerreichen Jahre gekommen war. Aber er bildete sich nichts darauf ein, denn er fand, daß er sie nicht sich selbst verdankte, sondern seinen Vorvätern, die sie ihm vererbt hatten.

Gegen Sonnenuntergang erreichten sie das palmenumsäumte Ufer des Zikambas, und der Mond erhob sich wie ein Kupferschild, als sie an die Flußmündung kamen. Hier im Delta vermischten sich die trägen Fluten des Süßwassers, das dunkel von Schlamm war, mit dem salzigen Meer. Und dort erwartete die Männer ein erschreckender Anblick.

Sigurd sog laut die Luft ein, ehe er in wilden

Flüchen Erleichterung zu finden suchte. Conan biß stumm die Zähne zusammen, und Wut verdunkelte sein Gesicht.

Die *Tagedieb* lag halbversunken im Delta. Fluten spülten über ihre Decks. Ihre Masten waren nur noch verkohlte Stümpfe, denn Feuer hatte auf ihr gewütet. Aus diesen grimmigen Tatsachen und dem Dutzend Grabhügeln am Rand des Dschungels schloß der Cimmerier, daß ein Kampf stattgefunden und die *Tagedieb* den kürzeren gezogen hatte.

Wachtposten registrierten die Annäherung von Jumas Trupp. Warnrufe und das Trampeln von Schritten erklangen. Fackeln flackerten und warfen ihren Schein auf blanke Klingen in den Händen einer Gruppe stämmiger Seeleute. Conan drängte sich an seinen Begleitern vorbei und rannte auf die Männer zu.

Sie befanden sich in jämmerlicher Verfassung. Die meisten trugen schmutzige, blutige Verbände, einige hinkten, auf behelfsmäßige Krücken gestützt. Zeltran eilte auf Conan zu. Sein rechter Arm war dick mit Stoffstreifen umwickelt, den Säbel hielt er in der Linken.

»Kapitän!« rief er. »Seid Ihr es wirklich? Bei den Göttern, wir glaubten nicht, Euch je wiederzusehen! Der Dschungel schien Euch verschlungen zu haben!«

»Ich lebe, Zeltran. Aber was ist hier passiert? Daß es einen Kampf gegeben hat, sehe ich. Aber mit wem?«

Düster schüttelte Zeltran den Kopf. Der rundliche Erste Offizier hatte viel von seinem Fett verloren. »Mit diesem Hund Zarono!« knurrte er. »Vor drei Tagen überraschte uns seine *Albatros* ...«

»Überraschte?« brüllte Conan. »Wie konnte das geschehen? War der Ausguck nicht auf seinem Posten?«

Zeltran fluchte. »Daran mangelte es nicht, Käptn, aber alle Ausgucke der Welt hätten die *Albatros* nicht sehen können. Dichter Nebel hüllte uns ein – ein Nebel, wie ich ihn noch nie erlebt hatte. Durch einen Granitfels hätte man besser durchsehen können.«

»Ja, Käptn, das stimmt!« warf ein anderer Seemann ein. »Es war Hexerei, Käptn Conan, schwärzeste Magie, ganz gewiß!«

»Unter dem Schutz dieser geheimnisvollen Nebelbank segelte die *Albatros* also an euch heran, und die Halunken überfielen euch?« grollte Conan.

»Genau so ist es, Käptn«, bestätigte Zeltran. »Wir wurden erst auf sie aufmerksam, als die *Albatros* gegen die *Tagedieb* streifte, und schon schwangen Zaronos Männer sich über die Reling und stürzten sich auf uns. Wir kämpften wie die Wilden – das müßten Euch ja unsere Verwundungen beweisen –, aber die Schurken hatten den Vorteil der Überraschung und waren obendrein in der Überzahl. Schließlich trieben sie uns über die Reling der Uferseite. Ich versuchte, den Rückzug meiner Männer zu decken ...«

»Ja, Käptn«, fiel ein anderer ein. »Ihr hättet ihn sehen sollen! Ihr wärt stolz auf ihn gewesen! Er kämpfte mit der Kraft und Wut von dreien – und wie sein Säbel Ernte hielt!«

»... aber dann erhielt ich einen Schlag auf den Schädel. Als ich wieder zu mir kam, war ich an den Mast gebunden, und Zaronos Hunde standen grinsend um mich herum. Dann stolzierte der schwarze Zarono höchstpersönlich herbei, stinkend elegant mit Seidenrüschen und Samtwams. Und mit ihm dieser Schlangenpriester Menkara.

›Na, Bursche‹, knurrte Zarono. ›Wo ist dein feiner Herr, dieser barbarische Tölpel Conan?‹

›An Land, Sir‹, antwortete ich.

Zarono schlug mir den Handrücken über den

Mund. ›Das sehe ich selbst, Narr‹, sagte Zarono. ›Wo *an Land*?‹

›Das weiß ich nicht, Sir‹, sagte ich höflich, denn welchen Sinn hätte es gehabt, ihn noch mehr zu erzürnen? ›Er ist mit schwarzen Kriegern befreundet, die hier in der Nähe ihren Kral haben, und ist sie besuchen gegangen.‹

›Und wo ist die Zingarierin, die er bei sich hatte?‹ fragte Zarono.

›Er hat sie mitgenommen, soviel ich weiß‹, antwortete ich.

›In welcher Richtung liegt dieser Kral, und wie weit ist es bis dorthin?‹ fragte Zarono.

Ich täuschte absolute Unwissenheit vor, sogar noch, als sie meinen rechten Arm mit heißen Kohlen kitzelten. Ich werde Euch die Brandblasen zeigen, Käptn, sobald sie ein bißchen verheilt sind. Dann traten Zarono und der stygische Zauberer zur Seite und besprachen sich leise. Daraufhin stellte der Priester so ein magisches Gerät auf dem Quarterdeck auf und murmelte eine lange Weile darüber, während ein seltsames grünes Licht um ihn flimmerte. Schließlich sagte er zu Zarono: ›Ich sehe, daß sie inmitten eines Trupps schwarzer Krieger in einer Sänfte auf einem Dschungelpfad getragen wird. Mehr vermag ich nicht zu sagen. ‹

Das brachte Zarono erst in Rage, das dürft Ihr mir glauben, und er ließ sie an mir aus. Immer wieder schlug er mir ins Gesicht. ›Wie, im Namen aller Götter, kann ich den ganzen Dschungel durchkämmen, um sie zu finden, und sie dann noch aus einer Armee wilder Barbaren herausholen? Genausogut könnte man von mir verlangen, daß ich über den Mond springe!‹ tobte er.

Nach längerem Hin und Her beschlossen Zarono und Menkara, die *Tagedieb* zu vernichten, sofort nach

Kordava aufzubrechen und unterwegs einen Bundesgenossen aus Stygien mitzunehmen. Thoth-Amon ist sein Name, wenn ich es recht gehört habe.«

Conan horchte auf. »Thoth-Amon? Dann kreuzen sich unsere Wege also wieder einmal. Er ist kein Gegner, den man leichtnehmen darf. Aber fahr fort mit deiner Erzählung. Diese beiden Hunde waren ja ziemlich offen vor dir.«

»Sie erwarteten auch nicht, daß ich am Leben bliebe und darüber reden könnte! Zarono erteilte seine Befehle. Ein Teil seiner Leute legte sich mit dem Beiboot längsseits und hieb dicht über der Wasserlinie ein Loch in den Rumpf der *Tagedieb.* Ein zweiter häufte alles mögliche Brennbare um die Masten und zündete es an.«

»Und du warst an einen der Maste gebunden?«

»An den Großmast. Natürlich behagte mir der Gedanke gar nicht, lebenden Leibes gebraten zu werden. Also betete ich zu Mitra und Ischtar und Asura und jedem anderen Gott, von dem ich je gehört hatte, mir doch zu helfen noch während Zaronos Hunde zurück auf die *Albatros* hasteten und zusahen, daß sie weiterkamen, weil sie ja schließlich nicht ihr eigenes Schiff und sich selbst in Gefahr bringen wollten. Ich weiß nicht, ob ich es tatsächlich den Gebeten verdankte, jedenfalls war die *Albatros* kaum im Nebel verschwunden, als es auch schon zu regnen begann.

Inzwischen hatte die *Tagedieb* sich durch das Loch im Rumpf ziemlich gefüllt und war gesunken, bis sie im Flußbett festsaß, wie Ihr sie jetzt noch seht. Ich wand mich und machte mich ganz dünn, bis ich wenigstens meine Arme frei bekam. Glücklicherweise hatten die Hunde offenbar keine Ahnung von Seemannsknoten. Dann löste ich auch noch die anderen Stricke und stieß das ganze brennbare Zeug über Bord. Den Rest des Feuers löschte der Regen, leider allerdings erst, als Maste, Takelwerk und Segel verkohlt waren. Und so sieht es jetzt aus.«

Conan brummte. »Es war nicht sehr klug von ihnen, das Schiff gleichzeitig versenken und verbrennen zu wollen. Das eine oder andere – ja. Sie hätten wissen müssen, daß Wasser die Flammen löscht.« Er schlug Zeltran auf die Schulter. Sein Erster Offizier japste vor Schmerz, als sein verbrannter Arm bewegt wurde. »Ich bin sicher, du und meine Männer haben getan, was getan werden konnte. Und jetzt müssen wir zusehen, daß wir die *Tagedieb* so schnell wie möglich wieder seetüchtig bekommen.«

Zeltran legte die Stirn in Sorgenfalten. »Wir werden Monate dazu brauchen, Käptn«, unkte er. »Wir haben weder eine Werft noch Schiffszimmermänner. Und tüchtige Handwerker lassen sich nicht einfach aus dem Dschungel herbeipfeifen.«

Juma, bisher ganz stumm, hatte sich den beiden zugesellt. »Meine Männer werden euch bei der Instandsetzung des Schiffes helfen«, versicherte er Conan. »Viele geschickte Hände erleichtern die Arbeit nicht nur, sie schaffen sie auch schneller.«

»Hm«, murmelte Conan nachdenklich. »Ich danke dir für dein Angebot, aber was verstehen deine Krieger von Schiffsreparaturen?«

»Nichts, denn wir sind keine Seefahrer, aber kräftig und viele, und nicht wenige von uns wissen geschickt mit Holz umzugehen. Wenn deine Männer ihnen zeigen, was zu tun ist, werden sie wie besessen arbeiten, bis das Schiff wieder wie neu ist.«

»Großartig!« Conan rief seinen bedrückt herumstehenden Männern zu: »Wir haben zwar eine Schlacht verloren, aber den Krieg noch lange nicht. Der schwarze Zarono, der euch durch heimtückische Zauberei schlug, ist unterwegs nach Zingara, wo er unseren Freund und Gönner stürzen will, den alten König

Ferdrugo. König Jumas Leute sind bereit, uns zu helfen, die *Tagedieb* wieder seetüchtig zu machen. Sobald wir aufbrechen können, segeln wir ebenfalls nach Zingara, um uns an dem Halunken zu rächen und unseren König zu retten. Was sagt ihr dazu?«

»Wir haben viele gute Männer verloren«, gab der Bootsmann zu bedenken und deutete auf die Grabhügel.

»Ja, aber wir haben Sigurds Argossaner. Wenn ihr euch zusammentut und die ewige Streitigkeit zwischen Barachanpiraten und Freibeutern begrabt, schaffen wir es. Also, was sagt ihr? Laßt es mich laut und deutlich hören!«

Die Seemänner brüllten ihre Zustimmung, und ihre Säbel blitzten im Mondschein.

Nie hatte Conan Männer so hart arbeiten sehen. Sie legten starke Taue um die Stümpfe der verkohlten Masten und richteten das Schiff wieder auf. Sie fällten Bäume, zersägten sie zu Brettern und flickten das Loch im Rumpf der *Tagedieb.* Sie pumpten Wasser aus dem Schiff, bis es wieder frei an den Ankertrossen auf dem Fluß schwamm.

Sie fällten weitere Bäume und schnitzten sie zu Masten und Rahen zurecht. Während die Frauen aus Jumas Kral neue Segel nähten, sammelten die Männer harziges Holz, das sie zu Stapeln schichteten und anzündeten. Die teerähnliche Flüssigkeit, die davon heraussickerte, fingen sie in Gefäßen unter den Stapeln ein. Tag und Nacht arbeiteten sie, und wenn es zu dunkel wurde, leuchteten die Jungen aus dem Kral mit Fackeln.

Dann kam der Tag des Aufbruchs. Die Freibeuter taumelten vor Erschöpfung – oder weil sie zuviel Bananenwein getrunken hatten (manche auch aus beiden

Gründen). Aber jedenfalls würde die *Tagedieb* bereit sein, mit der Morgenbrise auszulaufen.

Die ganze lange Nacht hindurch beförderte eine menschliche Kette von Jumas Leuten Versorgungsgüter durch den dunklen Dschungel zur *Tagedieb:* Fässer mit Wasser, Körbe mit dauerhaften Hirsefladen, Kisten voll frischer Früchte, geräucherte Schweinehälften, Tonnen mit Jamswurzeln und anderem Gemüse, genug von allem, daß es für eine Reise zur anderen Seite der Welt gereicht hätte.

Als der Himmel im Osten graute, verabschiedete sich Conan von Juma. Vor langer Zeit hatten sie Seite an Seite als Söldner in König Yildizs Legionen gekämpft, waren durch den Schnee des weglosen Talakmagebirges geritten und gestapft, hatten der brüllenden Horde schrägäugiger kleiner Krieger in ihrer phantastischen Rüstung aus lackiertem Leder gezeigt, was in ihnen steckte, und das wandelnde Steinidol im verborgenen Tal von Meru, der ›Schale der Götter‹, zu Fall gebracht. Und nun hatten sie zum letztenmal Seite an Seite im schwülen Dschungel von Kush gekämpft.

Stumm, grinsend, aber heimliche Rührung zurückhaltend, schüttelten sie einander heftig die Hände. Sie fanden keine Abschiedsworte, denn irgendwie ahnten beide, daß sie sich in diesem Leben nicht mehr wiedersehen würden.

Die Tagedieb hißte die Segel, die sich in der Meeresbrise aufblähten. Die schwarzen Krieger mit ihren Frauen und nackten Kindern winkten am Ufer Lebewohl. Die Karracke nahm Fahrt auf mit Kurs Zingara.

18

EIN KÖNIGREICH IN DER SCHWEBE

Bei Sonnenuntergang näherte die *Tagedieb* sich dem Hafen von Kordava. Als die Sterne aufgingen, schob sich eine dicke Wolkendecke über den Himmel.

Nur wenige Augen bemerkten die schlanke Karracke, als sie fast lautlos in die Bucht glitt und an einem kaum benutzten Ankerplatz am äußersten Ende des Piers anlegte. Conan hielt es für angebracht, die Stadt so unauffällig wie möglich zu betreten, da er nicht wußte, ob Herzog Villagro inzwischen die Macht ergriffen hatte, und keine Ahnung hatte, wie lange Zarono und Thoth-Amon sich schon hier befanden. Daß sie vor ihnen angekommen waren, bestätigte sich, als Zeltran Conan auf den Arm tupfte und deutete.

»Zaronos *Albatros*!« zischte der Erste Offizier. »Kapitän, mir deucht, wir könnten jetzt sie in Flammen setzen, da niemand an Bord zu sein scheint …«

Conan grinste in der Düsternis. »Beherrsch dich, alter Hitzkopf!« brummte er. »Wer will denn diesmal überstürzt vorgehen? Nein, es geht um Wichtigeres. Ganz sicher sind unsere Freunde nicht auf dem Schiff, sondern wahrscheinlich in Ferdrugos Palast, wo sie ihre Netze legen, um den alten König einzufangen.«

Die Prinzessin zupfte ungeduldig an Conans

EIGLOPHIANISCHES GEB.
CIMMERIEN
TAIGA
Wolfraven
Geistersumpf
Venarium
Haloga
Pohiola
Sigtona
Schwarzer Fluß
Torh
Galparan
Donnerfluß
Schirki
Tanasul
Amilius
Kordava
Alkarion
Salzmarschen
Tal von Zingg
AQUILONIEN
Castria
Kova
ZINGARA
Tor
Kelbaza
Burg Korzetta
Lar
Tarantia
NEMEDIEN
Guarralid
Lema Ebenen
TRALLIBES
Schamar
Hanumar
Pirogia
Stadtstaaten
Yorkin
Jerida
Belverus
Numalia
Pergona
Schamu Ebene
Ianthe
Carnolla
OPHIR
CORINTHIEN
Venzia
Torlage
Messantia
ARGOS
Khorschemisch
Larsha
BARACHAN INSELN
KOTH
Asgalun
Dagoth Hügel
Ghaza
Wüste von Koth
Khemi
Anakia
Kyros
Salzsee
Korveka
KELKA
Khroscha
Pyramiden
Akkharia
Eruk
Yivga Fl.
Akhbet
FLAMMENDE BERGE
Khoraja
Khanyria
Siptahs Insel
SHEM
Schumir
Schamla Paß
Harakht
Furt v. Bubastes
Wüste
Altaku
WESTL. OZEAN
Khajar Oase
Nippr
Kizil-Bezzin
Luxur
Nebthu
Styx
STYGIEN
Akbilana
Zabhela
Kheschatta
Bakhr
Sabatea
Tamba-Syn
KUSH
Gazal

Ärmel. »Laßt uns zum Palast eilen, Kapitän Conan! Eure Männer können später nachkommen. Wir müssen meinen Vater sofort warnen, ehe diese Verräter, Villagro und Zarono ...«

»Eile mit Weile«, mahnte Conan grinsend. »Nicht so hastig, Mädchen. Ich habe gelernt, nicht in eine mögliche Falle zu laufen, wenn es sich irgendwie vermeiden läßt. Der Rebellenherzog und dieser Zauberer Thoth-Amon haben vielleicht bereits die Macht ergriffen. Direkt in den Palast zu laufen, wäre das gleiche wie einer Spinne ins Netz zu gehen. Nein, ich habe zuerst etwas anderes vor ...«

»Was denn?« wollte das Mädchen wissen.

Conan lächelte grimmig. »Wir besuchen den einen Ort in Kordava, an dem ich bestimmt geschützt bin: die *Neun blanken Schwerter*.«

»Die *Neun blanken Schwerter*?« wiederholte sie verwirrt.

»Nun, die Taverne ist zwar nicht gerade ein geeigneter Ort für eine Lady wie Euch, aber für unsere Zwecke doch genau das Richtige. Habt Vertrauen zu mir, Mädchen. Zeltran, ich nehme zehn Mann mit. Sorg für Umhänge und Laternen und sieh zu, daß sich alle gut bewaffnen.«

Die Straßen waren so still wie in einer Gräberstadt. Sigurd, abergläubisch wie alle Seeleute, schauderte, während er an Conans Seite durch Regenlachen stapfte, und seine Rechte umklammerte unter dem Umhang den Griff seines Kurzsäbels.

»Gewiß sind sie alle tot oder stehen unter einem schwarzen Zauber«, murmelte er und spähte wachen Blickes um sich. Conan bedeutete ihm zu schweigen, weil er befürchtete, die Aufmerksamkeit der Stadtwache auf sich zu ziehen.

Doch außer den Katzen von Kordava sah niemand den Trupp vermummter Seeleute, die schweigend durch die nächtlichen Gassen zu den *Neun blanken Schwertern* schlichen. Als sie durch die Tür traten, kam der alte Sabral prustend herbeigelaufen und wischte sich die Hände an der Schürze ab.

»Tut mir leid«, rief er, »aber wir haben bereits geschlossen. Verordnung der Regierung – nach Sonnenuntergang dürfen heute nacht keine Tavernen mehr offen sein. Ich muß euch deshalb bedauerlicherweise ersuchen – oh!«

Conan hatte seine Mütze abgenommen und den Umhang zurückgeschlagen. Er schob sein unbewegtes sonnengebräuntes Gesicht unmittelbar vor das des Wirtes. »Was soll das heißen, alter Freund?« knurrte er.

»Ah! Ich erkannte Euch nicht gleich … Aber selbstverständlich ist meine Taverne für Kapitän Conan und seine Männer jederzeit offen, Gesetz oder nicht. Kommt herein, Freunde! Es wird zwar ein Weilchen dauern, ein Feuer zu machen und die Getränke aus dem Keller zu holen. Aber ihr sollt bekommen, wonach euch der Sinn steht.«

»Warum läßt die Regierung heute so früh schließen?« fragte Conan und machte es sich auf einer Bank bequem, von der aus er die Tür im Auge behalten konnte.

Der dicke Wirt zuckte die Schultern. »Das weiß nur Mitra, Kapitän Conan. Wir wurden gestern abend von dieser königlichen Verordnung unterrichtet.. Seltsame Zeiten, ja wahrhaftig, seltsame Zeiten. Erst kommt Kapitän Zarono an, die Götter wissen, von woher! Mit einem ganzen Trupp dunkler Stygier in seiner Besatzung marschiert er geradewegs in König Ferdrugos Palast, so als gehörte der ihm. Niemand verwehrt es ihm, ja niemand öffnet auch nur den Mund, so daß man fast glauben könnte, er hätte einen Zauber über des Königs Männer verhängt! Und dann diese neuen Dekrete: Die Stadttore müssen bei Sonnenuntergang geschlossen werden – und so weiter. Herzog Villagro wird zum Befehlshaber der Polizeikräfte ernannt und die Stadt unter Kriegsrecht gestellt. Seltsam das alles, Kapitän Conan, sehr seltsam! Und es kommt bestimmt nichts Gutes dabei heraus, das dürft Ihr mir glauben!«

»Sehr merkwürdig!« brummte Sigurd.

»Das sagt Sabral ja.«

»Das meine ich nicht, Conan. Bei Dagdas Auge und Orvandels Zehe! Nach den Worten deines Freundes Sabral müßte es unmöglich sein, nach Sonnenuntergang in die Stadt zu gelangen. Aber wir segelten in den Hafen, ohne daß sich jemand um uns kümmerte. Sollte man denn nicht meinen, Villagro ließe den Hafen bewachen?«

»Er glaubt, die *Tagedieb* liegt mit Schlagseite in der Mündung des Zikambas und kann nicht so schnell – wenn überhaupt – seetüchtig gemacht werden«, gab Conan zu bedenken.

»Ah ja. Ich habe vergessen, daß Zarono nie auf die Idee käme, daß wir das Schiff mit Hilfe von Jumas Leuten so schnell wieder instandsetzen könnten.«

Conan nickte. »So ist es, Rotbart. Wenn alles gutgeht, hat König Ferdrugo seinen Thron einem schwarzen Krieger – und König – zu verdanken, von dem er nie etwas gehört hat und den er vermutlich auch nie persönlich kennenlernen wird.«

»Ich habe früher nie viel von den Schwarzen gehalten, gestand Sigurd. »Ich hielt sie immer für eine Horde abergläubischer, kindischer Wilder. Aber dein Freund Juma öffnete mir die Augen. Er ist ein echter Führer, genau wie du. Es gibt eben in jedem

Volk – gleich welcher Farbe – Helden und Nichtsnutze.«

Für müßige Unterhaltung war jedoch wenig Zeit. Conan stellte Sabral eine Menge Fragen, und der Wirt erklärte wortreich vieles, was der Freibeuter vermutete oder von dem er befürchtete, daß es inzwischen passiert sein mochte. Villagro hatte den Thron noch nicht an sich gerissen, was nicht hieß, daß es nicht in dieser Nacht soweit war. Königstreue Truppen waren unter den verschiedensten Vorwänden an die Grenzen abkommandiert worden, und Offiziere, die für ihre Loyalität zur Dynastie bekannt waren, ins Ausland geschickt, entlassen oder verhaftet und unter lächerlichen Anklagen ins Gefängnis geworfen worden. Seit Sonnenaufgang dieses Tages war der Palast vom Rest der Stadt abgeriegelt. Villagros Männer hatten Schlüsselposten in der Palastwache übernommen. Irgendeine Zeremonie sollte im Palast stattfinden, aber Sabral hatte keine Ahnung, welcher Art.

»Abdankung, nehme ich an«, brummte Conan und stapfte wie ein gefangener Löwe in der Schankstube hin und her. »Wir müssen in den Palast. Aber wie? Villagro und Zarono haben ganz sicher dafür gesorgt, daß kein Unbefugter eindringen kann. Dieser Thoth-Amon muß Ferdrugo völlig unter seiner Kontrolle haben. Aber wenn wir dem König seine Tochter gegenüberstellen, könnte der Schock den Zauberbann vielleicht brechen ... Dann kämen wir an die Verräter heran. Verdammt, wo ist Ninus? Er sollte schon vor einer halben Stunde hier sein ...«

Sigurd hob die Brauen. Conan hatte sich bei Sabral nach dem Befinden seines alten Freundes erkundigt. Der Wirt hatte geantwortet, daß der ehemalige

Dieb und jetzige Priester wieder völlig genesen und in seinen Tempel zurückgekehrt sei. Daraufhin hatte Conan einen seiner Männer ausgeschickt, um den kleinen Mitrapriester zu den *Neun blanken Schwertern* zu bringen.

»Wer ist dieser Ninus?« fragte Sigurd.

Conan zuckte ungeduldig die Schultern. »Ich lernte ihn vor Jahren kennen, als wir beide Diebe in Zamora waren. Er kehrte in sein heimatliches Zingara zurück, weil ihm sogar das rote Zamora zu heiß wurde. Hier geriet er an einen glattzüngigen Missionar des Mitrakults, der ihm klarmachte, daß die Priester das beste Leben führten, wenn sie nur richtig an der Furcht und dem Aberglauben ehrsamer Bürger und gelangweilter Hausfrauen rührten. Und da Ninus schon immer wußte, wie man viel für nichts bekam, wurde er schnell fromm und Mitrapriester. Aber wenn jemand in Kordava einen Geheimeingang zu Ferdrugas Palast kennt, dann er! Er war der geschickteste Dieb, den ich je kannte – sogar geschickter als Taurus von Nemedien, den man den König der Diebe nannte. Er fand Türen, die niemand ...«

Ein feierliches Dröhnen war aus der Ferne zu hören. Chabela erstarrte und grub die Nägel in Conans Arm.

»Die Glocken im Turm aller Götter!« stöhnte sie. »O Conan, wir kommen zu spät!«

Er blickte sie scharf an. »Was soll das heißen, Mädchen? Schnell, heraus damit!«

»Die Glocken – sie verkünden, daß der König Audienz hält! Jetzt ist es zu spät – die Zeremonie hat bereits begonnen ...«

Conan und Sigurd wechselten einen schnellen Blick und öffneten ein Fenster, um zum Palast auf der Anhöhe zu schauen.

Lichter flammten hinter den Palastfenstern und bewegten sich hin und her.

Chabela hatte sich nicht getäuscht. Die Zeremonie hatte begonnen.

19

KÖNIG THOTH-AMON

Eine Atmosphäre dramatischer Spannung herrschte im Thronsaal König Ferdrugos. Am stürmischen Nachthimmel zuckten immer wieder Blitze und spiegelten sich in den hohen Spitzfenstern mit ihren Diamantglasscheiben.

Der riesige Thronsaal war rund, und kreisförmig angeordnet standen auch die gewaltigen mit gewölbten Marmorplatten überzogenen Granitsäulen, die die ungeheuerlich hohe Kuppeldecke trugen. Diese Kuppel galt als das größte architektonische Wunder in Ferdrugos Königreich.

Stattliche Kerzen von der Stärke eines muskulösen Männeroberarms in schweren goldenen Wandhaltern verbreiteten einen warmen Schein. Dieser spiegelte sich mit dem Licht unzähliger Fackeln, Lampen und immer neuer Blitze auf den glänzenden Schilden und federbuschverzierten Helmen von Gardisten, die ringsum an der Wand postiert waren.

Es gab viel mehr Gardisten als bei solchen Anlässen gewöhnlich üblich. Das allein war schon Grund zur Beunruhigung und zum Argwohn für viele Edle und hohe Würdenträger, die des Königs Herold hierher beordert hatte, um Zeuge einer Proklamation des Monarchen zu sein. Heimlich und in Hast war dieser Befehl ergangen.

Ein weiterer Grund für die allgemeine Unruhe war die Kleidung der Wachen. Zwar trugen einige von ihnen die Uniform der Leibgarde des Königs, doch weitaus häufiger erschienen die Farben Villagros, des Herzogs von Kordava.

In der Mitte des Kuppelsaals stand auf einem Podium aus glitzerndem schwarzgeäderten Malachit der uralte rosafarbene Marmorthron der Ramira-Dynastie. Auf ihm saß Ferdrugo III.

Die herbeizitierten Würdenträger hatten in den vergangenen Monaten wenig von ihrem König zu sehen bekommen. Unauffällig betrachteten sie ihn. Er war ungemein gealtert in der kurzen Zeit. Seine Haut war faltig, er wirkte irgendwie zusammengeschrumpft, seine Wangen waren eingefallen, seine Backenknochen sprangen stark hervor, die Augen lagen in tiefen Schatten unter der Stirnwölbung und den buschigen weißen Brauen. Die Beleuchtung trug dazu bei, daß der hagere, ja zerbrechliche König auf unheimliche Weise einem Skelett ähnelte.

Auf seinem Kopf, der viel zu schwer für den dünnen faltigen Hals wirkte, ruhte die alte Krone des Heldenkönigs Ramiro, des Gründers der Dynastie. Sie war ein einfacher ovaler Reif aus Gold mit eckigen Zacken, den Zinnen eines Turmes ähnlich.

Mit fast wächsernen, durchscheinenden Händen hielt der König ein großes Blatt Pergament, auf dem mehrere Siegel zu erkennen waren. Mit schwacher, unsicherer Stimme begann Ferdrugo zu lesen, erst die scheinbar endlose Präambel mit den unzähligen Titeln und Würden, die in ihrer Förmlichkeit die Nervosität der Edlen noch erhöhte. Es gab keinen unter ihnen, der nicht spürte, daß etwas Schicksalsträchtiges bevorstand.

Unmittelbar vor dem Thron unterhalb des Podiums standen zwei Männer. Einer war der Herzog von Kordava. In Abwesenheit von Prinz Tovarro, des Königs jüngerem Bruder, war Villagro nach dem König der höchste Edle des Reiches. Der Ausdruck seines hageren, gierig wirkenden Gesichts konnte als Mischung von Selbstgefälligkeit, Erwartung und einer Spur Furcht beschrieben werden.

Der andere war den Anwesenden nicht bekannt. Nach seinem kahlgeschorenen Schädel, den habichtähnlichen Zügen, der dunklen Haut und der breitschultrigen großen Statur zu schließen, konnte er Stygier sein. Er trug eine dicke Robe, die nur seinen Kopf freiließ.

Auf dem kahlen Schädel ruhte ein ungewöhnlicher Kopfschmuck: eine Krone in Form einer zusammengerollten Schlange aus Gold, über und über mit glitzernden weißen Edelsteinen besetzt. Einige der Edlen hatten einander angestoßen und sich beim Anblick dieses Kopfschmucks etwas zugeflüstert, als der Fremde die Kapuze seiner Robe zurückgeworfen und sie so offenbart hatte. Wenn diese Edelsteine wahrhaftig geschaffene Diamanten waren – das Diamantenschleifen war im hyborischen Zeitalter so gut wie unbekannt –, so flüsterten sie, dann mußte der Wert der Krone unschätzbar sein. Bei der geringsten Bewegung des Fremden blitzten die Edelsteine im Schein der Lichter ringsum in allen Regenbogenfarben.

Das Gesicht des hochgewachsenen Mannes wirkte zutiefst angespannt. In seiner inneren Versunkenheit schien er seine Umwelt kaum wahrzunehmen. Es war, als richte er seine ganze Aufmerksamkeit auf etwas ganz Bestimmtes – worauf, konnten seine Betrachter natürlich nicht einmal ahnen.

Zum Gefolge des Herzogs von Kordava gehörte der schwarze Zarono, der Freibeuter, und eine vermummte Gestalt, die einige als den Setpriester Menkara erkannten.

Ferdrugo las mit schwächlicher Stimme weiter und

kam schließlich zum Ende des Dokuments. Die Zuhörer erstarrten vor Staunen, als ihnen die volle Bedeutung seiner Worte klar wurde.

»... und so danken Wir, Ferdrugo von Zingara ab zugunsten Unserer Tochter und Thronfolgerin, der königlichen Prinzessin Chabela, und vermählen sie in Abwesenheit mit ihrem Anverlobten und dem neuen König von Zingara, dem hohen Fürsten Thoth-Amon von Stygien. Lang lebe Chabela, lang lebe Thoth-Amon – von nun an Königin und König des alten und unvergänglichen zingaranischen Reiches.«

Im ganzen Saal weiteten sich Augen und öffneten sich Lippen vor Erstaunen. Aber in keinem Gesicht war der Schock offensichtlicher als in dem Villagros, des Herzogs von Kordava. Mit glasigen Augen stierte er den alten König Ferdrugo an, sein fahles Gesicht nahm einen grauen Ton an, seine dünnen rotbemalten Lippen verzogen sich zu einem lautlosen Fletschen, das gelbe Zähne offenbarte.

Villagro drehte sich der hochgewachsenen stummen Gestalt neben sich zu, als wollte er zu ihr sprechen. Der Stygier lächelte ihm gleichmütig zu, schob die nach ihm ausgestreckte Hand zur Seite und stieg die Stufen des Podiums empor, als wollte er die Huldigung der Anwesenden entgegennehmen. Aber es kam zu keiner Huldigung – nur zu einem wachsenden Durcheinander erstaunter und entrüsteter Stimmen.

Über sie hinweg erhob sich die zitternde Stimme König Ferdrugos: »Kniet nieder, mein Sohn!«

Der riesenhafte Stygier blieb vor dem zingaranischen König stehen und ließ sich auf ein Knie fallen. Mit beiden Händen nahm er die Kobrakrone vom Kopf und stellte sie neben sich auf die grün-schwarzen Marmorfliesen des Podiums.

Ferdrugo erhob sich vom Thron und griff nach der alten Krone des Heldenkönigs Ramiro. Er drehte sie in den zitternden Händen, dann setzte er sie sanft auf Thoth-Amons kahlgeschorenen Schädel.

Das krankhafte Grau von Villagros Gesicht verriet, daß er sich des Verrats seines Verbündeten voll bewußt war. Seine Finger legten sich um den Schmuckdolch an seinem Gürtel. Vielleicht gedachte er, alle Vorsicht außer acht zu lassen und dem knienden Zauberer die Klinge in den Rücken zu stoßen. Doch dann lösten sich seine Finger vom Dolchgriff, als sein Blick sich mit wahrer Besessenheit auf die Kobrakrone neben Thoth-Amon richtete. Er wußte oder glaubte zumindest zu wissen, welche Kräfte ihr innewohnten. Als Zarono sich zurückmeldete, hatte er gesagt:

»Nach allem, was Menkara mir erzählte und was Thoth-Amon durchblicken ließ, verstärkt die Krone die Kraft menschlichen Geistes und vervielfältigt sie, so daß, wer die Krone besitzt, Seele und Verstand der Menschen beherrscht. Wie Ihr wißt, vermag Menkara, der bestenfalls ein mittelmäßiger Zauberer ist, den Geist *einer* anderen Person unter seine Kontrolle zu bringen – wie unseren greisen König. Thoth-Amon, ein Zauberer von weit größeren Kräften, kann den Geist mehrerer Menschen gleichzeitig beherrschen. Doch der Träger der Krone vermag, wenn er genau weiß wie, sich durch die Macht der Krone den Geist Hunderter, ja Tausender untertan zu machen. Beispielsweise würde es ihm keine Mühe bereiten, ein ganzes Regiment gegen einen weit überlegenen Gegner zu treiben, bis auch der letzte den Tod gefunden hat. Genauso kann er einen Löwen, eine Schlange oder ein anderes gefährliches Tier benutzen, um einen Feind zu töten.

Niemand käme gegen den Träger der Kobrakrone

an, denn dieser Träger kann weder durch einen Hinterhalt noch ein Attentat getötet werden, da die Krone ihm die Gedanken jener verriete, die es auf sein Leben abgesehen haben. Und keiner kommt in Katapultschußweite an ihn heran, ohne unter seine geistige Kontrolle zu geraten. Sterbliche wie Ihr und ich, o Herr, müssen immer damit rechnen, daß unsere Untergebenen versagen – so wie meine Männer die Prinzessin vom Schiff entkommen ließen. Dergleichen hat Thoth-Amon nicht zu befürchten. Wenn er einen geistigen Befehl erteilt, wird er genau ausgeführt, selbst wenn es dem Beauftragten das Leben kostet.«

Und jetzt, um Thoth-Amons Anrecht auf den Thron zu besiegeln, setzte Ferdrugo mit eigenen Händen die alte Krone Zingaras auf des Stygiers dunklen Kopf. Deshalb war Thoth-Amon gezwungen gewesen, die Kobrakrone abzunehmen. Darin sah Herzog Villagro seine Chance.

Mit einer Behendigkeit, die seine Jahre Lügen strafte, riß der Herzog seine Samtkappe vom Kopf und rannte die Stufen des Podiums empor. Da der Zauberer die Kobrakrone im Augenblick nicht trug, warnte nichts ihn vor der Absicht seines bisherigen Verbündeten, bis Villagro die Krone bereits in der Hand hielt und sie auf seinen eigenen Kopf setzte.

Fast im gleichen Augenblick hörte er den gedämpften Wutschrei Menkaras. Sofort wirbelte der Herzog herum. Der hagere Setpriester kam mit einem Dolch in der knochigen Faust herbeigerannt.

Kaum saß die Kobrakrone fest auf seinem gefärbten und gelockten Haar, überschlugen die unterschiedlichsten Empfindungen sich schier in seinem Kopf. Ihm war, als fluteten alle unausgesprochenen Gedanken jedes im Saal Anwesenden gleichzeitig in fast betäubendem Wirrwarr in sein Bewußtsein. Da Villagro kein Zauberer war, vermochte er diese Gedanken nicht zu ordnen.

Verzweifelt konzentrierte der Herzog seine eigenen Gedanken auf den näherkommenden Menkara und streckte seine Finger aus, wie er es bei Magiern gesehen hatte, wenn sie einen Zauber gegen jemand wirkten. Mit aller Willenskraft stellte er sich vor, Menkara fiele nach hinten, wie von einer mächtigen Faust getroffen.

Tatsächlich endete des Setpriesters Ansturm an der untersten Podiumsstufe. Er taumelte rückwärts. Der Dolch entglitt seinen kraftlosen Fingern.

Ein grimmiger Schrei ließ Villagro erneut herumwirbeln. Thoth-Amon hatte sich erhoben und umgedreht.

»Hund! Dafür wirst du sterben!« brüllte der Stygier.

»Stirb selbst!« schrie Villagro zurück und deutete mit den gespreizten Fingern auf den kraftvollen Stygier.

Doch selbst mit Hilfe der Kobrakrone war der mächtige Zauberer nicht so leicht zu schlagen – aber nur, weil Villagro aus Mangel an Erfahrung die Krone nicht richtig zu benutzen wußte. Einen angespannten Augenblick lang standen die zwei Männer einander gegenüber und maßen ihre Kräfte. Beider Macht war nun in etwa gleich. Die Schläfenadern der Gegner drohten zu platzen, sie taumelten, doch keiner gab nach.

Die Edlen und Würdenträger, auch die Gardisten beobachteten verwirrt das Geschehen. Viele tapfere Männer gab es unter ihnen, die sich ohne Zögern auf die Seite desjenigen geschlagen hätten, der für das Wohl Zingarias eintrat – aber wer vermochte in dieser chaotischen Situation zu sagen, wo das Recht lag? Sie hatten hier einen altersschwachen König, einen finsteren stygischen Zauberer und einen zingaranischen Herzog vor sich, der berüchtigt war für seine Skrupellosigkeit und Falschheit.

Villagro hörte Menkara einen Zauberspruch murmeln. Er spürte, wie seine Geisteskräfte schwanden – und Thoth-Amon schien vor seinen Augen zu wachsen ...

Plötzlicher Lärm lenkte aller Augen auf sich. Aus einer Tür auf der Galerie des Thronsaals quoll eine Meute rauher zerlumpter Seemänner. Ihnen voraus schritt ein sonnengebräunter Riese mit rabenschwarzer wilder Mähne und funkelnden eisblauen Augen. Er hielt einen Säbel in der gewaltigen Pranke.

Entsetzt schrie Zarono auf: »*Conan!* Bei allen Göttern und Teufeln – er ist hier!« Beim unerwarteten Anblick des mächtigen Barbaren erblaßte der Freibeuter, doch dann biß er die Zähne zusammen, sein Gesicht verzog sich grimmig, und seine schwarzen Augen brannten haßvoll. Er zog den Degen aus der Scheide.

Die Unterbrechung hatte auch Thoth-Amon abgelenkt. Er hob das dunkle Haupt mit der zingaranischen Krone. Mit der Kobrakrone auf dem Kopf, hätte er Conan und seine Männer nicht unbemerkt eindringen lassen. Dummerweise hatte er sie genau in jenem Moment abgelegt, da die Freibeuter sich ihrem Wirkungsbereich näherten.

Nach einem kurzen Blick auf die Eindringlinge konzentrierte Villagro sich wieder auf Thoth-Amon, der als Feind für ihn gefährlicher war. Gelang es ihm, trotz seiner Unerfahrenheit Thoth-Amon mit Hilfe der Krone zu besiegen, sollte es ihm auch nicht schwerfallen, Conan auf dieselbe Weise zu erledigen. Wandte er dagegen jetzt seine ganze Aufmerksamkeit auf den

Barbaren, würde ihn der Stygier wie eine lästige Fliege vernichten.

Conan trat ans Kopfende des Treppenaufgangs und hob schweigengebietend die Arme.

»Edle von Zingara!« brüllte er. »Gemeinster Verrat und schwärzeste Magie fingen euren Herrscher im Netz der Ränke!« Sein muskulöser Arm deutete auf den unbewegten Stygier. »Kein Fürst Stygiens ist er, sondern eine verruchte Ausgeburt der Hölle! Ein Zauberer, der den uralten Thron Zingaras an sich reißen möchte! Kein schlimmerer Unhold als dieser Thoth-Amon besudelte je die Erde. Durch einen Zauber stahl man eures Königs klaren Verstand, so daß er nicht mehr weiß, was er sagt, und wie ein Papagei die Gedanken nachplappert, die dieser Thronräuber ihm eingibt!«

Die Anwesenden schwankten, einige glaubten Conans Worten, andere nicht. Ein feister Edler rief: »Welche Unverschämtheit! Ein wildäugiger Halunke von Pirat kommt hereingestürmt, stört eine heilige Zeremonie, fuchtelt mit seinem Säbel herum und brüllt Unsinn! Wachen, nehmt diese Lumpen fest!«

Über das einsetzende Stimmengemurmel hinweg donnerte Conan: »Schaut euch doch den König an, ihr Einfaltspinsel, dann erkennt ihr die Wahrheit meiner Worte!«

Leichenblaß und zusammengesunken stand Ferdrugo schwankend vor seinem Thron und zupfte an seinem dünnen weißen Bart. »Was – was geht hier vor, meine Herren?« fragte er mit zittriger Stimme. Sein verwirrter Blick wanderte von Gesicht zu Gesicht. Da erst bemerkte er das Pergament in seiner Hand. »Was – was ist das? Habe ich es verlesen?« murmelte er. »Ich verstehe nicht …«

Es war ganz offensichtlich, daß König Ferdrugo

nichts von der Proklamation wußte, die er soeben verlesen hatte. Thoth-Amon, durch seinen Willenskampf mit Villagro und durch Conans Eindringen abgelenkt, hatte notgedrungen seine Kontrolle über Ferdrugo vorübergehend aufgegeben. Und nun sah er sich gezwungen, sich wieder dem Herzog zuzuwenden.

Als Thoth-Amon zu Conan hochsah, hatte Villagro seinen tausendfach durch die Kobrakrone verstärkten Willen gegen den Stygier gewandt. Thoth-Amon taumelte unter der Wucht dieser geistigen Kraft und wäre fast gefallen, hätte er sich nicht an den Armlehnen des Thrones festgehalten. Die zingaranische Krone, die zu klein für ihn war und deshalb keinen richtigen Halt auf seinem kahlgeschorenen Kopf hatte, glitt herab und landete klirrend auf den Marmorfliesen.

Doch dann schlug er zurück. Von seinen Augen war nur das Weiße zu sehen, als sein Wille Villagro wie ein Keulenhieb traf. Nun taumelte der Herzog.

»Gib mir die Kobrakrone, Narr!« knurrte Thoth-Amon.

»Nie!« schrillte Villagro.

Der Herzog spürte, wie die geistige Kraft seines Gegners wuchs. Er wußte, ohne ihn zu sehen, daß Menkara hinter ihm Thoth-Amon mit seiner Geisteskraft unterstützte. Schnell hatte der Setpriester die Partei seines Herrn ergriffen. Villagros Kräfte ließen nach, sie genügten kaum noch zur Verteidigung.

Fast aller Augen hatten sich wieder Conan und seinen Freibeutern am Treppenende zugewandt. Die Luft knisterte geradezu vor Spannung. Es war einer jener Augenblicke, da das Schicksal eines Volkes auf Messers Schneide steht – da ein einziges Wort, ein

Blick oder eine Geste ein Reich retten oder stürzen können.

In der momentanen Stille trat ein Mädchen an Conans Seite – jung, wohlgerundet, mit feiner olivfarbiger Haut, blitzenden dunklen Augen und pechschwarzem glänzenden Haar. Obgleich sie einfache Seemannskleidung trug, schien es den Lords von Zingara, als kannten sie sie, als hätten sie sie schon in prächtigeren Gewändern gesehen.

»Die Prinzessin!« krächzte ein Baron.

»Eh? Chabela?« murmelte der greise König und blickte sich aufgeregt um. Und nun zweifelte keiner der Anwesenden mehr, daß es wirklich die Prinzessin war. Ehe man sie mit Fragen überschütten konnte, rief das Mädchen:

»Edle von Zingara, Kapitän Conan spricht die Wahrheit. Jener verruchte stygische Ränkeschmied dort hat sein magisches Netz um meinen Vater gesponnen. Conan rettete mich vor dem Zauberer, und wir kehrten auf schnellstem Weg nach Kordava zurück, um einen Thronraub zu verhindern. Tötet ihn, Wachen!«

Der Hauptmann der Leibgarde stieß einen Befehl hervor und riß sein Schwert aus der Lederhülle. An der Spitze seiner Männer rannte er auf den Stygier zu.

Conan und neun Seeleute stürmten mit blanken blitzenden Klingen die Treppe hinunter. Chabela blieb mit Ninus, dem Mitrapriester, am Treppenende stehen. Der kleine ehemalige Dieb sank auf die Knie und betete mit hoher schriller Stimme:

»O großer Mitra, Gott des Lichtes, steh uns bei in dieser Stunde gegen die finsteren Mächte Sets. Im heiligen Namen Sraoshas und im undenkbaren Namen Zurvans, des Gottes der Ewigkeit, beten wir und rufen dich an. Dein heiliges Feuer zerschmettere die Alte Schlange und stürze sie vom Thron!«

Ob nun Thoth-Amons Kräfte aufgrund seiner ungeheuren geistigen Anstrengungen nachließen, ob Villagro die Kobrakrone inzwischen besser zu benutzen wußte oder ob Mitra eingriff, Thoth-Amon schien jedenfalls zu erblassen, zu schrumpfen und immer schwächer zu werden. Er taumelte einen Schritt zurück, Villagro öffnete die Lippen zu einem Triumphschrei.

Doch ehe er ihn ausstieß, spielte Thoth-Amon seinen letzten Trumpf aus. Sein langer brauner Zeigefinger schoß vor, deutete auf den Herzog von Kordava. Ein jadegrünes Leuchten flimmerte um den Finger und verlängerte sich zu einem smaragdgrünen Strahl.

Er traf Villagros Kopf und die brillantbesetzte Krone und hüllte beides in ein blendendes grünes Glühen. Und dann begann das Gold der Kobrakrone rot zu glühen.

Villagro schrie gellend auf. Er taumelte zurück, und seine Hände flogen zum Kopf, als wollten sie die Krone herunterreißen. Das schwarzgefärbte Haar versengte, schwarzer Rauch stieg kräuselnd auf.

Plötzlich war der ganze Saal in blendendes blaues Licht getaucht. Blitze zuckten fast ohne Unterlaß in der Schwärze der Nacht. Ein Fenster zersprang klirrend. Regen peitschte herein. Einigen im Saal, die von den Blitzen halb geblendet und vom erderschütternden Donner betäubt waren, mußte es scheinen, als hieben die Götter selbst auf den Herzog ein.

Villagro fiel mit dem Gesicht voraus auf den Marmorboden. Die Kobrakrone löste sich und rollte über die Fliesen. Des Herzogs Haar war bis auf die Haut abgesengt, und wo die Krone den Kopf berührt hatte, war ein kreisrunder verkohlter schwarzer Streifen zu sehen.

So endeten die ehrgeizigen Träume Villagros, dem sein herzoglicher Stirnreif nicht genügt und dem sein Trachten nach der Königskrone den Tod gebracht hatte.

20

ROTES BLUT UND KALTER STAHL

Drei Herzschläge lang schienen alle im Saal wie erstarrt zu sein. Thoth-Amon gewann seine Fassung als erster wieder.

»Menkara! Zarono!« brüllte er. »Kommt her!« Als der Setpriester und der Freibeuter mit dem Degen in der Hand näherkamen, befahl der stygische Zauberer: »Sammelt eure Männer und Villagros Anhänger um euch. Schlagt schnell und hart zu, wenn ihr nicht wollt, daß eure Köpfe rollen. Wenn Conan auf Ferdrugos Seite steht, habt ihr keine Chance, euch bei dem alten Regime wieder einzuschmeicheln.«

»Was ist mit Euren Zauberkräften?« knurrte Zarono. »Weshalb fegt Ihr unsere Feinde nicht einfach hinweg?«

»Ich werde tun, was ich kann, aber auch Zauberei hat ihre Grenzen. An die Waffen!«

»Ihr habt recht!« Zarono wirbelte herum. »Männer!« brüllte er. »Der Herzog ist tot, doch der Fürst von Stygien lebt. Wenn unsere Klingen ihn auf den Thron setzen, winkt uns große Macht! Zu mir!«

»Alle treuen Zingarier zu mir!« donnerte Conan. »Kämpft für euren König und eure Prinzessin und rettet Zingara vor einer Herrschaft dieses Teufels aus den stygischen Höllen!«

Der ganze Saal schien zu brodeln, als die beiden

Parteien sich sammelten. Fast alle von Villagros Anhängern folgten Zaronos Ruf, während die meisten Edlen und Würdenträger sich um Conan und seine Seeleute scharten. Einige, die sich für keine Seite entscheiden konnten oder auch zu feige waren, stahlen sich aus dem Saal.

Es stellte sich bald heraus, daß Zaronos Gruppe die größere war. Zwar schlossen sich die Leibgardisten des Königs Conan an, aber die meisten Wachen im Saal trugen Villagros Farben, und sie entschieden sich für Zarono. Alle Gardisten trugen Halbrüstung, was ihnen im Kampf einen Vorteil verlieh.

»Wir sind mehr als ihr!« rief Thoth-Amon, der noch auf dem Podium stand. »Ergebt euch, dann gewähren wir euch freien Abzug!«

Conan erklärte ihm laut, mit nicht gerade höflichen Worten, was er von seinem Angebot hielt.

»An die Waffen für Thoth-Amon, dem König von Zingara!« befahl Zarono und stürzte sich auf den nächsten Gegner.

Klingen klirrten da und dort, und schon stürmten die gegnerischen Seiten aufeinander los. Rasseln, Krachen und Klirren war zu hören. Der Saal schien nichts als ein wirres Durcheinander von Kämpfenden. Klingen aller Art schlugen gegeneinander, auf Helme Harnische und Schilde. Hier fiel ein Mann blutüberströmt, dort ein weiterer. Wunden klafften, Schmerzensschreie schrillten.

Conan grinste unbekümmert, die weißen Zähne blitzten im bronzefarbenen Gesicht. Die Zeit für Worte war vorüber. Obgleich die Jahre ihn ein gerüttelt Maß an Vorsicht und Verantwortung gelehrt hatten, steckte unter der Schale der Reife nach wie vor der Kern des geborenen Barbaren, dem ein guter wilder Kampf über alles ging. Und hier sah es ganz so aus, als entstünde ein gewaltiges Gefecht, wie es ihm schon seit Monaten nicht mehr beschert worden war.

Er sprang von der Treppe auf den nächstbesten von Zaronos Männern, warf ihn zu Boden, rollte ihn auf den Bauch und stieß ihm den Stiefelabsatz mit aller Kraft in den Rücken. Dann erhob er sich behende wie eine Katze und stieß einem weiteren Gegner den Fuß in den Bauch und seinem Kameraden, der ihm zur Hilfe eilen wollte, den Säbel zwischen die Rippen.

Trotz seiner mächtigen Statur sprang er einem Panther gleich geschmeidig weiter und mähte die Gegner nieder wie reifen Weizen. Er überragte die Zingarier, die fast alle von kleinem Wuchs waren. Ihre leichten Degen, mit denen sie seinen schweren Säbel parieren wollten, brachen gewöhnlich bei der ersten Berührung, und sie selbst büßten einen Arm oder gar den Kopf ein, ehe Conan weiterstürmte. Hinter ihm wüteten seine Freibeuter mit Entermessern, Säbeln und Dolchen.

Die meisten Zingarier auf beiden Seiten waren geübte Fechter, Söhne eines Volkes, das Fechten zur Kunst erhoben hatte. Aber auch Conan, obgleich als Barbar geboren und aufgewachsen, beherrschte den Kampf mit der Klinge in allen Feinheiten. Während des Winteraufenthalts in Kordava hatte er seine freie Zeit genutzt, um bei dem großen Meister Valerio Unterricht in der verfeinerten zingaranischen Art des Degenkampfes zu nehmen. Meister Valerios Fechtschule war dafür bekannt, die besten Fechter in allen Königreichen weit und breit hervorzubringen.

So erlebten die eingebildeten jungen Edlen aus Villagros Gefolge eine böse Überraschung, als sie in größerer Zahl auf Conan eindrangen. Sie hatten damit gerechnet, den tölpischen Barbaren mit diversen Finten hereinzulegen und ihn dann so leicht wie einen Apfel mit einem Dolch aufzuspießen. Trotz Conans Größe und seiner schweren Klinge wehrte er mühelos ihre Angriffe ab und ging selbst zum Angriff über, bis einer nach dem anderen schwerverwundet oder tot auf dem blutigen Boden zur Ruhe kam. Die überlebenden jungen Blaublütigen wichen erschrocken vor diesem erstaunlichen Riesen zurück, der wie ein Tiger und Wirbelsturm zugleich kämpfte.

Da bahnte sich ein hochgewachsener schlanker Mann in schwarzem Samt einen Weg durch die Menge, und Zarono stand Conan mit dem Schwert in der Hand gegenüber. Der Cimmerier blutete aus mehreren leichten Wunden, aber er schwang seinen Säbel so mühelos wie zuvor.

Zarono war kein Feigling, sondern ein erbarmungsloser, hartgesottener Kämpfer, und keiner war mehr am Leben, der seinen Mut angezweifelt hatte. Andererseits war er auch gerissen und berechnend und verlor nie sein Ziel aus dem Auge. Doch hätte sein Blut jetzt nicht gekocht und wäre er zu klaren Gedanken fähig gewesen, hätte er vielleicht davon abgesehen, Conan persönlich zu stellen. Nun, jedenfalls empfand er glühenden Haß auf den Cimmerier, der ihm dreimal einen Strich durch die Rechnung gemacht hatte und den er in seinem Grimm für den Tod seines Gönners Villagro und für seine eigene prekäre Lage verantwortlich machte. Seit der Auseinandersetzung in den *Neun blanken Schwertern,* als Conan ihn grün und blau geschlagen hatte, dürstete er nach Rache.

Zarono machte sich keine Illusionen, was Thoth-Amons Dankbarkeit betraf, sollte er den zingaranischen Thron erringen. Zweifellos würden alle Ämter, die wirklich Macht und Reichtum mit sich brachten, mit stygischen Setpriestern besetzt werden. Aber zumindest würde Thoth-Amon sich herablassen, ihm einen kleineren Posten zu geben, von dem er leben konnte. Siegten jedoch die Anhänger der alten Dynastie, erwartete Zarono der Henker.

Zaronos Schwert – eine schwerere Klinge als die Degen der meisten Zingarier – klirrte gegen Conans Säbel. Zarono machte einen geschickten Ausfall, den der Cimmerier abwehrte. Mit einer Finte lenkte Conan Zaronos Aufmerksamkeit von einem heftigen Hieb ab, den er gegen seinen Schädel führte. Zarono wich nach einer Seite aus, und der Säbel glitt schleifend von seinem Schwert ab.

Ringsum tobte der Kampf. Schon viele von beiden Seiten waren gefallen und der Thronsaal zum Schlachtfeld geworden. Die zahlenmäßige Überlegenheit von Zaronos Anhängern begann sich bemerkbar zu machen. Die Königstreuen waren in zwei Gruppen getrennt und zurückgetrieben worden – eine Gruppe zum Fuß des Treppenaufgangs, über den Conan gekommen war, die andere, den greisen König in ihrer Mitte, in eine Ecke.

Und immer noch kämpften Conan und Zarono. Der Zingarier erkannte allmählich, daß sein Rachedurst ihm da etwas eingebrockt hatte, das leicht sein Ende bedeuten mochte. Zwar waren er und Conan in etwa gleich gute Fechter, aber seinem Schwertarm fehlten die unglaubliche Kraft und die Unermüdlichkeit, die Conan auszeichneten. Er spürte, wie er müde wurde, aber Wut und Haß hielten ihn aufrecht. Er würde den riesenhaften Barbaren töten – oder beim Versuch umkommen.

Inzwischen war Thoth-Amon gleichmütig wie immer vom Podium gestiegen. Er wich den Kämpfenden aus und schritt ruhig über den blutigen, mit Leichen bedeckten Boden zur Kobrakrone, die unbeachtet auf den Marmorfliesen lag. Mehrmals kam er dicht an dem einen oder anderen von Conans Männern vorbei, doch keiner machte auch nur Anstalten, nach ihm zu schlagen. Es war, als sähen sie ihn überhaupt nicht.

Tatsächlich sahen sie ihn zwar, aber er benutzte seine Geisteskräfte, um ihnen den Wunsch zu nehmen, ihm etwas anzuhaben. Er war so damit beschäftigt, sich selbst zu schützen, daß er gar nicht daran dachte, Kontrolle über Conans Geist oder den eines anderen der Feinde zu übernehmen. Ganz abgesehen davon, wäre es ihm auch nicht möglich gewesen ohne seine magischen Gerätschaften und ohne die nötige Ruhe und Zurückgezogenheit, mit der er sich auf größere Zauberei vorbereiten mußte. Selbst seine grünen Strahlen hatte er verbraucht. Bevor er die Kraft wiedergewann, neue zu erzeugen, würde geraume Zeit vergehen.

Gleichgültig stieg Thoth-Amon über die ausgestreckte Leiche Menkaras, den ein Unbekannter in der Hitze des Gefechts erstochen hatte. An der Krone angekommen, bückte sich der mächtige Stygier und hob sie auf. Sie fühlte sich immer noch heiß an, doch Thoth-Amon hielt sie ohne Anzeichen von Schmerzen fest in den Händen und drehte sie langsam. Mit einer wütenden Verwünschung schleuderte er sie schließlich wie billigen Tand von sich.

In diesem Augenblick waren von der Galerie neue Rufe zu hören. Der Rest von Conans Mannschaft, Zeltran und Sigurd an der Spitze, stürmten Speere und Säbel schwingend die Treppe herunter. Als Conan mit Ninus zum Palast aufgebrochen war, hatte er Sigurd zum Schiff zurückgeschickt, um die anderen zu holen und sie durch den von Ninus beschriebenen Geheimgang in den Palast zu bringen.

Diese Verstärkung änderte sofort die Lage. Die Königstreuen, die bis zum Fuß des Treppenaufgangs getrieben worden waren, drängten nun ihrerseits die Feinde zurück. Die Front der Thoth-Amon-Anhänger löste sich unter dem Ansturm auf. Conan und Zarono wurden von dem Gedränge mitgerissen und getrennt.

Aber der Zingarier war damit nicht zufrieden, er wollte seinen Kampf mit Conan fortsetzen. Doch als der Ansturm ein wenig nachließ, spürte er eine mächtige Hand um seinen Schwertarm. Er wollte sie abschütteln, bis ihm klar wurde, daß sie Thoth-Amon gehörte.

»Es ist an der Zeit, daß wir uns zurückziehen!« brüllte der Stygier ihm über das Kampfgetümmel zu. »Die Krone nutzt uns nichts mehr – sie ist ausgebrannt.«

»Laßt mich los!« rief Zarono verärgert. »Wir haben immer noch eine gute Chance zu gewinnen, und ich will diesen Lump noch töten!«

»Die Götter haben bestimmt, daß Conan diesmal siegt.«

»Woher wißt Ihr das?«

Thoth-Amon zuckte die Schulter. »Ich weiß vieles. Ich gehe jetzt. Bleibt oder folgt mir, ganz wie Ihr wollt!«

Der Stygier wandte sich ab und der Tür zu. Zögernd folgte ihm Zarono.

»Halt!« brüllte Conan. »So leicht sollt ihr zwei Hunde mir nicht entkommen!«

Der Cimmerier löste sich aus dem Getümmel und rannte blutend und den Säbel schwingend dem gegnerischen Paar nach.

Thoth-Amon hob eine Braue. »Barbar, du fängst an, lästig zu werden.« Der Stygier deutete mit dem Mittelfinger der Linken – der den schweren Kupferring in Form einer sich in den Schwanz beißenden Schlange trug – auf einen Wandbehang zwischen zwei hohen Fenstern. *»N' ghokhghaa nafayak fthangug! Vgoh nyekh!«*

Der Wandbehang schien zum Leben zu erwachen. Er kräuselte sich, wogte und löste sich mit einem scharfen Reißen von seiner Halterung. Wie eine riesige Fledermaus flog er von der Wand und flatterte über die Köpfe der Kämpfenden. Direkt über Conan hielt er an, ließ sich gerade herunterfallen und hüllte den Cimmerier völlig ein.

»Beeilt Euch«, drängte Thoth-Amon seinen Komplizen, »wenn Ihr nicht um einen Kopf kürzer gemacht werden wollt.«

Eine kurze Zeit später, als Conan sich von dem Wandteppich befreit hatte, waren Thoth-Amon und Zarono bereits verschwunden, und ihre Anhänger, die ohne ihre Führer keinen Sinn im Weiterkämpfen sahen, streckten die Waffen.

Mit dem Säbel in der Hand raste Conan durch die Tür, die Vorhalle und zum Haupteingang. Als er dort ankam, hörte er gerade noch Hufschläge in der Ferne verklingen.

Ein heftiger Morgenwind blies den Gischt der Wellen hoch und füllte die Segel der *Tagedieb,* die den Hafen von Kordava verließ und den Bug aufs offene Meer richtete.

Frisch rasiert, die Haare gestutzt und von den glänzenden hohen Stiefeln bis zum federbuschverzierten Hut neu eingekleidet, stand Conan auf dem Quarterdeck und atmete zufrieden die frische Meeresluft. Er hatte genug dieser anrüchigen Zauber, dieses Kampfes mit unfaßbaren Schatten! Was konnte er mehr verlangen als ein gutes Schiff, eine Meute rauher Seemänner, einen Säbel an seiner Seite und lockende Schätze, die sich vielleicht heben ließen?

»Bei den Brüsten Ischtars und bei Nergals Hintern! Freund, ich glaube immer noch, daß du einfach nicht weißt, was du da ausgeschlagen hast!« brummte Sigurd, der Vanir.

»Du meinst Chabela?« fragte Conan grinsend.

Der rotbärtige Nordmann nickte. »Sie ist ein nettes, üppiges und lebensfrohes Mädchen, das dir kräftige Söhne gebären würde. Nach dem Thron von Zingara brauchst du nur zu greifen, schon gehört er dir. Nach all der Aufregung wird König Ferdrugos Herz bestimmt nicht mehr lange mitmachen. Dann erbt das Mädchen die Krone, das Königreich und alles.«

»Ich lege keinen Wert darauf, Prinzgemahl zu spielen«, knurrte Conan. »Davon hatte ich in Gamburu genug, auch wenn mir keine andere Wahl blieb. Und Nzinga war noch dazu ein rassiges leidenschaftliches Weib, nicht ein dummes romantisches Kind, das meine Tochter sein könnte. Außerdem lebt Ferdrugo möglicherweise viel länger, als wir glauben. Nun, da sein Geist nicht mehr durch stygischen Zauber verwirrt ist, sieht er zehn Jahre jünger aus und führt seine königlichen Pflichten wieder wie ein echter Monarch aus. Als erstes widerrief er diese Wahnsinnsproklamation. Er habe nicht vor, abzudanken, sagte er, und schon gar nicht, Chabela an Thoth-Amon zu verehelichen.

Was Chabela betrifft – gewiß, ich mag sie, vielleicht liebe ich sie sogar auf väterliche Weise. Unter uns gesagt, vielleicht hätte ich sogar ihr Angebot angenommen, wenn man mir nicht eine kleine Kostprobe von meinem zukünftigen Geschick geboten hätte.«

»Was meinst du damit?«

»Es war während der Tage nach dem Kampf im Thronsaal, als meine Wunden heilten. Ich speiste mehrmals mit dem König und seiner Tochter. Chabela sprach kaum von etwas anderem als von ihren Plänen, wie sie mich ändern würde. Meine Art, zu sprechen, mich zu kleiden, meine Tischmanieren, meine Vorstellung von Vergnügen – all das müßte anders werden. Ich sollte der perfekte zingaranische Edelmann werden, der ein parfümiertes Spitzentuch vor der Nase schwenkt, während er zusieht, wie das königliche Ballett sich verrenkt.

Ich mag ja vielleicht nicht so klug sein wie Godrigo, des Königs Lieblingsphilosoph, aber ich weiß, was mir gefällt. Nein, Sigurd, ich werde mir eines Tages schon noch einen Thron erobern, wenn es Crom gefällt – mit meinem Schwert höchstwahrscheinlich. Als Brautgabe kann ich darauf verzichten!

Ferdrugo war so großzügig, mir die Kobrakrone zu überlassen und ich legte sie bei Julio, dem Goldschmied, gut an. Daher die neue Takelung, die Schiffsausstattung und Ausstaffierung für uns alle.« Conan grinste. »Da bin ich noch nicht mal vierzig und fange schon an, aufs Geld zu sehen. Ich gehe lieber wieder meinem Geschäft als Freibeuter nach, ehe es zu spät ist und ich mich in einen feisten Geizkragen verwandle.

Königreiche zu retten ist nicht die richtige Arbeit für ehrliche Gauner wie uns, und zweifellos gibt es unzählige dickbäuchige Kauffahrer zwischen Argos und Shem, die nur darauf warten, von uns überfallen zu werden. Also, hör auf, mir Vorwürfe zu machen, daß ich einem unreifen Mädchen einen Korb gab. Kümmern wir uns lieber um unsere Fahrt. Sieh dir die Karten in meiner Kabine an.« Er hob die Stimme: »Zeltran, in die Kabine, wenn ich bitten darf!«

Conan stapfte davon. Einen Moment blickte der Rotbärtige ihm offenen Mundes nach, dann zuckte er die Schultern und folgte seinem Kapitän und Freund.

»Bei Llyrs grünem Bart und Thors Hammer!« stöhnte er. »Cimmerier haben ihren eigenen Kopf!«

Die Takelung knarrte, die Bugwelle rauschte, und die Möwen kreischten, als die *Tagedieb* südwärts segelte, um Conan neuen Abenteuern entgegenzutragen.

CONAN-SAGA

Robert E. Howard / Lin Carter / Lyon Sprague de Camp ·
Conan · 06/3202
Andrew J. Offutt · Conan und der Zauberer · 06/4006
Andrew J. Offutt · Conan der Söldner · 06/4020
Andrew J. Offutt · Conan und das Schwert von Skelos · 06/3947
Lyon Sprague de Camp · Conan und der Spinnengott · 06/4029
Robert E. Howard / Lin Carter / Lyon Sprague de Camp ·
Conan von Cimmerien · 06/3206
Poul Anderson · Conan der Rebell · 06/4037
Robert E. Howard / Lyon Sprague de Camp ·
Conan der Pirat · 06/3210
Karl Edward Wagner · Conan und die Straße der Könige · 06/3968
Robert E. Howard / Lin Carter / Lyon Sprague de Camp ·
Conan der Wanderer · 06/3236
Robert E. Howard / Lyon Sprague de Camp ·
Conan der Abenteurer · 06/3245
Lyon Sprague de Camp / Lin Carter · Conan der Freibeuter · 06/3972
(urspr. 1972 erschienen als Conan der Bukanier
unter der Nummer 06/3303)
Robert E. Howard / Lyon Sprague de Camp ·
Conan der Krieger · 06/3258
Lyon Sprague de Camp / Lin Carter / Björn Nyberg ·
Conan der Schwertkämpfer · 06/3895
Robert E. Howard / Lyon Sprague de Camp ·
Conan der Thronräuber · 06/3263
(urspr. 1971 erschienen als Conan der Usurpator unter derselben
Nummer)
Lin Carter / Lyon Sprague de Camp · Conan der Befreier · 06/3909
Robert E. Howard / Lyon Sprague de Camp ·
Conan der Eroberer · 06/3275
Robert E. Howard / Björn Nyberg / Lyon Sprague de Camp ·
Conan der Rächer · 06/3283
Lyon Sprague de Camp / Lin Carter · Conan von Aquilonien · 06/4113
Lyon Sprague de Camp / Lin Carter · Conan von den Inseln · 06/3295
Lyon Sprague de Camp / Lin Carter · Conan der Barbar · 06/3889

CONAN-SAGA

Robert Jordan · Conan der Verteidiger · 06/4163
Robert Jordan · Conan der Unbesiegbare · 06/4172
Robert Jordan · Conan der Zerstörer · 06/6281
Robert Jordan · Conan der Unüberwindliche · 06/4203
Robert Jordan · Conan der Siegreiche · 06/4232
Robert Jordan · Conan der Prächtige · 06/4344
Robert Jordan · Conan der Glorreiche · 06/4315
John Maddox Roberts · Conan der Tapfere · 06/4346
Steve Perry · Conan der Furchtlose · 06/4663
Leonard Carpenter · Conan der Renegat · 06/4664
John Maddox Roberts · Conan der Champion · 06/4701
Steve Perry · Conan der Herausforderer · 06/4745
John Maddox Roberts · Conan der Marodeur · 06/4781
Robert E. Howard · Conan und der Schatz des Tranicos · 06/4915
Robert E. Howard / Lyon Sprague de Camp ·
Conan und die Flammenklinge · 06/4930
John Maddox Roberts · Conan der Draufgänger · 06/4959
Roland Green · Conan der Wagemutige · 06/4988
Leonard Carpenter · Conan der Kriegsherr · 06/5044
Leonard Carpenter · Conan der Held · 06/5081
Steve Perry · Conan der Unbezähmbare · 06/5098
Leonard Carpenter · Conan der Angreifer · 06/5143
Steve Perry · Conan der Landsknecht · 06/5197
Steve Perry · Conan der Schreckliche · 06/5198
Leonard Carpenter · Conan der Große · 06/5345
Roland J. Green · Conan der Beschützer · 06/5436
John Maddox Roberts · Conan das Schlitzohr · 06/5437
Sean A. Moore · Conan der Jäger · 06/5657
Roland Green · Conan am Dämonentor · 06/5899
Leonard Carpenter · Conan der Gladiator · 06/5957
John Maddox Roberts · Conan und die Amazone · 06/9008 (in Vorb.)
John C. Hocking · Conan und der Saphir-Lotus · 06/9026 (in Vorb.)
Leonard Carpenter · Conan der Ausgestoßene · 06/9047 (in Vorb.)
DAS CONAN UNIVERSUM von *Erhard Ringer* · 06/4908
Weitere Bände in Vorbereitung